NYXIA
SUBLEVADA

GRANTRAVESÍA

SCOTT REINTGEN

NYXIA
SUBLEVADA

LIBRO 3

Traducción de
Marcelo Andrés Manuel Bellon

GRANTRAVESÍA

Ésta es una obra de ficción. Los nombres, personajes, lugares
e incidentes son producto de la imaginación del autor, o se usan
de manera ficticia. Cualquier semejanza con personas (vivas
o muertas), acontecimientos o lugares reales es mera coincidencia.

Nyxia sublevada

Título original: *Nyxia Uprising*

© 2019, Scott Reintgen

Traducción: Marcelo Andrés Manuel Bellon

Arte de portada: © 2019, Getty Images / Sunny
Diseño de portada: Regina Flath

D.R. © 2019, Editorial Océano, S.L.
Milanesat 21-23, Edificio Océano
08017 Barcelona, España
www.oceano.com

D. R. © 2019, Editorial Océano de México, S.A. de C.V.
Homero 1500 - 402, Col. Polanco
Miguel Hidalgo, 11560, Ciudad de México
www.oceano.mx
www.grantravesia.com

Primera edición: 2019

ISBN: 978-607-527-943-5

IMPRESO EN MÉXICO / *PRINTED IN MEXICO*

A MI HIJO, HENRY.

En ocasiones, olvidamos que la magia es real, pero tú eres mi precioso recordatorio. Tu sonrisa es la farola brillante en la frontera de Narnia; cada risa es una carta de invitación a Hogwarts. Cuando te levanto en mis brazos, es la magia la que nos convierte en dragones planeando con las enormes alas abiertas. Considera esto como una promesa, dulce niño, que siempre te ayudará a ver la magia que tú me has mostrado.

Te amo,

Papá

PARTE 1

SUPERVIVENCIA

CAPÍTULO 1

EL REY
Longwei Yu

18 DÍAS 12 HORAS 11 MINUTOS

El rey de Babel sangra.

Por un momento, creo que perdí el rastro. Pero regreso sobre mis pasos y encuentro su sangre pintada sobre las hojas iluminadas por la luna. Una gran franja color escarlata marca un tronco hinchado. Si hubiera entrecerrado los ojos por un minuto más, habría terminado convencido de que la marca se parecía a los caracteres chinos de *morir*.

Necesito a este rey vivo.

La luz de la luna domina el claro. Un arroyo dobla hacia el oeste, se bifurca y, justo allí, veo hacia donde debe de haber ido Defoe. No hay huellas, no en este lugar fantasmal, pero es la decisión más razonable. Las raíces expuestas de un enorme árbol se enroscan por encima y alrededor de un hueco: el tipo de madriguera en la que un ciervo podría dormir. Observo las sombras durante varios minutos.

No hay movimiento.

Sigo el arroyo. Los árboles se balancean, sus ramas y hojas se aferran a la luz de la luna más cercana. Casi se siente como si el bosque completo se estuviera alejando del lugar en donde está escondido Defoe. Cincuenta metros. Levanto ambas manos con inocencia. Mis ojos recorren el paisaje a través de las sombras. No estoy ansioso por morir sólo porque alguna criatura haya captado nuestro olor.

Veinticinco metros. Hago una pausa, con las manos aún levantadas, a la espera de una invitación. Las sombras son demasiado profundas para ver algo. Respiración. Puedo escucharla. Una respiración superficial tras otra.

Me estiro y golpeo la luz en mi hombro. Un rayo parpadea, como si fuera una tercera luna, y destaca la caverna improvisada. Allí está Defoe. Sus ojos me miran antes de cerrarse por el dolor. Puedo sentirlo aferrándose a la nyxia y el rastro sutil de la sustancia en el aire, pero resulta claro que se encuentra demasiado débil para hacer algo con ella. Tengo que tomar una decisión. Las consecuencias de lo que elija en este momento resonarán.

La primera de mis opciones termina aquí y ahora: cuán dolorosamente sencillo sería acabar con él. Una de las mayores amenazas de Babel, borrada. Se eliminaría cualquier oportunidad para que él pudiera lastimar a los otros, pero también cualquier ocasión para infiltrarme en Babel: aparezco en su puerta sin él y me convierto en un prisionero de inmediato.

La otra opción: salvarlo. Rescatar. Subvertir. Esperar.

Cuando dé el golpe, quiero asegurarme de acertar en una arteria. Mis dos opciones y sus consecuencias se despliegan en menos de un suspiro.

—Señor Defoe —tranquilizo mi voz—. Vine a ayudarlo.

Resuella, es casi una risa. Es claro lo que piensa de mí.

—Longwei, por supuesto...

Miro cómo echa su cabeza hacia atrás. Oculto en su cadera, tiene un explosivo idéntico al que usó en el campo de batalla. El mismo dispositivo que casi destrozó a mis amigos con una sola explosión. Defoe lo levanta para que yo pueda verlo más claramente.

—Pensé... bueno, no importa lo que pensé —una tos sacude su cuerpo—. Toma esto. Reemplaza mis dedos en la barra y deshazte de él. Tienes tres segundos. Lánzalo tan lejos como puedas.

Su brazo tiembla, pero yo me mantengo firme. Reemplazo sus dedos rápidamente, aseguro el dispositivo y me vuelvo. Veinte pasos me llevan de nuevo al borde del arroyo. Con una respiración profunda, lanzo la granada tan lejos como puedo. La luz de la luna baila a través de su superficie en espirales; luego, la granada cae por debajo de la línea de los árboles y desaparece brevemente de la vista. Un segundo después, una explosión desgarra la oscuridad en dos.

Brillante y ruidosa. Un par de pájaros salen volando y algo enorme se agita en lo más profundo del bosque. Regreso al lado de Defoe.

—No puedo... detener el sangrado —jadea—. La nyxia no acepta...

Me arrodillo para que la luz de mi hombro se centre en su encogido muñón cubierto con una toalla sucia. Nada eficaz. Pongo en el piso mi propio paquete y comienzo a buscar.

Un nuevo vendaje, una gasa, una bolsa de plástico.

—Necesito desenvolver su vendaje.

Defoe asiente. Aprieto la gasa entre dos dedos, evitando cuidadosamente que se derrame la sangre, y levanto una esquina. Los pliegues se desenredan. Defoe no protesta mientras el material se desgarra y se atora. La herida expone el sangrante interior de su brazo. El rey de Babel, qué humano parece ahora. Por demasiado tiempo pensé que era un dios, verlo así será útil en todo lo que está por venir.

Acomodo la gasa con fuerza alrededor de las áreas expuestas antes de envolver el nuevo vendaje con fuerza. Capa tras capa. Uso un trozo de nyxia para sellarlo en su brazo. Defoe deja escapar un gemido cuando jalo la bolsa de plástico sobre la envoltura, la aprieto en su antebrazo y enfundo todo en su interior.

—Necesita cubrirse de hielo —digo.

—Necesita mucho más que hielo —replica—. No he dormido, me he forzado a continuar en movimiento. Necesito que nos selles aquí, que nos mantengas a salvo. ¿Sabes cómo hacer la manipulación?

En respuesta, alcanzo mi nyxia. La sustancia pulsa. Un pensamiento resuelto la arroja como una cortina, lo suficientemente grande para cubrir la entrada del hueco.

—¿Algo así?

—Ajústala —jadea de nuevo—. De manera que nosotros podamos ver hacia fuera, pero nadie pueda ver adentro.

El cambio me lleva unos cuantos intentos. Defoe se arrastra más profundo en el hueco para que haya espacio para mí. Me estiro y meto la parte superior de la cortina de nyxia entre un conjunto de raíces expuestas. La pruebo con un tirón y lo soporta. La tela se estira a medida que ajusto las solapas y nos encierro. Hay algunos huecos que permiten la entrada de oxígeno, pero ahora nos encontramos ocultos de miradas indiscretas. Defoe me da la espalda, con el brazo herido equilibrado delicadamente sobre su cadera.

—Dormir. Necesito dormir.

Por segunda vez, considero matarlo.

El momento se desliza como una larga y resbaladiza serpiente. El entendimiento provoca escalofríos que bajan por mi espalda. Puedo sentir la piel erizada en mi cuello y brazos. Sé lo que significa mantenerlo vivo: alguien morirá. Un amigo mío, tal vez. Defoe es formidable, puede cambiar las mareas en una sola batalla con facilidad. Su inteligencia le proporcionará a Babel la ventaja en los días por venir.

¿Quién morirá porque lo estoy dejando vivir? ¿Cuál será el costo?

Me obligo a tragarme esos miedos. Alejo los pensamientos oscuros y recuerdo que es sabio perder una batalla si eso significa que podemos ganar la guerra.

Inesperadamente, mis ojos vagan hacia las lunas distantes. Glacius parece una perla sin pulir; Magness, un ojo inyectado en sangre. Las dos lunas aparecen como si hubieran sido colocadas a martillazos en el cielo. Es difícil recordar que se están moviendo, rotando, girando en espiral. Sé que sus caminos las atraen inevitablemente la una hacia la otra. Mantengo el pensamiento en silencio, casi temiendo que Defoe pueda escucharlo si pienso en ello por demasiado tiempo, pero no importa cuánto intente enterrarlo, es imposible ignorar la verdad.

Este mundo está llegando a su fin.

Al amanecer, marchamos por el bosque hacia una llanura abierta. El primer continente estaba marcado por arroyos y ríos. Éste, en cambio, está salpicado por ruinas antiguas: edificios de piedra abandonados desde hace mucho tiempo, con los adornos que tallaban en las colinas prácticamente desvanecidos.

Pese a todos sus defectos, admiro el sentido de eficiencia de Defoe. Respira, camina y usa cada gramo de lo que le queda para moverse hasta un lugar seguro. Habla apenas, y yo sigo su ejemplo.

Nuestro silencio es interrumpido por una señal fuerte y monótona, aguda y perforante. Defoe baja la mirada a su reloj mientras el ruido se reduce a un volumen más soportable. Echo un vistazo justo a tiempo para ver cuatro luces azules, dispuestas como las direcciones cardinales. La del norte parpadea y desaparece.

Defoe observa el reloj mucho tiempo después de que todo se ha quedado en silencio. Su expresión es contundente, oscura.

Nos lleva siete horas y cuarenta y ocho minutos encontrar una unidad itinerante de marines de Babel. Surgen de su refugio en la colina más cercana como fantasmas vestidos de negro; sus armas se mantienen en lo alto, apuntadas, hasta que se dan cuenta de que se trata de Defoe. En un suspiro, su directriz original es abandonada y se transforman en escoltas. Somos dirigidos a una ruina elevada, justo al sur del lugar.

Hay la luz suficiente para alcanzar a ver una gran cantidad de vehículos acomodados en el patio abandonado. Todo lleva las insignias de Babel: nyxiano, elegante, mortal. Incluso herido, Defoe endereza sus hombros y marcha hacia el campamento como un rey. Yo soy menos reverenciado: uno de los marines me detiene, me registra brevemente y me quita mis armas. Respiro hondo y me pregunto si mi oportunidad de atacar se me escapó de los dedos.

Pero Defoe espera. Una vez que mis armas han sido retiradas, hace una señal para que me una a él. Es posible que esté desarmado, pero todavía me encuentro en la posición correcta. Un marine nos conduce alrededor de un camión blindado, directo a un equipo de técnicos. Las holopantallas muestran imágenes satelitales, tomas de cámara en tiempo real y vistas de paisajes. Defoe no duda.

—Denme una actualización de estado completa.

Hay confusión cuando los técnicos se vuelven a ver la escena y todos los ojos se posan en el muñón sangrante que curé anoche. A la luz menguante del día, luce como un pobre simulacro de tratamiento médico. Uno de sus hombres llega a la misma conclusión.

—Señor Defoe —dice—, necesitamos atender su brazo. Está sangrando, señor.

Él mira sus vendajes.

—Eso lo haremos después. Quiero una actualización de estado. Ahora.

Uno de los otros técnicos toma la delantera. Observo que tiene el mismo guante que usaba Kit Gander. Cuando pasa un dedo por el aire, una de las pantallas más pequeñas migra al monitor central. La imagen se convierte en un enorme mapa de Magnia. Todos vemos cómo los contornos vacíos de los continentes comienzan a poblarse. Las líneas, como los patrones migratorios de las aves, colorean la pantalla.

—Las líneas azules son probablemente rutas de escape para cada anillo —explica el técnico—. Nuestros equipos están trabajando en los escombros del Conjunto Siete. Las bajas reportadas son mucho menores de lo esperado, señor. Después de descubrir el primer túnel de aguas profundas, nuestros equipos realizaron escaneos según las indicaciones. Tenemos una idea general de a dónde habrían ido los evacuados, pero todavía no hay explicación de cómo evacuaron tan rápidamente. La cantidad de tiempo entre el momento en que inhabilitamos las defensas y lanzamos el ataque fue de menos de cinco minutos.

—¿Y cada anillo tiene su propio túnel de evacuación? —pregunta Defoe.

—Hay cientos de túneles, señor —responde el técnico—. Pero parece que algunos de ellos fueron específicamente diseñados para escapar del Conjunto Siete. Todos ésos están enterrados más profundamente que el resto.

—Siete puntos de salida que se conectan a cuatro continentes diferentes —Defoe lo considera. Puedo verlo tratando de averiguar en dónde se equivocaron, de qué manera el ataque pudo haber sido demasiado lento. Estoy agradecido de que no me mire—. La instalación que destruimos al norte fue diseñada para el combate de aeronaves. Los diseños eran poco complejos en comparación con nuestra tecnología, pero era el destino claro para el grupo que abandonó el Sanctum. ¿Hay bases parecidas cerca de los otros puntos de salida?

El técnico niega con la cabeza.

—No tenemos imágenes.

Esas palabras llaman claramente la atención de Defoe. No se ve sorprendido; más bien, como si estuviera confirmando algo que ya sospechaba. Mira la luz que está apagada en su reloj.

—¿Cuándo se recibieron las últimas imágenes de satélite enviadas desde la Torre Espacial?

—¿Hace cuatro o cinco horas? —el jefe de los técnicos frunce el ceño—. No estábamos seguros de qué hacer al respecto. Las órdenes nos estaban alejando de las tripulaciones que escaparon de nuestro ataque inicial, cuando cada soldado en esta misión sabe que los líderes adamitas eran nuestro objetivo principal. Dudamos en sacar las tropas hasta que tuviéramos una confirmación suya.

Defoe asiente.

—¿Recibieron alguna señal de auxilio?

Los técnicos intercambian miradas.

—Ninguna, señor.

—Envía una solicitud de confirmación verbal. Solicita una actualización del Código Cuatro.

Hay una breve pausa.

—¿Sospecha que haya bajas?

—Sólo envíala.

La sala se tensa cada vez más a medida que los técnicos se apresuran para completar la solicitud. Escucho cómo pronuncian cuidadosamente cada palabra. El mensaje salta a través de las atmósferas, corrige los patrones de órbita y se ilumina en verde cuando es entregado. Todo el mundo sigue el ejemplo del señor Defoe: el silencio se mantiene como algo sagrado hasta que aparece una respuesta frente al técnico central. Él se inclina con los ojos entrecerrados, y lee.

—Despejado, responden. No hay víctimas.

Defoe aprieta su único puño.

—Eso quiere decir que la Torre Espacial está en peligro.

El grupo lo mira fijamente. Sólo el jefe de los técnicos consigue encontrar su voz.

—Pero no están reportando bajas…

Él levanta su reloj. Tres de las luces siguen brillando en azul; la cuarta se ha ido. Defoe decide explicar el misterio:

—Sin embargo, esto me dice que David Requin está muerto. Combinen esa información con su deseo de redirigirlos lejos de nuestro objetivo prioritario, y tendremos una hipótesis razonable. Mantengamos las líneas abiertas, pero tratemos toda comunicación con ellos como contaminada. Me gustaría comenzar a reunir tanta inteligencia en el terreno como sea posible. Falsifiquen cualquier informe que les envíen. Continuemos y trabajemos en planes de acción para recuperar la estación espacial.

Como los otros no se mueven, Defoe levanta una ceja. Su mirada transforma la vacilación en acción. Los técnicos se ocupan y un puñado de marines se retira para discutir las estrategias.

Defoe parece estar profundamente hundido en sus pensamientos.

—Esperen. El *Génesis 14*... ¿cuándo está programada su llegada?

—En cualquier momento a partir de ahora, señor.

—¿Y podemos comunicarnos directamente con ellos?

El técnico niega con la cabeza.

—No diversificamos nuestras comunicaciones salientes desde el planeta. Todos nuestros mensajes tienen que pasar por la Torre Espacial.

Defoe se ve brevemente decepcionado.

—Vuelvan al trabajo. Quiero las medidas de acción dentro de una hora. Voy a ir a que este brazo sea tratado, pero para cuando termine quiero una sesión informativa con estrategias para cada resultado.

Me quedo allí, una sombra olvidada, mientras los demás comienzan a trabajar. Defoe hace a un lado a uno de los técnicos. Él habla, y está claro que ha olvidado que estoy allí... o en verdad confía en mí. A medida que el campamento se convierte en un caos, Defoe me ofrece una visión única de su próximo plan.

—Activen el Pródigo —dice.

CAPÍTULO 2

EXPLORADORES Y SUPERVIVIENTES
Morning Rodriguez

15 DÍAS 08 HORAS 12 MINUTOS

Somos los primeros exploradores humanos de este mundo. Los primeros y los últimos.

Nadie encontrará nuestras huellas. Nadie verá las colinas que ahora contemplamos. Este mundo está a punto de llegar a su fin. Nuestro grupo no puede dejar de mirar hacia arriba: ambas lunas cuelgan en el cielo. Glacius está casi llena, pero los ángulos y la luz han reducido a Magness a una hoja curva cortada por un solo rayo ardiente. Un hacha a la espera de caer sobre el cuello expuesto del planeta.

Quince días. Las lunas colisionarán en tan sólo quince días.

—Adelante, base adelante —la llamada resuena en las líneas—. Adelante, base.

Miro a Emmett. Cada vez que piensa que nadie está mirando, deja caer sus hombros por el peso de la situación. Ésa es una de las diferencias fundamentales que he aprendido que existen entre nosotros dos: Emmett extrae su fuerza de lo que ha sucedido, mientras yo saco la mía de lo que está por venir. Uno no es mejor que el otro, pero significa que llegamos a cada problema desde diferentes ángulos.

Una mirada rápida me deja ver que todo el grupo tiene los hombros pesados y los corazones vacíos. No he visto muchas sonrisas desde que comenzamos a marchar. La amenaza finalmente se siente real, porque esta vez Babel escribió las palabras con sangre: Jaime, Omar, Loche, Brett, Bilal, Kaya. Emmett susurra sus nombres mientras duerme y me alegra que lo haga. Babel quiere borrarlos, pero nosotros estamos luchando por un final diferente para su historia. Queremos una historia donde se recuerden sus nombres, donde las personas que los mataron comparezcan ante la justicia. No estoy segura de cómo lo lograremos, pero lo haremos, tenemos que hacerlo.

Un segundo grito se abre paso entre las filas.

—¡Unidades Tres, Siete y Ocho a patrullar!

No es de extrañar que Génesis no esté involucrado. Los líderes de los imago nos mantienen intencionalmente al margen de la acción. No hemos visto a las tropas de Babel en días, pero los imago no quieren perder su tabla de salvación con la Tierra. Somos los que prometimos representarlos y harán cualquier cosa para mantenernos a salvo.

O tal vez estén preocupados de que exploremos otras opciones.

La tripulación parece feliz de poder sentarse a la sombra del complejo en ruinas. Jacquelyn y Speaker desaparecen en el interior, seguidos por las Hijas y un puñado de guardias. Pasamos unas cuantas cantimploras alrededor, suspirando mientras nos extendemos en la ondulante hierba. Me imagino a Feoria pintando esta escena con los mismos colores que usó para nuestros retratos. Un paisaje salpicado de jóvenes soldados marchando hacia una guerra en la que nunca pidieron pelear.

—¿Qué estamos haciendo? —se queja Katsu—. ¿Qué demonios estamos haciendo aquí?

No creo que esté buscando una respuesta, en realidad, pero Parvin se la ofrece. Los dos han estado fastidiándose durante toda la marcha.

—Están realizando exploraciones de actividad en las estaciones de lanzamiento. Tú ya lo sabes, Katsu.

Él deja escapar una risa.

—No puedo esperar a ver las imágenes de video de todos esos imago ondeando sus manos para despedirse de nosotros cuando se lancen al espacio y nos dejen morir aquí.

Y ahora me está fastidiando a mí.

—Nadie va a morir.

Katsu ni siquiera me mira. Sólo se echa hacia atrás y agita su mano hacia el cielo.

—¿Estás ahí arriba, Anton? —lo llama—. Si puedes escucharme, mándame unas gafas de sol. Me gustaría ver con estilo cómo se termina el mundo, por lo menos. Ustedes escucharon a Jacquelyn hablar sobre lo que pasará después de que las lunas colisionen entre sí, ¿cierto? Ni siquiera contamos con el impresionante meteorito que vaporiza todo de golpe: son un montón de *pequeños* meteoritos. Cosas aburridas al principio, pero las piezas más grandes provocarán terremotos en cadena, y esa parte es genial. Tal vez unos pocos incendios que consuman al continente. Y ella dijo que los escombros eventualmente ahogarán la atmósfera. Siempre pensé que la calidad del aire era mala en Tokio, ¿pero esto? —mira hacia el cielo—. ¡Anton! ¡Envía también máscaras de oxígeno!

Le echo un vistazo a Emmett. Su rostro entero cambia, como si apenas se estuviera dando cuenta de que Katsu está bajo *sus* órdenes. Levanto una ceja, lo cual haría que mi abuelita se sintiera orgullosa, y él finalmente interviene.

—Tranquilo, Katsu.

Katsu mira a Emmett y luego al grupo. Lo observo cuando se da cuenta de que no es el momento adecuado para su acostumbrada rutina de comedia. Finalmente cierra la boca, y aprovecho el silencio. Liderar se trata simplemente del impulso. Es hora de reunir a la tripulación.

—De una forma u otra —digo—, nos iremos a casa.

Nadie responde. Por primera vez, estoy prometiendo algo que no estoy segura de que pueda cumplir. Azima se escabulle para hablar con Beckway. No soy la única que nota que los dos se marchan juntos. Tiene el sabor de un romance condenado. Miro hacia atrás y veo a Parvin observándolos. Noor pone una mano reconfortante en el hombro de su mejor amiga. Omar murió justo después de decirle a Parvin cuánto le gustaba. Nuestros días podrían estar contados aquí abajo, pero todavía odio a Babel por haberles quitado estas últimas semanas a ellos.

La idea lleva mi atención de regreso hacia Emmett. Se ha apoyado contra el edificio con los ojos cerrados. La barba de un soldado en acción le viene bien. Enmarca unos labios perfectos y suaviza la mandíbula tallada. Este maldito chico. El que me dejó escuchar su canción favorita. El que me tiró al agua. Anhelo tanto llevarlo a la Tierra que duele. Quiero conocer a su mamá y comer hamburguesas y bailar en las fiestas…

Dejo escapar un suspiro. Tenemos que sobrevivir hoy antes de que pueda pensar en mañana.

Jacquelyn tarda una hora en volver a aparecer. Se une a nuestro grupo.

—Tenemos noticias —dice—. Todos querrán estar adentro para esto.

En algún momento, aprendí a leer una voz. La vida con *mi abuelita* me enseñó mucho, cómo solía volver del hospital y decir que todo estaba bien con mamá. Bastante bien. Esas dos palabras contenían una pequeña porción de verdad en ellas. Esperanza de que en verdad pudiera estar bien. Miedo de que nunca pudiera estarlo. Enojo porque la íbamos a perder a ella también. Una determinación tranquila para vencer un ciclo sin fin.

La voz de Jacquelyn se reparte de la misma manera.

Puedo escuchar la duda y el amor y el miedo y la esperanza. Nos toma unos segundos pararnos, sacudir el polvo y caminar hacia la entrada. Caigo al lado de Emmett. Nuestros hombros se tocan brevemente cuando ambos fijamos nuestros ojos en el siguiente obstáculo. Nuestro romance no tiene que ver con besarnos y tomarnos de la mano ahora, sino con forjar un camino a casa, juntos.

A nuestra izquierda, la tripulación del *Génesis 13* está amontonada. Los guardias los rodean, a pesar de que todos están encadenados. Emmett se ha acercado y hablado con ellos unas cuantas veces; tiene el corazón más grande que he visto. Yo no puedo obligarme a extender una rama de olivo. La visión de los supervivientes me remonta a la primera vez que nos reunimos afuera del edificio del almacén. Toda la sangre que se derramó allí.

No soy la única que los nota.

—Me siento mal por ellos —murmura Alex.

Katsu sacude la cabeza.

—Si Jaime hubiera fallado con ese cabeza hueca de Defoe, nosotros estaríamos marchando encadenados. Si me lo preguntan, perdemos el tiempo arrastrándolos por este continente abandonado de Dios.

—Menos mal que nadie te está preguntando —lo interrumpe Parvin.

La tripulación guarda silencio después de eso. Me doy cuenta de que algunos están de acuerdo con Katsu. Es la primera división potencial. El primer pequeño paso que nos puede llevar de *nosotros* a *nosotros contra ellos*.

Jacquelyn nos guía dentro y la sorpresa hace eco a través de nuestras filas. Afuera, el edificio parecía abandonado: piedras descoloridas y rejas torcidas, pero dos pasos en el interior levantan el velo. Hay guardias imago manejando un puñado de consolas. Los análisis ruedan por las pantallas junto con mapas complicados de todo el planeta.

—Hemos destripado estos viejos refugios —explica Jacquelyn—. Construimos unas cuantas bases en caso de que nuestros planes no funcionaran como se esperaba. No fue fácil mantener los trabajos de construcción fuera de los radares de Babel.

Me resisto a señalar que la razón por la que estamos aquí es porque ellos no mantuvieron su base *real* fuera de los radares de Babel. Todavía no tenemos idea de qué fue lo que nos delató. Tal vez Babel simplemente tuvo suerte.

Ella nos conduce hasta un salón más amplio, donde hay una mesa llena de generales imago que nos están esperando. Feoria se pone en pie. Un movimiento casual de la mano de la reina le da vida a una pantalla digital. Las imágenes se transforman en un mapa mientras tomamos nuestros asientos. Mi mente vuelve a la primera vez que vimos un mapa de este nuevo mundo. David Requin, el tío de Jacquelyn, nos encaminó hacia la mentira que cambiaría nuestras vidas para siempre, y lo hizo con una maldita sonrisa en el rostro.

—No les haremos perder su tiempo —comienza Feoria—. Tenemos la información suficiente para tomar decisiones sobre lo que haremos a continuación. Babel les presentó una verdad parcial a ustedes. El tiempo es demasiado precioso

26

para que cometamos los mismos errores que ellos, así que conozcan todo lo que sabemos.

Agita su mano otra vez. Ocho círculos aparecen en el mapa. Las ubicaciones no tienen un patrón claro. Algunos se ciernen sobre las costas de sus continentes, otros están enclavados en valles entre cadenas montañosas. La mayoría de los círculos están iluminados en verde, salvo uno, que se ilumina en rojo. No puedo dejar de notar que la ubicación roja es la más cercana a nosotros. Feoria lo señala.

—Ésta es nuestra estación de lanzamiento. Destruida. Como ustedes saben, hay siete estaciones más y cada una fue diseñada para alojar un solo anillo.

Mientras ella habla, los siete círculos restantes parpadean al entrar en movimiento. El color se desvanece hasta que cada uno queda como un gráfico circular. Aparecen porcentajes en la pantalla, escritos en su sistema numérico pero convertidos para que nosotros podamos entenderlos también.

—Jacquelyn y Erone instalaron un control de movimiento en cada base. Era la forma más rápida y efectiva de medir la actividad en cada base individual sin enviar mensajes que Babel pudiera interceptar. Ella podrá explicarles el sistema mejor que yo.

Jacquelyn interviene eficientemente en la conversación.

—Los datos reportan el movimiento desde cada salón dentro de cada base. Usemos la Bahía de Lanzamiento 5 como ejemplo. Esa ubicación muestra un setenta y tres por ciento de movimiento, lo que significa que nuestros sensores han detectado movimiento en casi tres cuartas partes del edificio. Podemos concluir que los supervivientes del Quinto Anillo han llegado al destino y se están preparando para nuestra fecha de lanzamiento preestablecida.

Considero los números con nuevos ojos. Dos de las bases están por encima de setenta y cinco por ciento y algunas otras se acercan a la mitad. Pero mi atención a la carga se dirige a la estación de lanzamiento que se encuentra en la esquina sureste del mapa, un círculo ominosamente negro. El número al lado de él dice cero.

Emmett hace la pregunta que ronda la mente de todos.

—Entonces, ¿ellos no han llegado a la base?

—Exactamente —responde Feoria—. Nuestra mejor suposición es que se encontraron con Babel. Los sensores de Jacquelyn dejan claro, sin embargo, que nadie ocupa la base. Además, el Segundo Anillo tenía una de las rutas de evacuación más cortas, ya deberían haber llegado.

Nuestro equipo intercambia miradas sombrías. Feoria se toma un momento para dejar que el peso de las noticias sea asimilado antes de continuar.

—Creemos que esto hace que nuestro próximo movimiento sea bastante claro.

—Nos dirigimos a la Bahía de Lanzamiento 2 —digo.

Feoria confirma mi suposición.

—Teníamos miedo de marchar hacia alguna estación de lanzamiento ocupada. No sólo porque Babel nos podría estar rastreando y cazando, sino porque también temíamos lo que podría suceder cuando llegáramos. Piensen en cuánto le hemos pedido a nuestra gente que haga. Sólo sesenta personas de cada anillo fueron elegidas para lanzarse al espacio. Ése es un número muy pequeño de supervivientes previstos.

"Entonces, ¿qué pasaría si llegamos a una de las estaciones... una estación que prometimos que sería suya, que ellos usarían... y les exigiéramos todavía más sacrificios? Conozco a nuestra gente. Si sus reinas llamaran a sus puertas en la hora final, ellos pondrían sus vidas de lado a favor nuestro y del Remanente. Pero yo no podría exigir eso a estas alturas. No podría soportar quitarles lo poco que les hemos dado.

—Sin embargo, la estación está vacía —señala Katsu—. Problema resuelto.

Cada imago lo mira fijamente. Se necesita toda mi moderación para no lanzarle un hacha.

—Pon las piezas juntas, Katsu —digo—. Se supone que esa estación no tendría que estar vacía. Algo terrible debe haber sucedido.

—Pero, sí, oh... —Katsu mira fijamente la pantalla—. Lo siento, sólo estaba pensando...

—En sobrevivir —termina Feoria por él—. También nosotros. Todos somos lo suficientemente sabios como para albergar más de una cosa en nuestros corazones y nuestras cabezas. No sé qué sucedió con el Segundo Anillo. Mi corazón se rompe por mi gente. Pero ese mismo corazón puede esperanzarse por nosotros. A las lunas no les importará quién vaya y venga, y tampoco nos esperarán a que tomemos una decisión. Tenemos que empezar nuestra marcha.

Parvin mira al resto del grupo. Nuestra tripulación se inclina por su liderazgo en estas situaciones. Ella resume nuestra posición en términos simples.

—Entonces, iremos.

Feoria asiente.

—Pero debemos hacerlo sabiamente. ¿Speaker?

Nuestro escolta original se pone en pie. Speaker es el primer imago que conocimos. A estas alturas, ya lo considero como un amigo. Su implante nyxiano rodea uno de sus ojos, como si fuera una diana. Noto la cruel maza que cuelga de su

cadera como una oscura promesa. No solía usarla tan abierta-
mente, pero el ataque de Babel lo cambió. Su voz es tan baja
que todos tenemos que inclinarnos para escucharlo.

—Sospechamos que la mayoría de las fuerzas de Babel
se encuentran cerca del Conjunto Siete. Eso hace que la ruta
norte a la Bahía de Lanzamiento 2 sea la más segura —explica. Un esquema de la ruta aparece en la pantalla—. Hay
puertos a lo largo de la mitad occidental del Camino de los
Colonizadores, nuestro continente actual. Varios están equipados con los barcos que necesitaríamos para cruzar la vía.
Sería imprudente que todo nuestro grupo se alejara demasiado de la costa. Navegaríamos hacia el norte y rodearíamos la
parte oriental de Costado de Hierro.

Un ligero resplandor resalta la ruta planificada. Los barcos
imaginarios se deslizan pulcramente a través de un estrecho
paso entre dos continentes más grandes antes de bordear la
frontera norte de la tierra a la que Speaker denomina Costado
de Hierro. Todo el continente parece un desierto de cadenas
montañosas y valles escondidos. La ruta sugerida es indirecta,
como si rodeáramos el extremo sur de África, pero creo que
es justo suponer que conocen su mundo mejor que nosotros.
Los barcos previstos llegan a tierra cientos de kilómetros al
sur.

—Nuestra expedición principal toca puerto en la Bahía
Cambiante. Luego marchamos por tierra. Jacquelyn cree que
tenemos quince días antes de la colisión de las lunas. Esta
ruta requerirá casi la mitad de ese tiempo, siempre y cuando
no se presenten complicaciones.

Todavía estoy repasando el plan cuando Parvin protesta.
Yo estaba ocupada mirando el panorama general, pero ella
captó el más pequeño detalle que yo pasé por alto.

—¿La expedición principal? Supongo que eso significa que habrá una secundaria...

Speaker lanza una mirada a Feoria. La reina frunce el ceño antes de ofrecer su silenciosa aprobación. Por supuesto que hay algo más. A los imago les gustan tanto las letras pequeñas como a Babel.

—Creemos que una pequeña expedición secundaria es la opción más inteligente —explica él—. Al norte, Jacquelyn tiene un barco llamado *Coloso*. Está equipado con suministros para un grupo de cuatro miembros. Originalmente fue creado para atravesar los mares congelados hacia el norte. Ésa es la ruta más directa.

Una línea corta a través del polo y va directo hacia el continente más pequeño en el mapa: Risend. La ruta muestra a la tripulación más pequeña deteniéndose en una base de suministros en ese punto, antes de dirigirse a la Bahía de Lanzamiento 2. No puedo evitar fruncir el ceño. Suena como la estrategia más inteligente. ¿Por qué la duda?

Speaker explica.

—Dividir nuestras fuerzas nos da una mayor posibilidad de supervivencia. Equiparemos al *Coloso* con dos de nuestros soldados... —hace una significativa pausa— y dos de los suyos.

—No —la palabra salió de la boca de Emmett un par de segundos antes de que se escuchara en la mía. Parvin frunce el ceño como si no estuviéramos siendo lo suficientemente diplomáticos, pero éste es un rotundo no. Emmett habla por los dos—. Nosotros no nos separaremos, Speak.

—¿Ya olvidaron nuestro acuerdo? —responde Feoria—. Convenimos trabajar juntos. Prometimos dar prioridad a su seguridad, pero el objetivo de ese acuerdo era llevarlos a us-

31

tedes y al Remanente de regreso a la Tierra de forma segura. Esta decisión cumple ambas cosas.

Estoy a punto de terminar con todo esto, pero Parvin es más rápida que yo por una vez.

—Dejen que lo expliquen —dice ella—. Vamos a escucharlos.

Jacquelyn aprovecha la oportunidad.

—El *Coloso* viajará por la ruta más segura. Babel no estará vigilando el territorio que cree que nadie puede cruzar. Enviar una segunda tripulación nos brinda una pieza en el tablero desconocida para ellos. Y seguramente se dan cuenta de que la ruta principal será peligrosa. Nos estamos moviendo en un grupo grande y Babel nos perseguirá. No hay garantía de que sobrevivamos. Los voluntarios que enviemos actuarán como una medida de seguridad.

—¿Una medida de seguridad? —repite Emmett—. ¿Estás hablando en serio?

—¿Qué pasa si fallamos? —responde Jacquelyn—. ¿Si nuestro grupo es derrotado? ¿Y si ninguno de nosotros logra lanzarse al espacio? Los imago que *sí* lo logren en las otras estaciones no tendrán a nadie a su lado. Salvar a nuestra especie será mucho más difícil sin ustedes como nuestros emisarios.

Se instala un pesado silencio. Todos queremos ser obstinados y permanecer unidos, ignorando la lógica de su plan. Speaker agrega su voz de nuevo.

—Estratégicamente hablando, un grupo más pequeño tiene mayores posibilidades de llegar a la Bahía de Lanzamiento 2 con vida. No podemos tomar el riesgo de permanecer todos juntos.

Parvin asiente, sé que le gusta este plan. Es la decisión más racional. Pero a estas alturas, estoy luchando contra el dolor potencial de que Emmett sea arrancado de mi lado por un chasquido de dedos de algún imago. Nuestro grupo ya fue lanzado y tratado como una pieza más en el tablero de juego de todos los demás; no necesitamos pasar por eso *otra vez*.

—No me gusta —repito—. Esto no sucederá.

Parvin sacude la cabeza. A bordo del *Génesis 12*, ella sólo habría asentido, siguiendo mi plan. Pero ahora está lo suficientemente segura de sí misma para estar en desacuerdo.

—Ésa decisión no te corresponde, Morning. Feoria tiene razón. Acordamos una alianza. Babel consiguió dar el primer golpe en la pelea, pero eso no cambia las promesas que hicimos. ¿Quieres ser como ellos? ¿Hacer promesas y romperlas ante el menor cambio en el viento? Eso no es lo que nosotros somos.

Mis mejillas se ruborizan. Por arriba y por debajo de nuestra mesa, el argumento de Parvin parece estar ganando y ella lucha por conservar el impulso.

—Los socios comerciales pueden hacer peticiones entre sí —Parvin hace un gesto hacia los imago—. ¿Quieren que dos de nosotros vayamos? Entonces dos de nosotros iremos. Pero cuando nosotros hagamos una petición como ésta, más vale que sea tratada con igual respeto y consideración.

—Tienes nuestra palabra —acepta Feoria.

Parvin mira a un extremo y otro de nuestras filas.

—De acuerdo. ¿Alguien *quiere* ir?

Silencio. Todos tenemos razones para quedarnos. Deslizo mi mano en la de Emmett por debajo de la mesa. Él la aprieta en respuesta mientras la espera se alarga. Después de casi un minuto de silencio, Parvin hace un ruido frustrado y comienza a buscar algo en su mochila. Todos la vemos mientras saca un diario, lo hojea hasta llegar a una página en blanco y la arranca. Sólo cuando comienza a romperla en pedazos más pequeños me doy cuenta de lo que quiere hacer. Ella pasa los pedazos alrededor.

—Escriban su nombre —nos da la instrucción. Y luego vuelve a buscar en su mochila y saca una gorra de beisbol de los Dodgers de aspecto miserable—. Cuando terminen, pongan su papel en la gorra.

Estoy frustrada, enojada y aterrorizada, pero me toma menos de un pensamiento manipular mi anillo en un bolígrafo. Anoto con furia cada letra de mi nombre y doblo el pedazo de papel para meterlo dentro de la gorra. Emmett hace lo mismo. Él escribe cuidadosamente, con grandes letras cursivas, y noto que está tan asustado como yo. Éste es el tipo de juegos donde siempre pierdo. Si involucra algún elemento de habilidad o control, puedo ganar. ¿Pero cuando se basa en la suerte? Nunca tengo una oportunidad.

Parvin cuenta los pequeños pedazos de papel antes de sacudirlos. Sostiene la gorra en dirección a Azima, pero éste es un juego del que ni siquiera ella puede hacer burlas. Su rostro es sombrío cuando alcanza la gorra y saca el primer nombre. Intento recordar cómo doblé mi papel... ¿se parecía a ése? ¿Podría haber estado tan arrugado? Al primer miedo le sigue el segundo: ¿cómo era el papel de Emmett?

—Esto tiene que ser una broma —Azima arroja el papel sobre la mesa y aprieta la mandíbula—. Por supuesto que tenía que elegir mi propio nombre. La peor suerte del mundo...

El resto de nuestra tripulación deja escapar un suspiro antes de recordar que son dos los nombres que deben elegirse. Azima mete otra vez la mano a la gorra, claramente molesta, y desdobla el segundo papel. Un escalofrío recorre mi espalda, una corriente de aire que tuerce mi estómago en un nudo. Pasan terribles segundos antes de que Azima levante la vista y ofrezca una sonrisa de disculpa. Sus ojos saltan sobre mí y se asientan en la única persona que yo no quería que ella eligiera.

—Emmett —anuncia—. Es Emmett.

CAPÍTULO 3

ADIÓS
Emmett Atwater

15 DÍAS 06 HORAS 14 MINUTOS

Hombre. ¿Qué te parece?

Casi sonrío, como si mi nombre hubiera sido elegido para la lotería o algo así. Siempre hacíamos dibujos en la escuela. La gente vendría y ofrecería cien dólares en una tarjeta de regalo o algo así. Nunca sacaron mi nombre para eso. ¿Pero en esto? Por supuesto.

Por supuesto.

Morning estruja mi mano y me doy cuenta de que la sostiene para evitar golpear a alguien. Le doy un apretón antes de asentir con la cabeza hacia Speaker.

—¿Cuándo nos vamos?

—Esta noche —responde—. Tendrán una escolta completa de guardias imago. Emmett y Azima, por favor, permanezcan en su lugar mientras los demás salen. Me gustaría repasar el plan general con ustedes.

Los otros toman sus palabras como una despedida. Katsu ha estado actuando como un molesto hermano pequeño durante toda la marcha, pero me da una palmada en el hombro cuando se va. Alex se inclina y abraza mi cuello. Jazzy besa mi mejilla. Todos se comportan como si yo hubiera sido condenado a muerte o algo así. Pasan algunos minutos antes de que la habitación se vacíe. Azima se deja caer en una silla, murmurando para sí misma.

Morning no se mueve, ni siquiera suelta mi mano.

Sólo otra imago se queda en la habitación con Speaker. Me he acostumbrado a ver a las mujeres imago en nuestra marcha. Son más altas que los hombres, con rasgos ligeramente más afilados. Esta imago en particular es notablemente joven. Incluso sentada en una postura perfecta y con los brazos cruzados, no parece tener más de doce años. Lleva un par de guantes de gruesa piel, una chamarra militar de cuello alto y sombras oscuras en los ojos: lo más cercano a lo gótico que podría conseguir una imago.

—Ella es Greenlaw —anuncia Speaker—. Ha aprobado todas las pruebas en tácticas militares y razonamiento político. El Remanente votó por unanimidad para que fuera ella quien se uniera a nuestra misión: tal es el respeto que se ha ganado entre ellos. Nuestras reinas actuales ya transmitieron sus sellos, de manera que ella será nuestra nueva líder en el nuevo mundo.

No puedo dejar de decir lo obvio.

—¿No tiene apenas como doce años?

—Diecinueve —responde Greenlaw—. ¿Cuántos años tenías tú cuando te lanzaste al espacio?

Es un buen punto, justo.

—Claro, me lancé al espacio, pero no es como si me hubieran enviado para que representara a toda la humanidad o algo así. Lo único que digo es que es una gran responsabilidad, ¿no?

—¿Mis hombros se ven doblados? —ofrece la más leve sonrisa—. Me he entrenado para este momento desde que nací y mis antecedentes en la escuela son impecables. Estoy preparada para lo que sea.

—Me agrada —susurra Morning.

Sonrío, por supuesto que le agrada. Speaker se aclara la garganta.

—Deberíamos discutir los conceptos básicos de la misión.

Por primera vez, mis hombros se relajan. Tomo conciencia de que es un hecho: me voy. Morning y yo nos separaremos, así son las cosas. Ella parece haber llegado a la misma conclusión y escucha atenta mientras Speaker nos guía a través del calendario general. Greenlaw hace algunas preguntas de sondeo y no es difícil darse cuenta de por qué fue elegida: es la impoluta representación de quiénes son como pueblo. Hace preguntas grandes y pequeñas. ¿De qué manera lo que suceda hará eco en el mundo? ¿En el universo? Morning hace algunas preguntas también. Azima y yo nos instalamos en un incómodo silencio.

El plan nos hace llegar a la Bahía de Lanzamiento 2 unos días antes que el resto del grupo. Nuestra función será actuar como exploradores. Averiguar si Babel se encuentra en el área. Estar atentos también a los hondas. Cualquier cosa que pudiera amenazar el potencial lanzamiento. Nuestra primera tarea, sin embargo, es reactivar un dispositivo de interrupción satelital en desuso ubicado en una base en el continente más al sur. Esto deberá bloquear la cobertura a casi todo en el hemisferio. Si Babel está monitoreando la región de Costado de Hierro, en donde se encuentra la Bahía de Lanzamiento 2, haremos que sea mucho más difícil rastrearnos.

—Tienen algunas horas para despedirse —concluye Speaker—. Partiremos esta noche.

Greenlaw se disculpa cortésmente y abandona la sala. Azima sigue a la chica. Entre ellas y Speaker, siento que tengo buenas probabilidades de sobrevivir. Morning me conduce fuera de la sala. El resto de nuestra tripulación ya se ha ido, tal vez se encuentra durmiendo en algún lugar dentro de la base.

—Vamos, encontremos una habitación.

Me guía. Hay imago por todas partes, los pasillos están colmados hasta que bajamos unas cuantas escaleras hacia una sección más tranquila. Me sorprende lo profundo que es el edificio. La voz de Morning suena tranquila cuando dice:

—En realidad, es un buen plan.

—No está mal —digo—. Pero hubo alguien que escribió algo al respecto. Algo sobre ratones y hombres, ¿cierto?

—Steinbeck —confirma Morning—. En la escuela, nuestro grupo estaba leyendo su libro justo antes de que Babel llegara a reclutarme. Nuestra maestra había emparejado nuestra clase con los chicos del bachillerato Apex. Ahora lo siento como si le hubiera pasado a alguien más. Mi compañera era Anna Roberds. Nunca olvidaré el nombre porque yo insistía en llamarla Roberts todo el tiempo y siempre nos reímos de eso. Las dos tuvimos que hacer el proyecto juntas. Yo estaba en California y ella en Carolina del Norte. Los maestros querían que discutiéramos qué tan fácil era comunicarse de costa a costa. Que comparáramos nuestras vidas con los personajes del libro.

Estoy asintiendo. Suena como la idea clásica de un maestro.

—¿Y? ¿Cuál fue la conclusión?

—Apesta ser pobre —responde Morning con una sonrisa—. Algo así como la razón por la que estamos aquí, ¿cierto?

Seguimos caminando. No estoy seguro de si Morning sabe de hecho adónde vamos, o si es sólo un paseo para aclarar nuestras mentes. Lo siento casi egoísta. Durante las últimas semanas, hemos estado actuando como líderes. Todo ha sido sobre el grupo. Ha sido tan difícil convencerlos de permanecer hombro con hombro con todas las grietas que dejó Babel en nuestras filas. Pero ésta es nuestra mejor oportunidad de ir a casa.

La idea de la casa me hace pensar en mamá y papá.

—Espero que mi familia todavía esté recibiendo los cheques —digo—. Ya es suficientemente mala la manera en que Babel nos está hostigando. Si se están metiendo también con mis padres, haré más que sólo quemarlos. Será una especie de acuerdo para borrar su nombre de los libros de historia.

—Demasiada publicidad —señala Morning—. Podría besar a quienquiera que haya escrito el artículo "Los archivos Babel". Una cosa es romper tus promesas aquí, donde nadie puede ver lo que sucede, pero otra es fastidiar a la gente mientras todo el país está observando. Es el único lado positivo al que me he aferrado en medio de todo esto, imaginando a mi familia recibiendo el dinero. Que la vida se haya hecho más fácil para ellos. Finalmente les debe alcanzar incluso para las facturas de salud de *mi abuelita*. Al menos nos hemos ganado eso con creces.

—¿Podrías besar a la persona que escribió "Los archivos Babel"? —levanto una ceja—. Y yo aquí pensando que íbamos en serio o algo así…

Morning me golpea el brazo.

—Desesperado.

Pero al segundo siguiente, vuelve a enganchar su brazo en el mío y nos lleva a ambos a una habitación vacía. No puedo evitar sonreír cuando cierra la puerta detrás de nosotros. No es el momento ni el lugar, pero aquí estamos, en una habitación abandonada en el fin del mundo. Hay unas cuantas sillas rotas alrededor y una única bombilla que cuelga del techo. Mis ojos absorben todos los detalles de esta chica, esta mujer, de la que me he enamorado en un planeta alienígena.

Ahí está la trenza acostumbrada y mi peca favorita y esas clavículas que se asoman justo por encima del cuello de su traje.

Morning me echa un vistazo y ríe.

—No te traje aquí para hacerlo, así que borra esa sonrisita de tu rostro. Tenemos trabajo que hacer.

Frunzo el ceño.

—¿Trabajo?

—Como si fuera a dejarte marchar a la vida salvaje sin darte cada truco que tengo. Saca un poco de nyxia. Tenemos tiempo suficiente para practicar las manipulaciones más importantes.

—¿En serio? ¿Sin besos?

Ella se acerca y me golpea en la frente.

—Toma tu nyxia. Ahora.

Unos veinte segundos después de haber sacado una pieza de mi mochila, Morning se ha transformado en una instructora de primera categoría. Me guía a través de algunas manipulaciones que yo nunca podría haber imaginado. Algunas son más fáciles que otras. Me muestra el truco de la puerta que usó en su duelo con Jerricho. Otro plato fuerte es la manipulación que ella y Anton inventaron para llevarlo a salvo al espacio. Es una medida desesperada, pero a estas alturas, todas lo son.

Todavía estoy trabajando en cómo crear una tercera puerta con su truco de teletransportación, cuando un delicado llamado a la puerta nos interrumpe. No estoy seguro de cómo Speaker averiguó en dónde estábamos, pero lanza una mirada hacia dentro lo suficientemente larga para decir:

—La escolta se está reuniendo en la planta baja.

Un segundo después, él se ha ido y sólo estamos nosotros otra vez. Morning está a unos sesenta centímetros de distancia. No es difícil recordar la primera vez que hablamos a bordo de la Torre Espacial. Todo fue tan incómodo: la brecha en el marcador, la división por estar en equipos opuestos... Teníamos buenas razones para mantener la distancia pero, al final, no importaron. He tenido razones para pelear desde el principio, quería ganar una nueva vida para mí y para mi familia.

Pero cuando Babel reveló sus intenciones, sobrevivir se convirtió en la meta. Quiero ir a casa, cocinar los fines de semana con mamá y papá, jugar basquetbol con PJ y los chicos. Todo eso habría sido motivo suficiente para pelear, combustible para cada batalla por venir, pero no sólo estoy luchando por lo que dejé atrás: también tengo un futuro por el que vale la pena pelear. Morning y yo merecemos ir a casa, merecemos descansar y ver películas juntos, salir en una cita y reírnos de nada.

Babel arderá antes de que me arrebaten eso.

Doy un paso adelante y ella presiona una mano contra mi pecho. Es suficiente para dejarme sin aliento. La misma mano se cuela y agarra mi cuello, me jala para acercarme. Su voz es tranquila.

—Éste no es nuestro último beso —presiona sus labios contra los míos—. Y tampoco éste —me besa de nuevo—. O éste.

Cuando se aleja, es un milagro que yo todavía esté en pie. Un brillo de fiereza relampaguea en sus ojos, y espero que ella vea lo mismo en los míos. Hay promesas que quiero hacer, sueños grandes e insólitos que quiero compartir con ella. Todo lo que tenemos que hacer es luchar. Todo lo que tenemos que hacer es sobrevivir.

Lo conseguimos y hay un mundo entero esperándonos.

Es el tipo de sueño que nunca digo en voz alta. Siempre lo he sentido demasiado arriesgado, demasiado peligroso. ¿Cuándo se han vuelto realidad sueños así de grandes para un chico como yo? Normalmente no los digo en voz alta porque les tengo miedo. Pero no esta vez. Tomo su mano y empiezo a guiarla de regreso a través de la base.

—Entonces, cuando te encuentres con la familia —le digo—, tendrás que superar a papá primero. Él es todo planes, eso es lo suyo. Quiere saber hacia dónde se dirige la gente, así que te preguntará sobre la universidad. ¿Qué clase de trabajo quieres? Todo eso. Sólo hay que resistir el temporal, y cambiará con el tiempo.

"¿Y mamá? Mamá te amará porque yo te amo. Tan simple como eso. Sin embargo, no estaría de más decirle lo buena que es para cocinar. Está *muy* orgullosa de la sal de mar que esparce sobre las galletas de chocolate con chispas. A ella le gustan esos pequeños toques. Así que asegúrate de señalar algunos.

Tomamos la primera escalera. Morning se ha quedado en silencio. Una mirada rápida me hace saber que está llorando. No es algo malo, sin embargo. No veo derrota en ello. Éstas son lágrimas de esperanza, así que continúo hablando.

—El tío Larry es el raro —unos cuantos imago pasan a un lado de nosotros por el pasillo. La entrada está repleta de nuestra escolta—. Es de esos tipos que se acercan mucho cuando hablan, da abrazos torpes y todo eso. Pero no te preocupes, te vigilaré y no dejaré que quedes atrapada en una conversación con él por demasiado tiempo. Vas a conocer a PJ y también a

43

los otros chicos. No hay consejos para ellos. Existe una especie de acuerdo de hundirse o flotar. Ahí, vas por tu cuenta.

El agarre de Morning en mi mano se intensifica. Speaker está esperando. Azima lleva su mirada hacia nosotros antes de desviarla rápidamente. El resto de nuestra tripulación se ha reunido frente a nosotros. Morning se vuelve para mirarme a los ojos. Tal vez ella no quiere que los demás vean sus lágrimas, o tal vez quiere que seamos sólo nosotros dos por unos segundos más.

—No puedo esperar —susurra. Y luego añade, más fuerte—: Mantente *vivo*. Llega a la estación. Prometiste una cita para un agradable lanzamiento espacial, no lo olvides. Encuéntrame a la mitad del camino, ¿de acuerdo?

La beso en la frente.

—Nos vemos a la mitad del camino.

Enjuga sus lágrimas y me acompaña a la salida. Toda la tripulación del Génesis avanza ahora. Es un poco incómodo tratar de decir un adiós que todos esperamos que no lo sea realmente. Alex golpea ambos puños y me llama hermano. Jazzy me envuelve en un inmenso abrazo de esos que sólo recibes de tus hermanas… o de las personas que se han transformado en tales. El último en acercarse es Katsu. Él pone un brazo alrededor de mi hombro y me jala hacia un lado. Su rostro se ve más serio de lo que jamás he visto.

—Si tú regresas —dice—, y nosotros no, ¿me prometes que harás algo por mí?

Lo miro.

—Cualquier cosa, hombre.

Toma una respiración profunda.

—¿Les dirás a todos que yo era muy popular aquí? Ya sabes, como el favorito de los imago. Hay una chica que no quiso salir conmigo en la secundaria, quiero que sienta como si se lo hubiera perdido...

—¿Qué pasa contigo?

Ríe odiosamente.

—No actúes como si no me amaras. Mantente a salvo, hombre. Yo me aseguraré de mantener a todos en orden aquí. No te preocupes, el capitán Katsu está al mando.

—Estoy seguro de que lo harás.

Speaker da la señal, y nuestra escolta forma filas. Me deslizo hacia atrás en dirección a Morning y le robo un último abrazo. Siempre olvido lo fuerte que es ella. Con los huesos aplastados y los pulmones vacíos, comienzo el largo camino hacia el norte. Azima va al frente, con Greenlaw a su lado. El olor de Morning se queda conmigo hasta que llegamos a la primera línea de árboles. Miro hacia atrás el tiempo suficiente para llamar su atención una vez más.

Esa mirada final dice mil cosas.

Esto no es un adiós.

Ése no fue nuestro último beso.

Sobrevive.

Encuéntrame a la mitad del camino.

Y luego el bosque se traga su figura.

CAPÍTULO 4

SOLO
Emmett Atwater

15 DÍAS 03 HORAS 46 MINUTOS

Recubiertos por nuevo equipo, marchamos a través del valle más septentrional. El sendero elegido nos arroja a la cubierta de un bosque que se extiende hasta llegar casi a la costa. Una brisa sacude los árboles, pero todavía se siente cálida. Puedo sentir mi traje ajustándose a la temperatura para mantenerme fresco mientras caminamos. Jacquelyn nos entregó un equipo tan sofisticado como cualquier otra dotación que Babel nos haya dado. Algunos de los elementos son tan similares que sólo puedo preguntarme quién copió a quién: ¿Babel o los imago?

Speaker nos entrega dispositivos que se parecen a los exploradores. Azima nota la similitud mientras lo desliza sobre una oreja. Deslizo mi propia lente hacia abajo, frente a mi ojo izquierdo, y comienzo a parpadear para familiarizarme con su configuración. Hay una pantalla que sigue nuestro progreso a lo largo de la ruta designada hacia la costa. Voy alternando hasta que todo se convierte en una visión nocturna al estilo *KillCall*. El mundo adquiere un marcado perfil en la oscuridad.

Me encuentro caminando a un ritmo familiar. Es el mismo paso cuidadoso que aprendí en las calles de Detroit. El mismo que necesitaba a bordo del *Génesis 11*, el que he necesitado a lo largo de mi vida. Es una señal para que el mundo conozca que sé que es peligroso y que estoy preparado para lo que venga.

Nuestra guardia armada me hace sentir como una celebridad, de la misma manera que nos sentimos mientras caminábamos a través de los anillos del Conjunto Siete. Speaker nos informa que está menos preocupado por un ataque de Babel que por la vida salvaje habitual en el continente en el que nos encontramos: el Camino de los Colonizadores. Nunca explica el nombre, pero cada ruina abandonada es una pista lo suficientemente reveladora. Esta tierra estuvo alguna vez llena de gente. Incluso los senderos del bosque nos llevan más allá de fuertes fortalezas que se han desvanecido con el tiempo. No puedo evitar pensar que así es como se verá todo su mundo en poco tiempo.

Tal vez sea un viejo hábito, pero Speaker susurra mientras caminamos, señalando ciertas plantas y huellas en el barro. A él no parece importarle que el mundo que nos enseña está al borde de la extinción.

—Dirigimos a Babel hacia Jardín Sombrío para su aterrizaje —explica—. Es el más seguro de nuestros cinco continentes. Muy pocos originarios. La mayoría de los depredadores simbióticos evitan a los imago y, por extensión, a los humanos. Ellos querían el camino que ofreciera una menor resistencia para su viaje al Conjunto Siete.

Asiento con la cabeza. Ahora sabemos que el principal objetivo de Babel nunca fue la seguridad en las prácticas mineras. Ni siquiera se trataba de conseguir más nyxia. Ésos eran planes de contingencia y beneficios extra que iban de la mano con su *verdadero* objetivo: introducirnos a la ciudad, desactivar las defensas, destruir a los imago. Todo lo demás, el entrenamiento, las simulaciones, las instrucciones, eran movimientos iniciales en el juego final que Babel estaba jugando.

Nos hicieron competir. Nos vimos obligados a luchar. Pasé tanto tiempo evaluando a todos los demás que nunca vi en realidad las verdaderas intenciones de lo que estaban haciendo. La realidad es que ambos, los imago y Babel, apostaron por nosotros. Y todavía no estoy seguro de quién ganó.

—El último claro está adelante.

El anuncio viene de Greenlaw. Una mirada atrás muestra su zancada deliberada dentro de la protección de nuestra guardia armada. Sus ojos están enfocados en las lecturas del explorador. No es difícil ver por qué fue elegida: camina como si ya fuera una reina. Supongo que ayuda tener un sello oficial en el bolsillo trasero que *dice* que eres la reina.

Nuestra escolta se detiene en el borde del claro. Las colinas onduladas se sitúan entre nosotros y los acantilados que están claramente marcados en los mapas. Pierdo la cuenta de las granjas abandonadas y los silos que pueblan el paisaje silencioso. Mi explorador muestra un único punto brillante a lo lejos, ligeramente hacia el oeste.

—¿Qué es eso? —pregunto—. ¿El marcador?

—Una persona —responde Speaker en un murmullo.

—¿Sólo una?

—Por extraño que parezca, sí.

Da otra señal y todo el grupo busca sus armas. Speaker saca su maza con cuidado. Los guantes de Greenlaw se vuelven *borrosos*. Espero a que tomen forma, tal vez garras como las mías, pero permanecen en ese extraño estado de interpolación. Levanto una ceja mientras avanzamos.

Hay un patrón en nuestro progreso. Dos exploradores se abren de par en par. Cuatro avanzan en cuclillas delante de nosotros. Speaker nos hace señas para que nos agachemos cuando todo el grupo se acerca al objetivo distante.

Mis ojos trazan la llanura oscura. Pasamos por cobertizos abandonados y pozos descoloridos por el tiempo, sobre una colina tras otra, bordeando las pilas de maquinaria oxidada a medida que avanzamos. Casi luce igual que cualquier pueblo agrícola en la Tierra y, al mismo tiempo, parece completamente extraño: las herramientas son de diferentes formas y las estructuras de las granjas fueron diseñadas para propósitos diferentes. Más o menos a mitad del camino, veo el fuego.

Las llamas parpadean contra las sombras. Nuestros exploradores rodean la ubicación. Una sola figura se encorva allí, cuidando una especie de asador de carne. Una vez más, me sorprende la familiaridad de la escena: un hombre que cuida la comida en un fuego solitario. Podría estar sucediendo en cualquier parte de la Tierra, excepto que nunca he visto a nadie en la Tierra asando algo como lo que él está cocinando.

Es un insecto enorme. Las alas relucientes se están chamuscando lentamente en camino de convertirse en una masa negra. Un ojo de panal mira hacia fuera, y toma unos segundos darse cuenta de que no es un ojo grande, sino cientos, más pequeños. Desprende el satisfactorio crepitar de la fogata, pero el olor no me resulta familiar.

—Acérquense ahora —dice el imago, todavía de espaldas a nosotros—. Los escuché mucho antes de que entraran a este claro. Únanse, si quieren. El fuego es cálido y la comida, aceptable.

Es la primera vez que escucho la edad de un hombre en su voz: suena como un anciano. Speaker guarda su arma con muchos aspavientos. Greenlaw sacude sus muñecas y la nyxia vuelve a acomodarse en esos gruesos guantes de piel. El resto del grupo sigue su ejemplo.

Speaker y los demás habían mencionado que algunos imago vivían fuera del Conjunto Siete, pero siempre imaginé pueblos solitarios en las montañas, no ermitaños asando insectos más grandes que mi cabeza. Todo el grupo forma un círculo de cara al hombre, pero Speaker mantiene una distancia prudente.

El tiempo ha erosionado al extraño en todos los sentidos. No sólo en las ligeras arrugas alrededor de su boca o en la suave joroba sobre sus hombros, sino también en la mirada que nos dirige. Alguien más joven se tensaría si viera extraños rodeando su casa, pero es increíblemente claro que a él no podríamos importarle menos.

—¿Vives aquí? —pregunta Speaker.

El hombre sonríe y sus dientes son sorprendentemente blancos.

—La mayor parte de los días.

—¿Cuándo te fuiste del Conjunto Siete?

Él levanta su mano en respuesta. Todo el grupo ve las cicatrices arrugadas donde debían estar dos dedos.

—Liberado con honores —gruñe—, hace más de doce años.

Me doy cuenta de que debe haber servido en el Séptimo. Eso se granjea una actitud mas respetuosa de parte de algunos de nuestros guardias. Speaker mira al hombre, y su conflicto es claro. Me toma un segundo reunir todas las piezas: doce años es mucho tiempo, definitivamente antes de que los imago supieran sobre el curso de colisión de sus dos lunas. Nadie le ha dicho que el mundo se está acabando. Pero no podemos llevarlo con nosotros, no es que haya asientos adicionales en la bahía de lanzamiento.

Speaker toma la decisión.

—No pretendíamos entrometernos —dice—. Mantente caliente, amigo.

Se vuelve para guiarnos, y la calma exterior del hombre finalmente se rompe. La desesperación se infiltra en su expresión. Estaba tratando de actuar como si no tuviera miedo, pero ahora es bastante claro que él tiene menos miedo de que lo matemos a que lo dejemos solo otra vez.

—¿Noticias de la ciudad? Cualquier chatarra servirá.

Speaker se vuelve. Un escalofrío recorre mi espalda. Es un momento tan íntimo. Tal vez la última vez que el ermitaño le hable a otra persona antes de que el mundo llegue a su fin.

—Las reinas están bien —dice Speaker—. Las lunas son brillantes.

Tiene el sonido de una frase común y corriente algo dicho de pasada. La voz de Speaker se detiene al final y da media vuelta otra vez. Los guardias lo siguen, pero yo no puedo moverme de mi lugar. El hombre también debió haber oído el pequeño temblor en la voz de Speaker porque la confusión se extiende por su rostro. Me quedo allí parado, sabiendo que el resto de su vida la pasará preguntándose qué no era digno de escuchar.

Es demasiado.

—Las lunas van a colisionar —digo—. El mundo se está acabando.

Sus ojos me absorben. Por primera vez, ve que no pertenezco allí, que no soy un imago. En silencio, se estira y da vueltas al asador.

—Sin embargo, desde el principio ha ido hacia su final, ¿no es así? —pregunta.

Speaker y los demás están esperando que los siga, pero no puedo evitar pensar en Morning y en el resto de nuestro equipo de Génesis. Nos estamos preparando para el fin del mundo, pero al menos lo estamos haciendo juntos.

—No deberías estar solo —le digo al hombre—. Cuando esto suceda, no deberías estar solo.

Una sonrisa se dibuja en su rostro. Sus dedos trazan una pequeña marca que recorre el lado derecho de su cuello, y advierto que es el implante nyxiano estándar que tiene cada imago.

—Nosotros nunca estamos solos. Te deseo todo lo mejor, extraño. Si el mundo se está acabando, estás en buena compañía.

Sus ojos se fijan de regreso en la tarea que tiene entre manos. Lo observo mientras quita la carne del asador, y Azima tiene que empujarme para que siga a los demás. Speaker estaba preocupado de que los animales salvajes pudieran interrumpir nuestro vuelo hacia el norte. El ermitaño nunca fue una amenaza, pero no creo que alguna vez consiga escapar de la imagen de él sentado frente al fuego solitario cuando las lunas colisionen.

Nuestros mapas marcan la caleta como a quinientos metros de distancia, pero cada minuto que pasa parece pesar como una hora. El olor del mar se hace más condensado, seguido por el sonido de las olas que golpean contra la piedra. Llegamos a un claro, más allá de los delgados árboles, bajamos la mirada hacia un mar agitado. Los imago siguen moviéndose, pero la visión hace que Azima y yo nos paremos en seco. La caleta se enrosca alrededor de los bordes rocosos de una isla lejana. Todo está iluminado por la codiciosa luz de luna.

—Allá en casa, nunca vi el océano —digo—. Sólo lagos.

Un enorme oleaje golpea el muro por debajo de nosotros. La espuma sale expulsada, en busca de las lunas.

—Ven —dice Azima—. Vámonos. El hogar está esperando.

La idea de *hogar* me infunde valor.

Los dos intercambiamos una mirada y no necesitamos decir nada más en voz alta. Nuestro plan es dejar este mundo atrás. Es desgarrador, pero sabemos que el hogar está esperando más allá del brillo de las estrellas. Con el peso de ambos mundos sobre nuestros hombros, seguimos a los imago por la costa de piedra y damos el primer paso de nuestro largo viaje a casa.

CAPÍTULO 5

EL COLOSO
Emmett Atwater

15 DÍAS 01 HORA 08 MINUTOS

El *Coloso* asciende desde las profundidades. La luz de la luna brilla sobre su casco plateado. El barco es del mismo tamaño que los que usamos normalmente, pero las modificaciones son obvias. La proa se redondea en la forma de un puño de hierro enorme. Una serie de taladros afianzan la sección frontal, al parecer, listos para pulverizar cualquier cosa. Observamos cómo los guardias restantes levantan las cuerdas enterradas y tiran de ellas con fuerza para acercar el barco a la costa.

Speaker apila el equipo en un bote de remos y nos hace señas para que nos unamos a él. Azima resplandece con esa sonrisa familiar. Me golpea en el hombro antes de marchar hacia el agua.

—¡Somos como exploradores!

Me cuesta mucho compartir su entusiasmo. Greenlaw la sigue con una sonrisa. Entro después de ellas, agradecido por las botas mejoradas, y ayudo a Speaker a empujar nuestro bote de remos en el agua. Una vez que el fondo se desliza libremente, Speaker y yo nos trepamos. Greenlaw toma los remos de nyxia y no puedo evitar notar cómo reacciona el material a su toque: las cuchillas al final de cada remo se transforman en un diseño más complejo. Cuando Greenlaw los baja al agua, las cuchillas comienzan a girar como hélices. Salimos disparados como rayo de inmediato.

—Guau —dice Azima, con los ojos muy abiertos—, ¿cómo hiciste eso?

Greenlaw sonríe.

—Son los guantes. Son mi propio diseño, los uso para todo.

Asiento con la cabeza hacia ella.

—¿Nos podrías enseñar?

—Por supuesto —dice ella con confianza—. Dominar este truco les tomará ocho años.

Tengo que obligarme a no recordarle que nos quedan alrededor de quince días en este planeta. Ella nos guía sobre oleadas leves y hacia la forma inminente del *Coloso*. Cuando estamos al alcance, me levanto sobre mis inestables pies y ayudo a girar la escotilla. Nuestro equipo arroja dentro algunas bolsas de equipo.

En la costa, los imago están levantando un segundo barco oculto, idéntico a los que siempre usamos en los entrenamientos. La improvisada tripulación toma sus estaciones y pone a funcionar su motor antes de moverse suavemente en dirección a nosotros.

Subimos a bordo y abandonamos el pequeño bote de remos.

—Pongámonos en movimiento —dice Speaker, cerrando la compuerta.

Él toma la silla del capitán que está al frente, y nosotros, los asientos a sus lados. Las holopantallas proporcionan imágenes en vivo de cámaras conectadas al exterior del barco. Es casi como mirar a través de ventanas que en realidad no están ahí.

Al sonido de la voz de Speaker, todo el tablero se ilumina.

—*Coloso*, éste es tu capitán —dice—. Por favor, brinda la potencia auxiliar y la cadena de mando a los otros miembros de la nave. Anuncien sus nombres, por favor.

Nos turnamos para decir nuestros nombres en voz clara. La computadora los registra como códigos de acceso válidos. Speaker se inclina sobre los controles y hace que el navío se desplace después de unos minutos. A nuestra derecha, el barco con los pasajeros imago también se desliza. Las olas de medianoche nos rodean. Un ligero estremecimiento anuncia nuestra inmersión inminente. El agua sube a lo largo de las paredes exteriores, y en lo único que puedo pensar es en ese solitario imago y el fin del mundo. Decido cambiar el tema.

—Speak, ¿para qué es el segundo navío?

Nuestro compañero acelera sus motores antes de desaparecer en un rápido estallido de velocidad.

—Estamos tomando todas las precauciones —responde Speaker—. Si Babel está monitoreando nuestros movimientos, tenemos la esperanza de que sea la otra nave la que llame su atención: es un señuelo. Vamos a mantener oculto nuestro radar por unas cuantas horas. Para cuando salgamos a la superficie, esperamos encontrarnos fuera de las zonas que Babel está monitoreando. Ustedes pueden aprovechar nuestro viaje para revisar los esquemas del primer destino o para dormir, ¿quién quiere ir primero?

Niego con la cabeza.

—No estoy seguro de poder dormir ahora.

—Prefiero estudiar —Azima coincide, luego ríe—. Nunca pensé que diría eso.

Speaker se levanta.

—Yo tomaré el primer turno entonces. Greenlaw, intenta que no nos maten.

La imago más joven hace un gesto que nunca había visto: un rápido golpe de una mano contra la palma de la otra. No estoy seguro de lo que significa, pero la sonrisa de Speaker se ensancha cuando le ofrece el asiento de capitán. Él cruza la habitación y me pregunto en dónde planea tomar una siesta. La respuesta llega con un tirón de una palanca en la pared del fondo. Cuatro catres militares apilados se liberan, todos conectados por escaleras de cuerda. Toma la litera de abajo y se acomoda debajo de mantas preempaquetadas.

—Greenlaw —digo, volviéndome—. Esos guantes… ¿cómo trabajan?

Ella sonríe ante la pregunta.

—Tan ansioso por aprender. ¿Por dónde comienzo? Supongo que con lo básico. Speaker es mayor. La mayoría de su generación utiliza la manipulación originaria, que tiene que ver con la posesión. Una persona y su capacidad para cambiar la forma de la nyxia. Mi estilo se llama manipulación forjada.

—¿Como sus criaturas? —pregunto—. ¿Originarias y forjadas?

—Exactamente. Las originarias operan por su cuenta mientras las forjadas combinan fuerzas para ayudarse mutuamente. Mi objetivo es manipular tu manipulación: tú proporcionas la base y yo añado el *bum*.

Azima se inclina con curiosidad.

—¿Por qué no lo usan todos?

Greenlaw se encoge de hombros.

—Se requiere una confianza muy íntima. El Remanente lo usa porque hemos entrenado juntos durante los últimos cinco años. Pienso que todos nos acostumbramos a las manipulaciones forjadas porque sabíamos que íbamos a un mundo nuevo, y que sólo nos tendríamos el uno al otro.

—Y a nosotros —señala Azima—. Nos tienen también a nosotros.

Eso gana otra sonrisa de Greenlaw.

—¿Quieren que les muestre cómo funciona?

Miro alrededor de la habitación. No hay un ápice de espacio dentro de nuestra cabina, pero Azima no puede resistirse al ofrecimiento. Greenlaw le pide que manipule su arma favorita. El pensamiento de Azima moldea con facilidad el material en su lanza predilecta.

—Repasa algunos golpes, en tu estilo habitual.

Azima utiliza todo el espacio disponible. Gira y se agacha y embiste. Greenlaw observa sus movimientos cuidadosamente antes de asentir.

—De acuerdo. Voy a ir por tu nyxia. Tu instinto será *resistirte* porque es lo que te han enseñado. Lucha contra ese instinto, siente mi alcance. Identifícalo como una amiga que te está brindando una ofensiva útil en una nueva dirección.

Veo a Azima tomar su postura de nuevo. El aire se estremece cuando Greenlaw intenta la primera manipulación forjada. Azima se estremece antes de reír a carcajadas.

—¡Lo siento! ¡Hazlo otra vez! Estoy lista ahora.

Un alcance invisible vuelve a rozar el aire, y esta vez veo que los ojos de Azima se estrechan con satisfacción. Ella trabaja con los mismos movimientos que antes: desliza un pie hacia atrás, lleva la lanza alrededor para bloquear un golpe imaginario, y luego planta su pierna atrás. Mientras ella arroja la lanza al frente, Greenlaw impulsa ambas manos con la sincronización perfecta.

Y tres cuchillas brotan de la punta del arma de Azima. Ella deja escapar un suspiro cuando cada una de ellas se atasca peligrosamente en las paredes interiores del barco. Hay un instante de cejas levantadas y mandíbulas caídas antes de que Azima vuelva a sonreír.

—¿No es *genial*?

Greenlaw sonríe.

—Si puedes aprender a permanecer receptiva a mí, nos divertiremos mucho juntas.

Hay un ligero rugido en las literas. Speaker no se molesta en desenterrarse siquiera, pero su voz resuena con severidad a través de las mantas apiladas.

—Sin proyectiles dentro del barco, por favor.

Los tres intercambiamos sonrisas.

—Vamos —dice Greenlaw—. Abriré los esquemas básicos para que los estudien.

Tarda unos segundos en cargar una pantalla secundaria. Ella se concentra en conducir mientras Azima y yo nos sumergimos en la investigación. Hay un enfoque tácito. No estoy seguro de si es la amenaza de las lunas que penden en lo alto o un poco de esperanza en el hogar, pero queremos esto. Debemos tener éxito.

Babel infundió esta competitividad en nosotros, o tal vez creció a partir de lo que ya estaba allí. Como sea, me doy cuenta de que también hay una parte de mí que está ansiosa por vengarse. Quiero que los planes de Babel sean consumidos por las llamas. La curiosidad de Azima ayuda. Ella advierte cosas en los mapas que yo paso de largo, y es muy cuidadosa al leer cada nota que el arquitecto escribió en los planos originales.

El esquema de nuestra misión nos indica desembarcar en la costa suroeste de un continente llamado Risend. Es el más pequeño, y la única nota que tenemos al respecto afirma que es en donde Babel aterrizó por primera vez hace muchos años. Nuestra ruta se desplaza tierra adentro durante unos quince kilómetros antes de llegar a una serie de barrancos que abarcan todo el mapa.

Azima da un golpe sobre una **X** oscura en la pantalla: Refugio del Barranco.

Se extiende sobre uno de los cañones. Los planos muestran una torre a cada lado, conectada por siete puentes habitables. Los tres cruces superiores se conectan directamente a los exteriores de ambas torres, pero los cuatro inferiores se comunican a través de los lados del barranco y en las secciones enterradas de cada torre.

—Esta nota de aquí —señala Azima— dice: "Usar los ganchos de agarre".

Asiento.

—Ya lo había visto.

—¿Qué diablos es un gancho de agarre?

—Lo disparas… —respondo, un poco inseguro de mí mismo— ¿y se engancha a algo?

Los ojos de Azima se estrechan intencionadamente.

—Ahhh, ¿como Batman?

—Puedes llamarme Bruce Wayne.

Ella ríe y se levanta de su asiento.

—Ya estudiamos suficiente, ni siquiera consigo ver bien. Voy a dormir un poco, Emmett. Despiértame cuando sea el momento de golpear algo, ¿entendido?

—Entendido.

Hago el papel de copiloto inútil por un rato. Speaker finalmente me releva y entabla una conversación fluida con la imago más joven. Me retiro a las literas y duermo. No estoy seguro de cuánto tiempo estoy fuera, pero hay un momento en el que todo el barco comienza a temblar por la vibración.

Me siento como si estuviera de nuevo dentro de mi taladro en la mina, sumergiéndome en busca de más nyxia, hasta que una mañana ártica silba y surge en las ventanas. Estamos de regreso en la superficie, y la proa de hierro de la nave está perforando lo que parece un mar de hielo infinito. Puedo escuchar los taladros delanteros girando mientras pulverizan los fragmentos dispersos y nos impulsan gradualmente hacia delante. A medida que el barco se acerca a las placas de hielo, Speaker activa algo como los golpes de pulso de los taladros de Babel.

Aplastan y debilitan el hielo antes de que el gran casco de nuestro barco se estrelle contra los fragmentos con verdadera fuerza. La idea de dormir un poco más se desvanece. Un golpecito en el hombro releva a Greenlaw. Se dirige a las literas mientras tomo uno de los asientos de copiloto. Speaker lucha en el terreno por otra media hora. Finalmente, me muestra los controles y se toma un descanso para frotarse las manos llenas de ampollas.

Sé que puedo hacer este trabajo. Mis manos recuerdan los movimientos, y pueden soportar el desgaste. Es como manejar el taladro. Speaker permanece detrás de mi hombro por un rato, pero comprueba que sé lo que estoy haciendo y eventualmente se recuesta y cierra los ojos. De alguna manera, Azima logra dormir durante todo este asunto.

La destrucción es justo la terapia que necesito. Dudo que Vandy lo aprobara, pero algo me inunda y le ofrece a mi alma rota un dulce alivio. Comienzo a deleitarme con la facilidad con que destruyo el océano helado que está entre nosotros y nuestra meta. Esto me ayuda a recordar las promesas que le hice a Morning y las que hice afuera del jardín donde enterramos a nuestros amigos.

Nos vemos a la mitad del camino. Pero en el camino, Babel arderá.

Ésa es mi canción ahora. Voy por ellos y me llevaré todo lo que pueda. El pensamiento me infunde valor. El bote se eleva antes de derrumbarse. Los taladros giran y se retuercen.

Todo ese hielo se pulveriza hasta la nada detrás de nosotros.

CAPÍTULO 6

EL REFUGIO DEL BARRANCO
Emmett Atwater

13 DÍAS 20 HORAS 37 MINUTOS

Speaker me releva cuando estamos a sólo cincuenta kilómetros de tocar tierra.

Azima me vuelve a llamar a las literas, y dejo que el ritmo me sumerja en una especie de sueño. La falta de movimiento me despierta en cuanto anclamos. En silencio, los cuatro nos preparamos para la siguiente fase.

Nuestros exotrajes tienen todos los dispositivos imaginables. Fibras de camuflaje para mantenernos alejados de los radares de Babel. Control de temperatura que se adapta al ligero enfriamiento del aire. Bolsillos de nyxia en capas en las uniones del traje para que sea utilizada según se requiera. Incluso hay un pequeño lugar a lo largo del cinturón utilitario para enganchar mis manoplas de boxeo. Todo lo que necesito es un chasquido y un giro, y puedo levantar mis manos, listo para una pelea. La lanza de Azima funciona de la misma manera.

A nuestro lado, Speaker inspecciona su maza antes de atarla a su espalda. Greenlaw guarda algunas dagas antes de revisar sus guantes otra vez; me sorprende mirándola y levanta una ceja.

—¿Qué?

—Acabo de recordar lo que dijo Feoria. Eres la futura reina o lo que sea, ¿cierto? Supongo que sólo estoy sorprendido de que Speak te permita pelear si es necesario.

Greenlaw me devuelve una sonrisa confundida.

—¿Así es como funcionan las cosas en tu mundo? ¿Sólo tienes que pelear si decides pelear? En nuestro mundo, la lucha viene a ti, ya sea que la solicites o no. Los sabuesos pueden captar un aroma a tres bosques de distancia. Las arabellas sienten las vibraciones de *cada* paso. Sin mencionar que tu especie ha estado en el cielo desde antes de que yo naciera. Siempre estoy lista porque sé que la pelea vendrá, ya sea que lo quiera o no.

Marcha hacia el frente sin decir nada más.

Azima sonríe antes de seguirla.

—Me agrada, en verdad.

—Cuidado con las reinas —me dice Speaker, casi riendo—. Tienen la costumbre de conquistar.

Todos comenzamos a avanzar tierra adentro y él nos da instrucciones mientras marchamos.

—Ustedes ya revisaron los esquemas —dice—. Déjenme informarles de los últimos cambios en las directivas de la misión. Primero, tengo las últimas lecturas de la base. Hay movimiento dentro, pero no estamos seguros de quiénes son los ocupantes. Es bastante insignificante, y reciente. Podría tratarse de Babel o podría estar anidando algún eradakan. Lo sabremos hasta que estemos ahí.

—Estoy segura de que sea lo que sea, tendrá colmillos y garras envenenadas y todo eso —añade Azima.

Speaker sacude la cabeza.

—Las aves freiza usan veneno, pero no migran tan al sur.

Azima me mira y pone los ojos en blanco. Parece que en este lugar es sólo una pesadilla tras otra. No puedo creer que Babel se haya imaginado que podrían conquistar este mundo. Es mucho más salvaje de lo que nunca supieron; incluso si hubieran tenido éxito y hubieran eliminado a los imago, no es difícil imaginar que unas cuantas colonias perdidas más se ganaran un lugar en los libros de historia.

—Preparados para lo que sea —continúa Speaker—, vamos a entrar a la base desde *abajo*. Si se trata de Babel, se llevaran una buena sorpresa con nuestra llegada. Nuestro objetivo es neutralizar el sitio y acceder a las torres. Cada una está equipada con los dispositivos de interferencia de Jacquelyn. La ciencia me supera, pero han creado una señal que interrumpirá las imágenes satelitales de Babel. Específicamente, no podrán monitorear ninguna región alrededor de la Bahía de Lanzamiento 2. Es imposible ocultarse por completo de Babel, pero creemos que esto despejará un camino.

Azima y yo asentimos. No estamos seguros de quién está en casa, entonces, pero llamaremos a la puerta con el puño pesado. Puedo advertir un poco de emoción en la voz de Speaker. Esa misma emoción está en nuestros pasos rápidos y manos ansiosas. Podemos saborear la sangre en el aire. Supongo que todos estamos ansiosos por dispararle a Babel.

La conversación gira en torno a una nerviosa sucesión de hechos. Risend, nos recuerda Speaker, es donde Babel aterrizó por primera vez. No era una región muy poblada, y Babel ya había explotado más de noventa por ciento de la isla antes de que el primer enviado de los imago llegara hasta ellos. Antes de que todo se dirigiera hacia el sur. Azima y yo intercambiamos una mirada significativa. Vimos las imágenes de ese día. Fue una masacre.

—Yo estaba allí —dice Speaker.

—Pero eso no es posible... —mi voz se apaga porque, por supuesto, él sí podría haber estado allí. Fue hace veintisiete años, más tiempo del que yo he estado vivo, pero un periodo corto para su especie.

—Babel llegó con arrogancia —explica Speaker—. Había dos aldeas en Risend. Forasteros. Como el hombre que vimos junto al fuego o los grupos que eventualmente llegaron a ser conocidos como los hondas. Eso no cambia el hecho de que fuera *nuestra* gente. Babel les tendió una emboscada a las aldeas. Los imago cayeron muertos y nosotros respondimos de la misma manera. A veces me pregunto si cometimos un error ese día, tomando sangre por sangre. Me pregunto si esa mentalidad fue la que nos llevó a donde estamos ahora, luchando unos contra otros en lugar de cooperar de manera pacífica.

Caminamos en silencio. Estoy agradecido cuando Azima pone palabras a lo que estoy pensando.

—No puedes creer eso —dice ella—. Speaker, lo mismo sucedió en nuestro mundo. En el país en el que yo vivía, y en todos los países a su alrededor, las personas con poder vinieron y se llevaron todo lo que quisieron. Destrozan los cuerpos que quieren destrozar. Destruyen cosas. Les cambian los nombres. Y luego pretenden que eso *siempre* fue suyo. Babel habría hecho lo mismo aquí.

Speaker considera sus palabras antes de asentir, un gesto que ha aprendido de nosotros.

—Tienes razón. Y las lunas han hecho que todo esto pierda cualquier sentido. No importa quién tenga el control del planeta cuando colisionen. Ya no se trata de ser conquistado, sólo existe la necesidad de sobrevivir y avanzar. O dejamos este mundo o morimos.

Sus palabras y nuestros pasos son los únicos sonidos. Él tiene razón. Babel se despertó a la mañana siguiente de la caída del Conjunto Siete y tal vez pensó que ya había ganado, que este mundo les pertenecía ahora. Me pregunto cuánto tardarán en darse cuenta de lo que han heredado. Y espero que nosotros ya nos hayamos ido cuando las lunas colisionen entre sí. Sé que ése es el momento en que la gente *realmente* comenzará a entrar en pánico.

He visto esas películas. No hay reglas cuando los mundos se derrumban.

Nuestra tripulación avanza kilómetro tras kilómetro con facilidad. Risend es frío, pero no tiene nada que ver con el invierno en Detroit. Una vez que estamos en el desfiladero, el viento arrecia. Azima es lo suficientemente inteligente como para quitarse la pulsera y guardarla dentro de su mochila: nada brillante que atraiga los ojos de los potenciales francotiradores de Babel. Flanqueamos un lecho de río seco a través de los cañones serpenteantes. Ciertas zonas húmedas se tragan nuestras botas. Algunos pájaros revolotean en el cielo. Todos éstos son breves destellos de un mundo que nunca conoceré a fondo.

Speaker hace una pausa a pocos kilómetros. Me sorprende verlo sacar lo que parece un rifle de su mochila. Me encuentro mirando mientras él atornilla un cilindro nyxiano sobre el cañón. Mira a los pájaros distantes antes de ofrecerle el rifle a Greenlaw.

—Las mejores calificaciones en tu clase, ¿cierto? —pregunta con una sonrisa—. Permítenos verlo.

Greenlaw toma el rifle, ajusta algunas palancas y lo levanta. Ahora que sé cómo funcionan sus guantes, puedo ver la manipulación en acción. El material se endurece hasta que parece que está sosteniendo el arma con un agarre firme y similar al hierro. El arma parece enorme en comparación con ella, pero se ve cómoda al encontrar el objetivo, exhala una vez y dispara.

Sabemos que apretó el gatillo porque el movimiento de la culata cimbra sus hombros y una de las aves cae en una espiral antinatural. Las otras se dispersan hacia el oeste. Había retrocedido un poco, esperando un estallido, pero no llegó ningún sonido. Ni siquiera un susurro. Veo cómo Greenlaw desenrosca el cilindro nyxiano y se lo lanza a Speaker.

—¿Cómo estuvo eso? —pregunta ella.

Él sonríe.

—A la altura de tu reputación.

Ella guarda cuidadosamente el rifle en la bolsa de nuestro equipo mientras Speaker observa la bandada de pájaros que desaparece.

—Dagas —nos recuerda—. Criaturas proféticas. Ellas saben cuándo habrá sangre. Comer a los muertos les hace percibir quién morirá después. Su presencia es una clara advertencia.

—¿Advertencia? —pregunta Azima, mirando el cielo vacío—. ¿Advertencia de qué?

—Algo hostil está en el refugio. Las aves prometen sangre —responde Greenlaw.

Esas palabras traen una nueva tensión al ambiente. Caminamos preparados para las balas, con los ojos puestos en cada rama que mueve el viento. Sin embargo, mi mente se remonta al disparo del rifle. El jugador de videojuegos que viven en mí no puede dejar de preguntar.

—Fue tan callado —le digo—. ¿Usaste un silenciador?

Speaker saca el cilindro.

—Todos los sonidos se canalizan a través de esto. El disparo del rifle está guardado en su interior ahora y podré usarlo más tarde si es necesario. Siempre es bueno tener una distracción.

Asiento con la cabeza.

—Y es un rifle. No sabía que los imago tenían rifles.

—Hemos usado armas de largo alcance durante siglos. Honestamente, son un poco anticuadas. Las armas que usa Babel son casi reliquias para nosotros. Resultaron ineficaces en algunas de las guerras transcontinentales que emprendimos hace doscientos años. Y por una buena razón también. Activa la nyxia en tu hombro, es una defensa preestablecida que todos los niños imago conocen.

Estiro mi pecho y pongo un dedo en la nyxia. Ha pasado un tiempo desde que en verdad necesité manipular cualquier cosa. Por fortuna, mi alcance mental no está demasiado oxidado. La sustancia se activa, pero en lugar de tener que esforzarme por crear una imagen, ya hay una esperándome. Me recuerda a los diseños preestablecidos que Babel instaló en sus barcos: Bilal y los demás miembros de la tripulación que estaban sentados en las estaciones defensivas podían dar forma a la nyxia como quisieran, pero también había diseños predefinidos programados en su estación, lo que hacía más fácil reaccionar ante los cambios en un enfrentamiento. Ese mismo tipo de imagen está en la nyxia implantada en mi hombro, lo único que necesita es un empujón.

La forma se manifiesta. Un escudo translúcido dibuja círculos en el aire frente a mí y emite descargas eléctricas. Se parece a la que usé en mi lucha contra Roathy en el espacio. Otro pensamiento hace que la sustancia retroceda hasta el hueco diseñado en mi hombro.

—Esa defensa se activará más rápido que tus instintos —dice Speaker—. La mayoría de nuestros edificios están equipados de la misma manera. Nuestra pericia siempre ha radicado en la capacidad defensiva. Aún no han visto nuestras redes de batalla tácticas. Son tan llamativas y hermosas como cualquier obra de arte.

—Siempre me había preguntado al respecto —le respondo—. No entendía por qué los misiles de Babel no eran el factor más importante. Si ellos tenían todo el armamento normal, me imaginaba que podrían haber ganado hacía mucho tiempo.

Speaker se encoge de hombros.

—¿Por qué traer pistolas cuando lo que necesitas es un cuchillo?

Sonrío a sabiendas de que acaba de desacreditar las películas de acción de todo un siglo. Las entrañas del desfiladero se reducen a medida que avanzamos y nos asfixian con fragmentos de rocas y árboles agonizantes. Nuestro camino llega a una curva que todos recordamos tras haber estudiado los mapas. A un tiempo, el grupo levanta la mirada.

Ambas torres siguen en pie, pero parece como si tuvieran los hombros caídos a causa de las viejas y desgastadas piedras. Es difícil decir si los edificios alguna vez fueron hermosos. Los puentes, sin embargo, son impresionantes. Comunican una torre con la otra, como enlaces desteñidos que las décadas pasadas no pudieron vencer.

Azima nota un detalle que el resto de nosotros pasamos de largo.

—Sólo seis puentes.

Miramos las torres y comprobamos que tiene razón. El séptimo puente, el más bajo, se ha desplomado. No tenemos un ángulo de visión en el valle que nos permita observar qué hay debajo de él, pero alcanzo a divisar los enormes daños en los cimientos de cada torre. El puente colapsado ha dejado los pisos más bajos expuestos a los elementos.

Speaker se pregunta en voz alta:

—Los sensores de Jacquelyn indican movimiento. Las dagas predicen la sangre. Podría tratarse de un animal. O de Babel. O de los hondas. Necesitamos estar listos para cada posibilidad.

El terreno oculta nuestros movimientos. Caminamos por los senderos donde la maleza es más espesa. Speaker nos hace avanzar sobre manos y rodillas cuando es necesario. A la larga nuestra posición en el explorador se alinea con la ubicación marcada del Refugio del Barranco. Un montón de piedras dispersas señala el lugar. Los restos del puente caído han sido enterrados lentamente por el tiempo y la lluvia. Speaker nos coloca en una abertura, y nos quedamos mirando el interior negro del sexto puente.

Speaker baja su voz hasta un susurro.

—Unas cuantas señales rápidas: cerrar el puño dos veces significa *adelante*. Una mano extendida, *esperen*. Un solo dedo en círculos, *sepárense y registren*.

Asentimos antes de que él saque el rifle y le adapte un telescopio diferente. Ajusta las miras, apunta y dispara. Se escucha un *clic* agudo mientras algo oscuro vuela por los cielos. Lo vemos golpear contra el fondo del puente y quedarse atascado. Speaker se vuelve hacia nosotros.

—En treinta segundos, eso bloqueará las transmisiones salientes —explica—, ¿listos?

Los tres asentimos. Azima susurra algo sobre Batman mientras tomamos las pistolas de agarre de la bolsa principal. Speaker nos muestra dónde y cómo apuntar hacia un objetivo a diez metros a la izquierda del enorme agujero en la torre occidental. Nos pone el ejemplo colocando el arnés que lleva en la cadera en la parte posterior del gancho antes de iniciar el conteo.

—Uno, dos, tres...

Azima y yo disparamos. Los ojos de Speaker se abren ampliamente y dispara su arma un segundo después de nosotros. Greenlaw nos lanza la mirada más extraña del mundo mientras hace lo mismo.

—¿Quién dispara a la cuenta de tres? —susurra ella—. *Siempre* se dispara al llegar al cuatro...

No puedo dejar de sonreír a Azima mientras los ganchos se clavan profundamente en la piedra. Imitamos a Speaker y le damos a nuestras cuerdas algunos tirones de prueba.

—Debemos asegurar la primera torre —dice él—, eliminar cualquier amenaza. Luego trabajaremos a lo largo de la segunda torre. Por último, activaremos las interferencias de radar de la base y nos iremos lo más rápido posible.

Aprieta el gatillo de su gancho de agarre por segunda vez. El interruptor lo lleva girando lentamente hacia el cielo. Greenlaw tiene una sonrisa salvaje en su rostro cuando se lanza detrás de él.

—Es tu turno, Batman —dice Azima.

Aprieto el gatillo y siento primero el tirón de mi arma. Se extiende a través de mis brazos y, finalmente, todo el camino hasta mis caderas. El ascenso es torpe como el infierno. Giramos a través de las cuerdas del arpón de agarre, y me doy cuenta de que éste es el momento en el que nos encontramos más vulnerables. Si un ave de presa está mirando este cañón, apuesto a que nos considerará una comida de primera. Lo mismo aplica para un francotirador de Babel.

Mi cuerpo se tensa, pero el disparo nunca llega. El mecanismo de retracción hace *clic* y nos deja columpiándonos tres metros por debajo del puente y a un par de metros de la apertura. Intento no mirar hacia abajo, no pensar en el hecho de que estamos colgados a cientos de metros del piso. La única habitación que alcanzamos a ver en el interior de la torre está completamente deteriorada. El tiempo ha destrozado el lugar. Speaker se balancea hasta que tiene el impulso suficiente para sujetarse a una barra de metal colgante. Se desplaza hacia delante y aterriza a salvo en la habitación.

Una vez seguro, se suelta y hace un gesto para que hagamos lo mismo. Greenlaw es la primera en balancearse. Sin embargo, es atlética y verla asirse a la mano de Speaker sólo me recuerda que quizás ha entrenado para cosas como ésta durante toda su vida. Speaker tira de Azima a continuación, y luego de mí. Todos nos agachamos junto a la puerta mientras el viento continúa azotando la habitación expuesta.

Speaker cuenta hasta cuatro y entra.

Una escalera de piedra nos lleva al interior. Azima gira su lanza para liberarla y restaura su agarre. Deslizo mis manos en mis manoplas de boxeo. Seguimos a Speaker a través del primer pasillo: nada.

Él levanta un puño y lo cierra dos veces. *Adelante.*

Nos detenemos en la siguiente puerta. Aun cuando se abre suavemente, se escucha un evidente rechinido. Los cuatro nos distribuimos en el interior, recordando que cada nivel de la torre tiene cuatro habitaciones separadas que rodean la escalera central. La tensión y la adrenalina pulsan cuando entro en la segunda habitación. Azima ingresa en la tercera. Pero todas están vacías. Speaker nos lleva a través de cada nivel con meticuloso cuidado. Mantiene una mano libre para abrir las puertas y hacer las señales, la otra sujeta su maza. Pero no hay ninguna señal de vida.

En el quinto piso, Speaker abre la puerta principal. Mi aliento se detiene. Da un paso y todo su cuerpo se pone rígido. Hay un marine de Babel parado a la distancia de un apretón de manos.

Y todo sucede en menos de un suspiro.

CAPÍTULO 7

VIDA Y MUERTE
Emmett Atwater

13 DÍAS 18 HORAS 31 MINUTOS

Los ojos del marine de Babel se abren ampliamente. Lleva una bandeja con una ración de comida plástica con ambas manos. Un único segundo pasa. El hombre deja caer la bandeja. Speaker avanza sigilosamente. Su maza atraviesa el aire en diagonal hasta atravesar una mandíbula abierta. Hay un gorgoteo sordo cuando la sangre salpica el uniforme negro. El hombre gira y su cuerpo se desploma. La muerte llega rápidamente.

Cobro conciencia de que he contenido el aliento. Nos ponemos en alerta en busca de algún otro ruido. Speaker mira a Greenlaw y su orden para ella es clara: *sostén la puerta*. Nos da una orden a Azima y a mí también: *sepárense y registren* junto con él. Nos deslizamos silenciosamente de habitación en habitación. Intento ignorar el hecho de que hay un cadáver en el suelo y sangre que se extiende poco a poco.

Mis puños se aprietan dentro de mis guantes. La siguiente habitación está vacía. Lo mismo que la siguiente. Hay literas desordenadas y ropa en el piso, pero no hay más soldados. Greenlaw se hace a un lado y comenzamos a subir el siguiente tramo de escaleras. Esta vez, escuchamos los ruidos antes de ver a los soldados.

No estoy seguro de lo que esperaba. ¿Sonidos de tortura? ¿Códigos de misiles por radio? Siempre me he imaginado a Babel como cientos de Defoe deambulando y haciendo lo que sea que se les antoje. En cambio, los sonidos que atraviesan la puerta son de lo más ordinario que pude haber imaginado: un juego de cartas.

Un soldado sube la apuesta. Otro se retira. Alguien ríe de cómo Johnson *siempre* se retira. Hay un crujido cuando alguien se remueve en su asiento. Otros dos soldados pagan la apuesta, y se destapa la siguiente carta. Escucho todo como si estuviera en la habitación, mirando por encima del hombro de alguien. Un juego familiar que se lleva a cabo en otro mundo.

Speaker desengancha un dispositivo de su cintura. Hace una señal para el resto de nosotros: *esperen*. Todos sabemos lo que está a punto de suceder. El nuevo himno late en mi pecho: Babel arderá. Esto es lo que he querido todo el tiempo, una oportunidad para vengarme. Por Jaime, por Kaya, por Bilal, por los otros. Intento aferrarme al hecho de que éstos son los mismos soldados que lanzaron las bombas sobre el Conjunto Siete, los mismos que le dispararon a Omar y los que nos matarían si tuvieran la oportunidad.

Son soldados.

Esto es la guerra.

Todos ellos son culpables. ¿No es así?

Speaker empuja la puerta con los hombros y las imágenes se suceden rápida y absurdamente. Siete marines están sentados alrededor de una mesa, descansando como si estuvieran en el sótano de la casa de Johnson. Todos los rostros se vuelven, y está claro que esperan al tipo muerto que se está enfriando un piso por debajo de nosotros.

Cuando nos ven parados en su puerta, se borra cada sonrisa.

Un golpe sordo resuena cuando Speaker arroja un objeto del tamaño de una manzana sobre la mesa. Se desliza sobre la mesa, a través de monedas apiladas y billetes ondeantes, y se detiene sobre un par de nueves. Speaker convoca el escudo nyxiano de su hombro y le da forma a través de la puerta. Cubre la protección con una segunda barrera y apoya sus brazos contra ellas. Siete pistolas giran y disparan.

Una explosión sacude todo el edificio. Por un segundo, me olvido de cambiar el rumbo y revisar las otras habitaciones, porque las llamas brillantes llenan el espacio aislado. Todo está acabado antes de que cualquiera de ellos tenga siquiera la oportunidad de gritar. Quería vivir este momento, pero pensé que me haría sentir bien. La destrucción de los cuerpos de Babel. Una respuesta para todos nuestros amigos perdidos.

Las buenas vibras nunca llegan.

Speaker deja uno de sus escudos levantado para permitir que el fuego siga su curso. Nos da la señal para que avancemos, y agradezco que haya suficiente humo en la habitación para ocultar el horror que hay dentro.

—Ya saben que estamos aquí —dice Speaker—. Ojos abiertos en cada rincón.

Despejamos la primera torre, pero los disparos nos reciben en el puente superior. Speaker se asoma por una esquina y luego se vuelve hacia atrás.

—Tres en el puente. Emmett, a mi izquierda. Azima, a mi derecha. Greenlaw, sígueme en el centro. Si te sientes inclinada a usar esos guantes, no me opondré.

Su escudo de hombro se activa. Lo imitamos y dejamos que nuestros escudos florezcan en el aire. Cuando la defensa se solidifica por completo, doblamos la esquina. Los disparos resuenan inútilmente. Mil pasos y ya estamos a medio camino de los tres guardias que esperan. Speaker tenía razón: trajeron pistolas a una pelea con cuchillos.

Todos ellos arrojan sus armas y luchan por sacar las espadas de sus cinturones, pero Greenlaw tiene sus propios trucos. Siento su toque sutil cuando alcanza nuestros escudos y los cuatro pulsan hacia el frente. Hay un destello brillante de luz, y los soldados de Babel retroceden como si hubieran sido cegados por una bomba luminosa.

Mi objetivo reparte golpes al azar, sobre piernas inestables. Un derechazo rompe su muñeca, y el golpe manda lejos su espada con estrépito. Es un momento lamentable. Un hombre que siempre ha sido un depredador se convierte en mi presa. Doy una vuelta, y mi rabia canta.

Dejo caer un gancho impío a través de su sien. Él cae al suelo como un títere al que se le hubieran cortado las cuerdas. El objetivo de Azima está sangrando por el cuello y las rodillas. Greenlaw da un paso al frente y lo termina con una impecable cuchillada. Speaker se encuentra solo. Su marine no está, pero su maza está llena de sangre. Miro alrededor confundido hasta que noto los huecos de las ventanas a lo largo del puente: lo suficientemente grandes para que un hombre salga volando.

—Bajen por los puentes —ordena Speaker—. Podrían quedar uno o dos más. Permanezcan juntos.

—¿Qué hay de ti? —pregunta Azima sin aliento.

Señala hacia una ventana orientada al este. Un marine solitario está huyendo. Va cargado con equipo extra y raciones y, aterrorizado, voltea hacia atrás cada pocos pasos. Speaker comienza pacientemente a descargar su rifle.

—Yo también soy un buen tirador. Despejen los puentes inferiores.

La sangre pulsa en mi cuello mientras bajamos a la segunda torre. El puesto de vigía está lleno de equipos de radio abandonados y unas cuantas armas de largo alcance. Azima y yo estamos a punto de salir de la habitación, cuando escuchamos un sonido al fondo. Nuestros ojos rastrean el ruido hasta su origen: los auriculares militares.

—Es una transmisión —digo—. Greenlaw, vigila la puerta.

Ella se pone nerviosa ligeramente al recibir la orden, pero se gira hacia la entrada, con los ojos alerta. Azima toma los audífonos más cercanos y me los arroja. Ella se pone otros, y escuchamos una voz familiar.

Me estremezco un poco, porque es como si Marcus Defoe estuviera en la habitación con nosotros, conversando con esa intachable forma de hablar.

—Este anuncio es para todos los supervivientes de *Génesis 11* y *Génesis 12*. Les estamos ofreciendo una última oportunidad de salvación. Los primeros cuatro miembros que se reporten en las instalaciones de Babel serán preparados para su viaje de regreso a la Tierra. Sólo estamos ofreciendo esto a los primeros cuatro empleados que regresen. Pueden reportarse en cualquiera de las estaciones: la Fundidora, Miríada u Ofelia. Rendirse a una de nuestras unidades itinerantes es también aceptable. Repito: sólo ofreceremos esto a los primeros cuatro voluntarios.

El mensaje se corta por un segundo y luego vuelve a comenzar. Intercambio una mirada incómoda con Azima. Babel está extendiendo una ofrenda de paz. Es claro que pretenden que recibamos el mensaje, pero no habíamos escuchado ninguna de sus transmisiones desde que empezamos nuestra marcha.

Suena como un último esfuerzo para alejarnos de los imago, o para causar división en nuestras propias filas. Algunos supervivientes podrían considerar la deserción. Causaría un dolor de cabeza en el mejor de los casos, una rebelión total en el peor. Y como la mayoría de las promesas de Babel, suena demasiado buena para ser verdad. Azima golpea sus auriculares después de unos segundos.

—Prometiendo más oro falso —dice ella—. Sigamos adelante.

Hacemos una señal para indicar que todo está despejado. Greenlaw nos detiene en la entrada.

—Quiero que ustedes dos bajen a esta torre y revisen —dice ella—. Yo iré a la primera otra vez. Los diagramas dejaron claro que se puede acceder a los puentes desde ambas direcciones. No podemos arriesgarnos a que los soldados vuelvan sobre sus pasos y lleguen por detrás de nosotros. Encuéntrenme en cada puente y vayan despejando el camino.

—¿Estás segura de que deberíamos separarnos? —pregunta Azima.

—Es la táctica más sabia —responde Greenlaw—. Vamos.

Su rápida salida no nos da mucho tiempo para discutir. Azima me lanza una mirada antes de liderar el descenso. Los siguientes puentes son idénticos al primero. No hay señales de los soldados de Babel. Sin embargo, los diseños cambian un poco a medida que avanzamos bajo tierra. Recuerdo que los diagramas parecían extraños en estos niveles, y ahora puedo ver por qué: un lado del puente está bordeado por ventanas de exploración que dan al barranco; el otro lado se ha convertido en unidades de prisión a la vieja usanza, con barras que van del techo al piso.

Greenlaw aparece en el extremo opuesto de cada puente, gesticulando en silencio para que sepamos que todo está despejado.

Por encima de nosotros, suena el chasquido de un rifle, seguido por un segundo. No es difícil imaginar al soldado de Babel tropezando mientras Speaker carga su arma.

No es de extrañar que las dagas vinieran aquí. Se siente como si la muerte nos estuviera siguiendo en este momento. En el espacio, a través de Magnia, en todas partes. En el último puente, nos recibe un arma de fuego. Retrocedo, pero nuestros escudos son más rápidos y tres tiros son desviados por la oscuridad convocada.

Azima levanta su lanza. Marchamos al paso. El último puente está tan lleno de celdas como los otros. Barras a la antigua, ya muy oxidadas. Una puerta abierta cuelga a lo lejos. El soldado está parado con el arma apuntando a la cabeza de un prisionero. Mis pies trastabillan hasta detenerse. La visión me aturde.

Es Roathy.

Está un poco debilitado, pero reconocería su rostro en cualquier parte. Durante los últimos meses, se ha deslizado dentro y fuera de mis sueños. Esos mismos rasgos torcidos por la ira mientras se enfurecía contra la injusticia de quedarse atrás en el espacio. Más tarde descubrí por qué estaba tan desesperado: no era por el dinero o por ganar el premio de Babel, sino por Isadora y el niño que estaban esperando.

Morning suponía que Roathy ya estaba muerto. Pensó que Babel lo había ejecutado, pero ahora es claro que no lo hicieron, lo mantuvieron como prisionero, como moneda de cambio. Tiene sentido. Babel siempre ha sido inteligente y no desperdicia las piezas de su tablero.

—Emmett —el susurro de Azima es un siseo—, ¿qué hacemos?

No estoy seguro. Apenas puedo pensar con claridad. Roathy nos mira como si fuéramos dos fantasmas que han vuelto para perseguirlo. El marine se siente como un telón de fondo a medida que avanzamos, con el escudo levantado y listo. El soldado tiene una barba delgada como un cuchillo. Parece que está en el final de los veinte años, o al principio de los treinta. Su mano está firme en su pistola.

—Acérquense más —advierte—, y lo mato.

Roathy ríe: nosotros ya tenemos una historia, venimos con equipaje. Este guardia cualquiera no tiene idea de lo mal que está jugando su mano. Roathy y yo sonreímos y me doy cuenta de que ésta podría ser la primera vez que compartimos una broma privada.

—¿Crees que estoy bromeando? —dice el marine—. Quédense atrás.

Seguimos cerrando la brecha. Roathy sonríe maliciosamente. No estoy seguro de lo que él piensa que está sucediendo o si sabe por qué lo trajeron a Magnia. Puedo sentir a Azima manteniendo el ritmo. Estamos a unos veinte pasos de distancia ahora. Los ojos del marine parpadean. Está agarrando su arma un poco más fuerte, porque sabe que el momento está llegando.

Por supuesto, no está mirando lo que hay detrás de él.

Un destello de movimiento aparece detrás de su hombro izquierdo. Levanto ambas manos pacientemente en el aire. Es una supuesta entrega. El guardia sonríe, porque no ve a Greenlaw avanzando sigilosamente hacia él.

—Baja el arma —le ofrezco—. Sólo déjalo ir, ¿de acuerdo?

—Clarísimo —murmura el guardia. Algo en su expresión se apaga. Apunta el arma a mi frente. Mi escudo está levantado, pero ¿a esta distancia? Cada instinto me prepara para el golpe. Dos explosiones ahogan la habitación. Por debajo del zumbido que sigue, puedo escuchar el grito del marine. La espada de Greenlaw penetra sigilosamente su espalda. Sus rodillas se doblan. La pistola cae. Parece una muerte limpia hasta que el marine agarra el antebrazo de Greenlaw. Ella tropieza y eso es todo lo que se necesita para que él introduzca un cuchillo en su muslo. La futura reina de los imago grita.

Azima es la primera en llegar. Su bota derecha se estrella en la mandíbula del marine. La fuerza del golpe contra el cemento hiere su cabeza. Ella empuja con su otro pie la mano que sostiene el cuchillo y el marine grita; otra patada hace que el arma salga girando en el aire. Azima se desliza más allá de él para atender a Greenlaw.

La relevo. Me paro sobre él y observo cómo se ahoga con su propia sangre. Roathy se pone a un lado. Mira la escena con una expresión curiosa, como si hubiera entrado en un mundo nuevo y estuviera tratando de averiguar cuáles son las reglas. Azima ya tiene un paño presionado contra la herida de Greenlaw. Ella se ve furiosa consigo misma por haber cometido un error tan arriesgado.

—Por favor —el marine ruega ahora—. Sólo tómenlos. Pueden tenerlos.

Frunzo el ceño. Las palabras no tienen ningún sentido.

—¿Tenerlos? ¿A ellos?

Él mira hacia atrás, a una segunda celda, pero sus ojos se ponen en blanco cuando el dolor aumenta. Miro a Roathy, y él asiente con la cabeza para confirmar. No es un truco de último segundo. En verdad, hay otro prisionero.

Rodeando al soldado caído, miro dentro. Una figura está sentada en una esquina. Él levanta la mirada y me sonríe de una manera que Roathy nunca lo haría. Verlo es un milagro. Una imposibilidad. Todo mi mundo tiembla. Me desplomo contra los barrotes, tan roto al verlo viviendo y respirando como cuando pensaba que estaba muerto, que se había ido.

El nombre abandona mis labios.

—¿Bilal?

CAPÍTULO 8

NUEVOS RECLUTAS
Morning Rodriguez

12 DÍAS 02 HORAS 12 MINUTOS

Por primera vez en días, tocamos tierra. Es una bendición, además. Katsu estaba empezando a repetir los mismos chistes. Unos días más y creo que Parvin lo habría arrojado por la borda mientras dormía. Nuestra caravana de barcos atraca en una antigua estación de paso. Es un puerto escueto que los imago claramente abandonaron hace décadas. Este lugar tampoco aparecía en el radar de Jacquelyn, por lo que no hay ningún tipo de parafernalia en los edificios. Nuestra tripulación acampa en una plaza de la ciudad que es más maleza que piedra.

Estoy justo fuera del círculo del resto de los supervivientes de Génesis. Jazzy está sentada detrás de Ida y trenza con paciencia el brillante cabello blanco de la chica. Es agradable ver a Ida interactuar con *cualquiera* que no sea Isadora. Jazzy está contando una historia mientras sus dedos trabajan, algo sobre una caída en un escenario durante un concurso.

Alex está sentado detrás de ellas. Sus ojos siempre se mueven hacia *arriba*, como si Anton pudiera escribirle un mensaje en las estrellas si él mira durante el tiempo suficiente. Incluso el menor signo de vida serviría. *Estoy aquí. Estoy a salvo. Los extraño a todos.*

Noor está justo en medio de todos, roncando como un tren de carga. Esta chica puede dormir en cualquier sitio. Una vez se quedó dormida durante las simulaciones de minería; los técnicos de Babel dijeron que nunca antes había pasado algo así. A pocos metros de distancia, Katsu está sentado con las piernas cruzadas, intentando meter trozos de pan en la boca abierta de Noor. Sacudo la cabeza. Los hermanos pequeños son tan molestos.

Ésta es la familia que heredé. Katsu es el hermano de Emmett, y eso lo hace también mi hermano. Pensar en Emmett divide mi corazón en un millón de pedazos. Él está ahí afuera, en algún lugar. No está aquí, a mi lado, donde debería estar, donde puedo mantenerlo a salvo.

—Eres toda una mamá gallina.

La voz viene de atrás. Un pequeño escalofrío corre a lo largo de mi espalda. Me estoy volviendo muy blanda. Dejar que alguien se acerque a mí es una mala idea, pero en particular si se trata de Isadora. Comienzo a volverme con una mirada sombría en su dirección, pero luego noto cómo está parada. Su vientre es lo suficientemente redondo para que la haga sentirse incómoda. Ella siempre tiene una mano orgullosa allí, como si nada en el mundo pudiera complacerla más.

—Me preocupo por ellos —respondo bruscamente—. ¿Tienes algún problema con eso?

Sonríe.

—Por supuesto que no. Tú tienes tus hijos, yo tengo el mío. Tú tienes tu amor, yo tengo el mío. Ya te lo había dicho, tenemos *mucho más* en común de lo que quieres admitir.

Esas palabras raspan, rasguñan. Yo *no* soy como ella. Estoy tratando de pensar algo cruel que decir, cuando se acerca un paso más. Con su mano golpea con firmeza en mi hombro antes de que yo pueda apartarme.

—Estás asustada. Pero nuestros hombres son *fuertes*. No tanto como nosotras: tú estás hecha de hierro y yo también. Nosotras somos las que caminamos a través de edificios en llamas y salimos del otro lado respirando fuego. Pero ellos dos son lo suficientemente fuertes. Roathy me encontrará. Yo lo encontraré. El miedo no hace *nada*. No gastes tu tiempo en eso, mejor lucha. Dirige. Cuando todo esto termine, besaremos a nuestros hombres, iremos a casa y viviremos como reinas.

Ella asiente una vez y se desliza de regreso al campamento. Me encuentro asintiendo junto con ella. En algún lugar del camino, dejé de creer que lo lograríamos. Veo cómo Isadora se instala en su rincón del campamento. Duerme de lado en estos días: el bebé ha hecho que dormir sobre su espalda resulte imposible. Me doy cuenta de que no puede permitirse dejar de creer que todo esto funcionará. Lo cree por algo más que por ella misma. Y yo también.

—¿Morning? —Parvin aparece a mi lado. Recuerdo que Jacquelyn se la llevó a un lado mientras montábamos el campamento. Algo sobre la logística—. Tenemos nuevos reclutas.

Detrás de su hombro, tres sombras esperan: los supervivientes de *Génesis 13*.

Es una sorpresa.

—¿Feoria los liberó?

Parvin asiente.

—Tuvimos un juicio.

Mis ojos se abren ampliamente.

—¿Un juicio? ¿En serio?

—Por eso me llamó Jacquelyn. Pero no te preocupes, abogué por ellos. Los imago querían que fueran Tomados. Mi defensa ganó.

A bordo del *Génesis 12*, Parvin fue la compañera y la soldado perfecta. Siempre esperaba mis órdenes y ejecutaba las tareas. Ahora ella está siguiendo su propia iniciativa. Quiero sentir una oleada de orgullo por la forma en que mi amiga ha crecido, pero esa misma iniciativa es la razón por la que Emmett no está conmigo. Ahora mismo sabe más amargo que dulce. Llevo mi mirada de ella a los antiguos prisioneros.

—Veamos, Génesis 13 —hago una señal hacia ellos para que avancen—. Echémosles un vistazo.

Los tres se acercan vacilantes. Me doy cuenta de que la única vez que me han visto fue en el campo de batalla. Su último recuerdo de mí es como la chica que le cortó la mano a Marcus Defoe. Cada uno lleva un uniforme proporcionado por Babel. Los nombres están impresos en letras inmaculadas, imborrables.

La piel de Gio es un poco más clara que la de Emmett. El chico es alto, pero buena parte de su altura es cortesía de un rebelde copete. Aros de plata perforan su ceja izquierda. No es exactamente guapo, pero es definitivamente memorable. Victoria apenas llega a sus hombros. Su cabello cae en un corte de melena, teñido con rayas púrpuras que se desvanecen. Se vería como una niña pequeña si no fuera por sus penetrantes ojos azules. Beatty es el último. Es difícil no ver a un pequeño Jaime en él. La misma piel pálida, el mismo cabello oscuro y se para con esa misma confianza. No luce como un chico que ha sido llevado con esposas a través de los continentes.

—Soy Morning. Somos las tripulaciones de Génesis 11 y 12. Si ustedes van a marchar con nosotros, hay algunas reglas básicas que necesitamos aclarar antes...

Me detengo el tiempo suficiente para medir las reacciones. Victoria parece abrumada. Gio asiente con la cabeza como si ya fuera parte del equipo, pero una sonrisa se arrastra por el rostro de Beatty. Me fastidia.

—¿Dije algo gracioso?

Beatty se encoge de hombros.

—Todo es gracioso: tu rutina de capitana, esta marcha. Vimos la transmisión en vivo desde nuestro barco. El Conjunto Siete ha caído. Babel gana. ¿Qué sentido tiene todo esto?

Por primera vez, escucho su acento británico. Esto muestra lo poco que sé de ellos. Hemos caminado por un continente y navegado por otro, pero no tengo idea de quiénes son ni de dónde vienen. Y su comentario muestra también su propia ignorancia. Por un segundo, sopeso los riesgos de permitirles saber lo mismo que nosotros. No podemos permitirnos perder la ventaja de la sorpresa, pero tampoco mantenerlos simplemente en la oscuridad. Si ellos ven quién es Babel *en realidad*, sabrán que somos las únicas personas en las que pueden confiar. Es hora de intercambiar historias.

—Empecemos por el principio —señalo al cielo—. ¿Ves esas dos lunas? En doce días, van a colisionar...

Nos lleva alrededor de cinco minutos ponerlos al día. La sonrisa de Beatty se desvanece. Cada nueva revelación golpea como un rayo. Pongo especial cuidado en apuntar toda la ira y la culpa en dirección a Babel. Si vamos a luchar para regresar al espacio, necesitamos que sepan quién es el verdadero enemigo.

—Nos vamos a casa —digo con firmeza—. Hombro con hombro. ¿Entendido?

Los tres me miran como respuesta.

—Por ahora, duerman un poco. Los presentaremos con los demás por la mañana.

A medida que la fila avanza, Parvin llama mi atención. Baja su voz a menos de un susurro.

—Necesitamos asegurarnos de no prometerles nada que no podamos darles.

Frunzo el ceño.

—¿A qué te refieres?

—No van a ser Tomados, pero todavía pende sobre ellos un castigo. Feoria no les está dando el mismo carácter prioritario que tenemos nosotros. Serán tratados como los supervivientes imago que no forman parte del Remanente.

La verdad me sacude.

—¿En serio? Somos cientos, Parvin. La Bahía de Lanzamiento 2 tiene sólo sesenta asientos. No podemos dejarlos morir aquí.

—Hice todo lo que pude —responde Parvin—. Sus nombres se incluirán en la lotería junto con el resto. ¿Qué habrías dicho tú que no haya dicho yo? Los Génesis 13 intentaron matar a los imago, y a nosotros, hace apenas unas semanas. De hecho tienen suerte de que los imago los hayan perdonado.

—Suerte… —repito la palabra, sin poderlo creer—. Tan sólo están retrasando su sentencia de muerte.

—Sigues olvidando que somos parte de una sociedad. Los imago construyeron las naves espaciales. Ellos significan nuestro camino a casa. No tenemos ningún derecho a obligarlos a actuar al respecto, y lo sabes. Sin ellos, simplemente nos quedaríamos atrapados aquí. Además, ¿vas a renunciar a *tu* lugar? ¿Al de Emmett?

Me sorprende qué tan profundo me hiere su pregunta. Casi me quita el aliento de los pulmones.

—No lo creo —susurra ella—. Entonces, ¿por qué ellos tendrían que sacrificar a un primo o un hermano o una reina por uno de los supervivientes de Génesis 13? Lo único que podemos hacer es esperar a que sean elegidos en la lotería.

Ambas observamos cómo los exprisioneros se unen a nuestro campamento. Revolotean en los alrededores como novatos nerviosos en una escuela nueva. La ira todavía zumba a través de mí.

—No es justo.

—Nunca lo es.

—Apuesto a que los de Génesis 13 piensan que simplemente serán los últimos en ser lanzados. No saben que hay cupos limitados en la Bahía de Lanzamiento 2.

—Y necesitan seguir pensando eso —responde Parvin—. Si les dices la verdad, no tenemos idea de cómo reaccionarán. Las personas desesperadas hacen cosas desesperadas.

Sacudo la cabeza.

—Me hace sentir horrible.

Me sorprende Parvin cuando se acerca un paso más. Pone ambas manos sobre mis hombros y me mira a los ojos.

—Así debe ser. Me preocuparía si resultara *fácil* para ti, pero esto significa que todavía estás aquí, que todavía está aquí ese gran corazón que siempre ha tenido espacio para todos nosotros. Duerme un poco. Reanudaremos la marcha al amanecer.

Se une a los demás. Son palabras amables, pero me resulta difícil sentir que sean la *verdad*. Me quedo aquí parada y pienso en Emmett. En el infierno al que ambos tendremos que sobrevivir en los próximos días. Él está ahí afuera, en alguna parte. Sé que está haciendo todo lo posible para llegar a la Bahía de Lanzamiento 2. Me recuerdo a mí misma que ése es el único objetivo que en verdad importa.

Llegar a la estación de lanzamiento. Mantener a todos con vida. Volver a casa.

—Nos vemos a la mitad del camino —le susurro—. Mantente a salvo, Emmett.

En el cielo, las dos lunas conservan su distancia por ahora. Casi parece como si nos estuvieran dando un poco más de tiempo. Sólo unos pocos días más, u horas o segundos.

El tiempo suficiente para encontrar nuestro camino de regreso a casa.

CAPÍTULO 9

EL MAGO DETRÁS DE LA CORTINA
Anton Stepanov

12 DÍAS 02 HORAS 03 MINUTOS

Tomamos nuestros lugares frente a las enormes paredes negras. Es difícil no sonreír.

Es un momento tan divino. He estado parado aquí antes. Aquí es donde aprendimos sobre el *Génesis 11*. Babel creó un momento tan dramático para nosotros. Requin y Defoe intercambiaron sus sonrisas. Era un pequeño secreto tan divertido para ellos, una sorpresa planeada que sabían que nos rompería una vez más. ¿Pero ahora? Ahora yo soy el mago detrás del telón.

Aguilar está a mi derecha. Todavía no estoy seguro de cómo habríamos podido hacer esto sin ella. Yo podría haber liberado a Erone en la cubierta del comando y habríamos llenado de sangre el lugar, claro, pero Aguilar fue quien nos permitió tomar el control de la nave sin cortar cabezas.

Ella diseñó una falla falsa en el programa de encriptación de salida para manejar la mayor parte del trabajo pesado. En lugar de permitir los mensajes al *Génesis 14* que venía llegando o que bajaran a los centros de comando de Babel en el planeta, su programa redirigió todas las comunicaciones a través de un *backdoor* hacia su propio servidor privado. Todo eso supera mi comprensión, pero a partir de ahí, Aguilar rastreó las brechas y descubrió a dos técnicos traidores. El único fracaso en nuestro registro es la desaparición de Bilal y Roathy. Todo el alivio que había sentido cuando descubrí que Bilal estaba vivo se *desvaneció* en el instante mismo en que Aguilar me dijo que las unidades de la prisión se habían vaciado antes de que tomáramos el control del puente. Ella está noventa y nueve por ciento segura de que están abajo, en Magnia.

Me temo que los hayamos perdido de nuevo.

Por lo menos, controlamos la estación. Durante las últimas semanas, he aprobado todos los mensajes entre las naves. Aguilar los edita para que suenen como el protocolo de comunicación espacial de Babel. Por un tiempo, me preguntaba por qué estaba tan comprometida, pero ella explicó su situación con suficiente claridad.

—Trece años —dijo Aguilar—. Firmé por tres, pero una vez que me tuvieron aquí, eso no importó. En verdad, no. Algunos de los expertos en tecnología van y vienen, pero los buenos no han visto su hogar en una década. Si te opones, te ofrecen más dinero. Si dices que no al dinero, amenazan a tu familia. Si no tienes ninguna familia a la que puedan amenazar, te matan. Estoy lista para irme a casa y tengo una mejor oportunidad si tú estás a cargo.

La historia de Aguilar es triste. Igual que la mía. Pero nuestras historias no se acercan siquiera a lo que Babel le hizo a Erone. El adamita está a mi izquierda. Ha estado entrenando en la Conejera. Correr, luchar, manipular. En unas cuantas semanas él ha vuelto a ser todo un espectáculo. Músculos sobre músculos, es una cabeza y media más alto que yo y lleva su mortal espada atada a su espalda. Sin embargo, a pesar de su restablecimiento físico, me queda claro que Erone no se recuperará.

En los últimos días, se ha deslizado más profundamente hacia la locura: les habla a las sombras, grita en las noches, sus estados de ánimo cambian de forma impredecible. Pero lo necesito. Él es una amenaza que Babel entiende. Mientras nos preparamos para enfrentarnos a nuevos enemigos, debo arriesgarme a tenerlo a mi lado. Las paredes negras retumban. Suena como el motor de un avión que se revoluciona hasta que el piso vibra bajo su poder.

—Recuerda que les han mentido, Erone —le advierto—. Igual que a nosotros. Fueron engañados como nosotros. No tenemos idea de qué les ha dicho Babel. Matar a alguien es un último recurso.

Erone deja escapar un suspiro.

—Como tú digas.

Las paredes se separan lo suficiente para avanzar. Guío a ambos a través de los quince metros que separan la Torre Espacial del recién instalado *Génesis 14*. Aguilar les ha estado enviando mensajes de actualización convencionales durante semanas. No tienen idea de que Requin está muerto. Su líder, Katherine Ford, cree que él viene a saludar a la nueva tripulación.

Será un placer mostrar mi sonrisa más desagradable en su lugar.

El equipo está alineado de la misma manera en que lo estaba *Génesis 11*. Diez adolescentes encabezan el grupo.

Una chica de piel oscura con un afro casi dorado. Dos muchachos a su izquierda llevan copetes iguales, aunque uno es japonés y el otro parece báltico. Un par está parado lado a lado, y hago una doble toma. Son gemelos idénticos. Un escaneo rápido muestra conjuntos de rasgos similares por toda la habitación. Dios del cielo. ¿En serio? ¿Babel reclutó *hermanos* para esta misión? ¿En verdad? El grupo luce como nosotros nos veíamos: hombros anchos y medio rotos. Los juegos de Babel los forjaron más, los desollaron menos. Puedo ver la esperanza en todos los ojos. Así es como debimos haber mirado nosotros también.

Nadie ha raspado la primera capa de las promesas de Babel. Es hora de ayudarlos a ver la letra pequeña.

Los médicos esperan detrás de ellos. Noto las miradas de sorpresa. Los participantes no tenían idea de qué esperar, ni de lo que encontrarían detrás de la pared. Todos los médicos saben que un adamita no debería estar paseándose en la habitación. Aguilar puede parecer normal, pero yo también soy una sorpresa. Cerca de la parte posterior de la sala, dos marines comienzan a avanzar. Espío a su líder, parada dramáticamente a la derecha. Supongo que acaba de dar un entusiasta discurso sobre el futuro y cuál es su próximo y manifiesto destino. Identifico a Katherine Ford. El cabello rojo, el resplandor fulgurante.

Ella es la primera en descubrirlo.

—Violación. Tenemos a un adamita fuera de contención.

Violación.

Lástima que su advertencia no llegue más allá de los auriculares de Aguilar. Los marines están a medio camino de nuestro encuentro cuando Erone hace su propio movimiento. Su espada está lejos de su espalda y en el cuello de Ford en un suspiro. Honestamente, me quedo asombrado cuando la hoja se detiene. Es un despliegue inusual de moderación en él.

Los marines se paralizan, con las armas levantadas, inseguros ahora. Ford es una piedra fría. Como todos los comandantes de Babel. Ella me devuelve una mirada desafiante y no puedo evitar sonreír mientras extiendo ambos brazos en señal de bienvenida.

—Finalmente lo lograron. ¡Bienvenidos! Llegaron a la Torre Espacial. Estoy seguro de que la señorita Ford les ha informado que ésta es la base de operaciones de Babel para las misiones en Magnia.

—La antigua base de operaciones —corrige Aguilar.

—La antigua —repito y asiento—. Es verdad. Su *antigua* base de operaciones. Erone y yo tuvimos algunos problemas con la vieja cadena de mando de Babel y estamos a cargo ahora. Así que, si no quieren salir flotando y fosilizarse en el espacio, coloquen todas sus armas y su nyxia en el suelo, ahora.

Sigue un silencio incómodo. Algunos de los concursantes llevan sus miradas hacia atrás, a sus médicos, para recibir orientación. Unos pocos parecen enojados, como si estuvieran viendo cómo se van por el río los grandes premios que Babel les ofreció.

Suspirando, asiento hacia Ford.

—Instruya a sus alumnos para que cumplan mi orden. De lo contrario, será el privilegio especial de Erone separar esa cabeza tan inteligente de sus hombros.

Ford mira la habitación. Sé que está calculando todos los ángulos. ¿Cuáles son las probabilidades de que puedan contra nosotros? Su propia muerte es una certeza matemática en todos los escenarios, pero no está cortada de la misma tela que Requin o Defoe. Nada de esto tenía que ver con ella, he leído su archivo, se trata del avance de un legado, de llegar a través del universo y lograr lo imposible. No dudará en sacrificarse, pero espero que se dé cuenta de que sería un desperdicio. No están preparados para una batalla. Erone rompería sus filas en minutos.

Después de un segundo, Ford apuesta por mantenerse viva.

—Ya lo escucharon —dice—. Entreguen su nyxia. Las armas también.

Observo una serie de reacciones —obstinación, curiosidad, temor— mientras todos en la habitación obedecen su orden. El chico japonés con el copete me sonríe antes de deslizar algunos repugnantes cuchillos en el suelo. Ya me cae bien. La mayoría de ellos almacena su nyxia de la misma manera que lo hacíamos nosotros: como anillos, pulseras o collares. Una pequeña pila se junta a sus pies. Lo deslizo todo hacia atrás, hacia Aguilar, y comienzo la obligatoria segunda ronda. Si alguno de ellos es como yo, intentarán quedarse con algo.

—Manos arriba —ordeno—. Nadie se mueve, nadie habla.

Bolsillos y tobillos y cinturones. Encuentro pequeñas golosinas en casi todos. El chico japonés sonríe de nuevo cuando saco tres cuchillos más de todos los lugares donde yo los habría escondido. Uno de los gemelos idénticos tenía una moneda oculta detrás de una oreja, como un mago en toda regla. Cuando alcanzo a la chica con el afro, frunce los labios y levanta ambas cejas, como si ésta fuera la parte más aburrida de su día.

Y entonces serpentea hacia delante.

Giro a la derecha, pero ella es un rayo. Un brazo se desliza bajo el mío. La mano opuesta sujeta mi hombro y mi cuello. Ella aprieta con fuerza, y dejo escapar un ruido ahogado. Capto un destello de pánico en Aguilar. Erone inclina la cabeza como un gato curioso.

Me estoy volviendo loco, porque sé que el imago está a sólo un par de segundos de dejar caer una tempestad sobre todos ellos. La técnica de la chica es impecable. Piernas apoyadas, agarre firme. Es tan preciso, pero los luchadores bien entrenados nunca esperan que alguien juegue sucio. Su altura hace que el movimiento resulte un poco más fácil. Pisoteo con fuerza, planto ambos pies y lanzo mi cabeza hacia atrás, directo a su barbilla.

La luz explota en mi visión. El dolor es impresionante, pero ella me suelta. Pongo tres pasos entre nosotros y levanto una daga al tiempo que la habitación destella, de regreso. Nadie se mueve. La chica tiene un labio ensangrentado y una mirada furiosa esperándome, pero el resto de la tripulación mira por encima de mi hombro. Me toma un segundo darme cuenta de que están mirando a Erone.

Él se aleja de Katherine Ford. Los labios de la mujer están separados en un suspiro ahogado. Sus ojos tienen una extraña mirada fija que va más allá de nosotros. A pesar de su corpulencia. Erone es incapaz de ocultar la sangre que chorrea por su traje. Él prepara su espada para el siguiente agresor, pero la rendición llega de inmediato. Maldita sea, Erone.

Las manos se levantan. Algunos piden clemencia. Todo el grupo se apresura a deshacerse de su nyxia, como si estuviera envenenada. El pecho de Erone sube y baja, sube y baja. Él levanta su espada.

—Erone —mi voz es firme—. Se acabó. No más.

Mira a su alrededor como si el sonido de su propio nombre lo hubiera traído de otro mundo. Lentamente, baja la espada. La habitación entera recupera el aliento. La chica valiente con el afro no puede calmarse: está hiperventilando y ambas manos tiemblan. Nadie se mueve para ayudarla. Tienen miedo de ser asociados con ella ahora. Ella es quien le dio vida al ángel de la muerte.

Veo cómo cunde la conmoción. Por supuesto. Han estado practicando este tipo de luchas todo este tiempo: sin sangre

99

real, sin muertes reales. Las únicas consecuencias hasta ahora han sido cuánto suben y bajan en el marcador. Éste es su primer contacto con la guerra, y los está rompiendo.

Suspirando, doy la orden.

—Personal de Babel a la derecha. Reclutas a la izquierda.

Una mirada muestra que Ford se ha quedado quieta. Erone cometió un error, desobedeció la única orden que le di, pero su maniobra hace que lo siguiente resulte más fácil. Les damos la orden a los marines y astronautas restantes para que salgan de las entrañas de *Génesis 14*. Algunos dan vuelta a la esquina listos para un tiroteo.

Pero entonces ven el cuerpo de Ford y a nuestros cautivos, y se apaga la rebelión bastante rápido. Cada uno de ellos baja sus armas y se queda firme en su lugar. Aguilar coteja los números con el registro digital de la nave. Una vez que el recuento es correcto, los acompañamos a la Torre Espacial.

Tres habitaciones separadas. Una para los marines, una para los médicos y otra para los contendientes. Aguilar programó las celdas. Tendrán comida y agua, pero su único escape sería a través de las ventanas hacia el espacio. Ninguno de ellos está tan desesperado.

Finalmente, Erone se va. Aburrido o inquieto, regresa al centro de comando. Aguilar envía órdenes para seguir el protocolo de reabastecimiento. Nuestra escasa tripulación todavía está trabajando en el *Génesis 13*, por lo que tomará tiempo preparar la cuarta nave. Pero cuando terminen, tendremos cuatro formas de volver a casa.

Regreso por los pasillos fantasmales de la nave con Aguilar a mi lado.

—Erone se está convirtiendo en un problema —señala.

—Estoy trabajando en ello. Todavía lo necesitamos.

Y sí lo necesitamos. Algunos de los reclutas de Vandemeer son leales a nosotros, pero el miedo es lo que evita que el resto de los técnicos y astronautas actuales se rebelen. Erone es como un fuego. Necesitamos lo suficiente de él para mantener las cosas calientes, pero no tanto como para que todo se incendie.

—¿Ha habido suerte para establecer contacto con Morning? —pregunto.

Aguilar sacude la cabeza.

—Sin un enlace adecuado, es casi imposible. Tendría que estar en una de las bases de Babel para que funcionara. Hasta entonces, no hay posibilidad de contacto.

Nuestro enigma sin solución. Nosotros controlamos el espacio, las naves nos pertenecen, pero nadie de nuestro lado sabe que estamos ganando. También ha sido difícil interpretar los datos satelitales que hemos obtenido. Sólo sabemos unas cuantas cosas con absoluta certeza. Babel atacó al Conjunto Siete. He visto las imágenes. Un único informe regresó sugiriendo que el recuento de muertes era muy bajo. Erone confirmó el plan de los imago para abandonar el Conjunto Siete y lanzarse al espacio. Nos quedamos sorprendidos.

Después de eso, sabemos que las tripulaciones de los Génesis escaparon de la ciudad y que Babel los atacó en los puntos de salida, y fue entonces cuando nosotros tomamos el control. Algunos informes sugirieron que Defoe podría estar muerto, pero no les creí ni por un segundo. Desde entonces, los informes que llegan de tierra han sido un desastre. Aguilar sospecha que ya nos descubrieron, pero es difícil decirlo con seguridad.

Nuestras opciones son limitadas también. Nos queda todavía un puñado de cápsulas de escape. ¿Nos arriesgamos a enviar a alguien a Magnia? Aguilar sugirió algunas ubicaciones potenciales, pero no hay garantía de que la persona que enviemos encuentre las tripulaciones de los Génesis. ¿Y a quién enviamos?

No se puede confiar en Erone. Aguilar se niega. Pensé en ir yo mismo, pero no es difícil prever las consecuencias. Aguilar ha sido alguien invaluable, pero tengo la sensación de que se iría a casa en un abrir y cerrar de ojos si pudiera. Y es brillante, así que sé que no sería difícil para ella organizar una tripulación en una de las naves y volar de regreso a la Tierra. Mundos enteros dependen de mis decisiones.

Ésa es la verdad.

—Sigamos intentándolo —le digo—. Voy a ver cómo está Erone.

Aguilar asiente antes de tomar el túnel opuesto. Sabiamente, movió el centro de comando fuera del núcleo central, hacia una consola de respaldo. Explicó que era la mejor manera de rastrear la actividad de los técnicos menos confiables; dijo que era como monitorear una ciudad pequeña en lugar de estar atenta a un continente completo. Mientras Aguilar gobierna a los técnicos, Erone rumia. Siempre se sienta en el antiguo centro de mando, mirando su planeta natal. Prefiero tenerlo allí que merodeando por las habitaciones que usamos como celdas de prisión, eligiendo a las desafortunadas víctimas para ser pasadas por su espada por motivos azarosos.

—Anton —la voz proviene de un salón adyacente—. ¡Hey, Anton!

Vandemeer. El holandés luce saludable, aunque haya perdido algunos dedos. Babel descubrió su participación después de que liberé a Erone. Lo encontré encerrado, medio muerto de hambre. Llegamos allí buscando a Bilal, pero Vandemeer sólo pudo confirmar que se los habían llevado unos días antes. Desde entonces, ha estado a cargo de organizar las cuadrillas para nuestro eventual escape.

—¿Cómo vamos, Vandemeer?

—Las naves de *Génesis 11* y *12* están preparadas desde hace un tiempo. Estamos terminando con la *13*. La he designado como nuestro buque de emergencia. Está atracada cerca de las celdas. Sigo trabajando con los astronautas leales. Tenemos suficientes para manejar dos de las naves en este momento. Pero la mayoría de ellos se sienten obligados por el honor a cumplir con sus contratos y con Babel. No consideran que tengamos ninguna evidencia contundente contra la compañía.

Evidencia. ¿Como los dedos que él perdió? ¿Como los videos del Conjunto Siete? Es suficiente para que yo me sienta enfermo. La resistencia a la verdad es tan frustrante. Algunas personas no pueden ver nada más que el dinero. Sé que es todavía más difícil para los verdaderos científicos y exploradores. Babel es la última nave para hacer lo que nunca se ha hecho antes. Debe ser difícil creer que sus benefactores son asesinos brutales.

—Sigue con el buen trabajo —le digo—. Te alcanzaré en la cena.

Vandemeer se dirige a la siguiente tarea. Los puntos de control se abren a mi paso. Sigo el rastro familiar que tomé el día que destituimos a Requin de su trono. Hay varios centros de comando vacíos en toda la sala. Encuentro a Erone esperando en su silla habitual...

... y todo mi cuerpo se queda quieto. Él está sentado. La espada culpable ha sido puesta a un lado. Ambas manos presionan contra sus sienes, y su rostro hace una mueca. Él permanece perfectamente inmóvil mientras camino hacia el centro de la habitación. No hay ninguna señal de que me haya escuchado entrar.

—¿Erone?

Sus ojos se abren. Parece desubicado, como si me estuviera mirando a través de la niebla. Una extraña sonrisa aparece en su rostro.

—¿Anton? ¿Fuiste tú todo este tiempo?

El peligro resuena en su voz. Hay una promesa, una advertencia. Le devuelvo la mirada, sin saber cómo responder. ¿Qué quiere decir? ¿Fui yo todo este tiempo? Erone levanta un brazo, pero éste se arrastra de forma extraña antes de caer inerte. ¿Qué demonios le está pasando? Mira el centro de comando vacío como si nunca antes lo hubiera visto.

—¿Dónde están todos? —pregunta—. ¿Dónde están los otros?

Sacudo la cabeza.

—En el nuevo centro de mando. ¿Estás bien, Erone?

Sus ojos miran de nuevo la habitación vacía.

—Katherine Ford está muerta.

No estoy seguro de si es una pregunta o una afirmación, pero asiento.

—De eso es de lo que quería hablarte —él está enmarcado por el telón de fondo del espacio. Puedo ver Magnia descansando en uno de sus hombros. Casi lo hace parecer Atlas—. Entiendo por qué lo hiciste, pero estamos llegando a la parte más complicada. No tenemos idea de lo que sucederá después. No podemos simplemente matar personas que son valiosas. Podríamos haber usado a Ford para negociar con ellos. ¿Entiendes?

Erone parpadea dos veces. Se pone en pie y, por un segundo, estoy convencido de que va a alcanzar su espada. Sus ojos bailan alrededor de la habitación. Nunca lo había visto tan inestable.

—Oh, Anton, el juego apenas comienza...

Da un paso, y sus ojos se ponen en blanco. Doy un salto hacia delante, pero llego demasiado tarde para atraparlo. Se escucha un fuerte golpe cuando Erone se desploma. Sus extrañas palabras resuenan.

Y en ese momento una alarma aúlla por encima de nuestras cabezas.

CAPÍTULO 10

MI MEJOR ARMA
Longwei Yu

12 DÍAS 02 HORAS 05 MINUTOS

El silencio siempre ha sido mi mejor arma. Me resultó útil a bordo del *Génesis 11*. Quédate callado el tiempo suficiente y la gente olvida que estás allí. Todos los días usé mi silencio para aprender más sobre mis competidores. Ahora lo utilizo para aprender más sobre Babel.

Un par de técnicos se ciernen sobre la figura inerte de Marcus Defoe. Me siento en la esquina opuesta y escucho su conversación. Como tontos, ambos hablan de los detalles que Defoe siempre ha tenido el cuidado de no compartir conmigo.

—No hay forma de que él se conecte —dice uno—. El Pródigo no fue diseñado para trabajar a esta distancia.

El otro sacude la cabeza.

—Su tecnología siempre funciona. Es un enlace basado en nyxia. Él activó el Pródigo antes de lanzarse hacia abajo, lo único que debía hacer era conectarlo. Te garantizo que está funcionando.

—De ninguna manera. Supongo que está recibiendo un montón de ruido blanco.

—¿Cuánto quieres apostar?

Defoe se contrae ligeramente. Los hombres lo miran por un segundo antes de que ambos se encojan de hombros. Él está acostado en una de las camillas militares. Una serie de cuerdas se adhiere a sus sienes, la parte posterior de su cabeza e incluso a través de sus fosas nasales. Todo se conecta a una de las consolas de comandos móviles de Babel. Un médico se encuentra cerca, monitoreando los signos vitales, pero Defoe respira a un ritmo constante y predecible. Ni siquiera esto aumenta su ritmo cardiaco.

—Sería tan espeluznante como el infierno si esto funciona —dice un técnico—. Siempre pensé...

Un fuerte jadeo de Defoe corta la frase en dos. Está de regreso con nosotros, luchando, sus fosas nasales se ensanchan iracundas contra los cables intrusos. El médico se lanza al frente y comienza a desenganchar cada cable con extremo cuidado. Defoe parpadea un par de veces, exhala profundamente y se sienta.

—No tenía control total —dice—, pero funcionó. Yo estaba... presente.

—Distancia —confirma el técnico escéptico—. A esta distancia...

—Pero *sí* funcionó —interviene el otro—. ¿Qué tipo de acceso tuvo?

Defoe parece casi un niño. Tiene el rostro de un explorador que ha entrado en un nuevo territorio y no puede esperar para dar su informe. Al igual que los otros en la habitación, él ha olvidado que estoy aquí.

—Un poco de movimiento —dice—. Visión y audición completas, pero no mucho más. Pienso que la distancia debilitó el enlace. Cuando intenté caminar, la conexión se cortó. La proximidad ayudará.

El técnico escéptico asiente.

—Yo pensaba que el Pródigo estaba encerrado.

—Escapó. O alguien lo soltó —responde Defoe. Se pone en pie y se estira como si hubiera despertado de la siesta más larga de su vida—. Es perfecto. Hemos perdido el control de la nave, pero él está al mando. Lamentablemente, Katherine Ford está muerta. El centro de comando está vacío. Erone está ahí. Y Anton Stepanov también.

Y en este momento Defoe recuerda mi presencia. Su mirada se abre paso a través de la habitación y, por primera vez desde que lo rescaté, hay suspicacia en ella. Mantengo mis rasgos cuidadosamente neutrales. Aquí es donde mi tiempo a bordo de la nave necesita trabajar a mi favor. Emmett y yo discutimos esto. ¿Qué creería y esperaría Babel de mis lealtades? Defoe monitoreaba mi competencia. Él sabe —o cree saber— que no hay nada más que odio entre los demás miembros de Génesis y yo.

Levanto mis cejas.

—Anton nos dejó.

—¿Para ir adónde? —pregunta Defoe con cuidado.

—Al Conjunto Siete. Morning dijo que tenía mejores planes.

Defoe sacude la cabeza.

—Ésa es la versión que ella le dio a Requin. ¿Me estás diciendo que tú no sabías *nada* más? ¿Cómo habrá podido Anton regresar al espacio?

A la larga se dará cuenta de cómo sucedió. Las piezas del rompecabezas lo llevarán de regreso a la Fundidora. Defoe rastreará la desaparición de Anton hasta ese día, y sabrá que las únicas naves que se lanzaron de regreso al espacio fueron las que iban cargadas de nyxia. Decido ofrecerle algo profundamente tonto. Nada más puede eliminar la sospecha como la inexactitud.

—Los adamitas lo enviaron —aventuro, y dejo que mis ojos se abran en toda su amplitud, fingiendo comprender la situación—. Él se fue al Conjunto Siete, y ellos se las arreglaron para enviarlo de regreso al espacio. La persona que mencionaste, Erone, ellos dos deben de haberse lanzado juntos.

Defoe frunce el ceño ante mi hipócrita ignorancia. Es difícil sospechar de un tonto.

—Erone ya estaba en el espacio y los adamitas no cuentan con esa tecnología. Anton debe de haberse infiltrado en una de nuestras naves —sus ojos me penetran otra vez—. ¿Hay algo más que no hayas mencionado?

He pasado tantas horas sin dormir repasando los detalles. ¿Qué debo decir? ¿Qué no debo decir? Me tomo un momento para sopesar todo lo que he aprendido. Babel perdió contacto con una de sus bases del sur. Defoe desplegó unidades de la Estación Miríada para que fueran a investigar. También sé que un grupo en el frente occidental está reuniendo imágenes de vigilancia de una de las estaciones de lanzamiento de los imago.

Cada nuevo detalle es otra pieza del rompecabezas de Defoe. No pasará mucho tiempo antes de que se dé cuenta de que este mundo está llegando a su fin. Las lunas colisionaran eventualmente.

Sé que necesito que Defoe lo descubra, pero quiero que los imago tengan la ventaja y se lancen primero. Quiero que mis amigos lleguen a la Torre Espacial sin ser derribados, pero si Babel nunca se da cuenta de que las lunas están en el tránsito de una colisión, moriré aquí con ellos. Una pequeña parte en mi interior dice que lo noble sería mantenerlos aquí, distraerlos. Creo que es lo que Emmett haría si estuviera en mi lugar: entregarse a sí mismo para que otros puedan vivir.

Defoe chasquea los dedos.

—Longwei, te hice una pregunta. ¿Hay algo más?

—Estoy pensando... —acerca de qué piezas del rompecabezas puedo darle, qué piezas debo mantener ocultas—. Había un mapa. Estaba en una de las habitaciones por las que pasábamos a menudo. Había lugares marcados en él. No me di cuenta de que eran importantes. Me pregunto si... estas estaciones...

La emoción se extiende en el rostro de Defoe. Cruza a la consola más cercana y saca un mapa digital. Un golpe de su mano borra las marcas anteriores.

—Muéstranos.

Respiro hondo y traigo mi recuerdo del mapa. Éste es el primer momento en el que me pongo en peligro, el primero en el que protejo a mis amigos. Una imagen de la ubicación se encuentra en la parte posterior de mi cabeza. Sé que Defoe conoce la ubicación de la estación de suministro que destruyó. Otra se asienta en el continente más occidental. ¿Es ésa la que ya están espiando?

Toco la pantalla. Allí brilla un círculo.

—Éste era nuestro objetivo.

Con cuidado, alineo mi recuerdo del mapa con lo que está frente a mí. Trazo la costa del continente occidental antes de volver a tocar el mapa. Es sólo una conjetura. Aparece otro círculo.

—Recuerdo esta ubicación también.

Defoe no confirma nada. Su mirada me impulsa a continuar. No dejo que mi mano tiemble. Y ahora llevo a sus tropas a los lugares *equivocados*. Será la única manera de darles a mis amigos y a los imago la oportunidad de sobrevivir. Evalúo cuidadosamente el mapa y comienzo a marcar las ubicaciones equivocadas. Cien kilómetros al sur. En las costas equivocadas, en los valles equivocados. Me muerdo el labio y sacudo la cabeza, borro una para ubicarla ligeramente al norte. Doy la apariencia de ser meticuloso. Cuando finalmente levanto la vista, Defoe se erige como un conquistador. Sus dudas se han desvanecido.

—Lleva estas ubicaciones a los otros generales —dice—. No dejes que nada de esto llegue a la Torre Espacial. Vamos a reorientar nuestras estrategias de ataque. ¿Hemos recibido algo de Gadhavi?

A un marine le lleva un minuto regresar con noticias.

—Tenemos un rastro. Nuestro equipo está en posición. El comandante Gadhavi cree que las huellas coinciden con lo que vimos al salir de la costa. Sospecha que las tripulaciones de restantes Génesis están allí. Nuestras dos unidades están a una hora al norte de su posición, a la espera de sus órdenes.

Defoe ofrece una sonrisa satisfecha.

—Atacar lo antes posible.

Tengo que ocultar el miedo que retumba a través de mí. El plan funcionó. Defoe llevará lentamente las fuerzas de Babel a todos los lugares equivocados, pero podría no ser suficiente para salvar a mis amigos. Ayudará a los imago. Las unidades militares de Babel se dirigirán a las áreas equivocadas. Los supervivientes se lanzarán desde sus estaciones sin problema. Pero ahora los soldados afirman haber rastreado a Emmett y a los demás. Respiro hondo. Mi mente está corriendo. ¿Qué hago para que pierdan su pista? Imágenes de Emmett y de Katsu y de los otros relampaguean en mi mente. ¿Están a punto de morir?

¿Soy el culpable?

—Recuerda —dice Defoe—, necesitamos supervivientes de Génesis.

El marine saluda antes de marcharse. Supervivientes. Necesitan supervivientes. El más leve de los alivios se extiende por mi cuerpo. Todo nuestro campamento vibra con vida. Defoe reconsidera las noticias antes de dirigir su atención a los técnicos.

—Traigan el dispositivo. Longwei, vendrás con nosotros.

Estoy tan acostumbrado a seguir las órdenes de Defoe que mi cuerpo se mueve antes de que mi mente pueda procesar lo que está diciendo. Defoe nos lleva a través de la actividad vertiginosa del campamento.

—¿Nos unimos al ataque, señor?

—¿Tienes ganas de probarte a ti mismo? Habrá mucho tiempo para eso. No, vamos de regreso al espacio —esta vez, no puedo ocultar mi sorpresa. Defoe toma nota—. Temporalmente. Acabas de darnos un punto de apoyo en la batalla aquí. Es hora de usar nuestra última incursión y retomar la estación también. Nuestras unidades aquí pueden mantener sus propias fuerzas. Te necesito conmigo.

—Por supuesto, señor.

—Quiero saberlo *todo*. Cualquier detalle que recuerdes del Conjunto Siete. Incluso si no estuviste presente en ciertas conversaciones, lo que se dijo de pasada podría ser suficiente para proporcionar más pistas. ¿Entiendes? Necesito saberlo *todo*.

Asiento con la cabeza.

—Sí, señor.

—El vuelo...

—Señor Defoe —otro técnico se precipita fuera del improvisado centro de comando—. Estamos recibiendo noticias de nuestro equipo de reconocimiento estacionado fuera de la base adamita. Tres señales de emergencia separadas. La estación está activa.

Los ojos de Defoe se estrechan.

—Así que están lanzando un ataque. ¿Adónde se dirigen?

El técnico niega con la cabeza.

—Arriba. Las naves fueron lanzadas. Nuestro equipo informa que están dejando la atmósfera. Señor, los adamitas se están lanzando al *espacio*.

Justo debajo de todos sus rasgos cuidadosamente acicalados, finalmente percibo miedo. Defoe mira al hombre por un segundo y luego se transforma en un líder temerario. Su voz resuena a través del campamento.

—Dispárenles y derríbenlos. Activen cada silo. Quiero que nuestros escuadrones se movilicen hacia las estaciones de lanzamiento marcadas. Retroaliméntenlos con las coordenadas que nos dio Longwei para las otras ubicaciones de lanzamiento, *ahora*. Cualquier cosa que se mueva en el cielo es un objetivo. Díganle a la tripulación de Gadhavi que cambie el rumbo. Quiero que la mitad de su tripulación rastree al grupo y que la otra mitad busque la estación de lanzamiento prevista. Quiero informes en una hora. Muévanse.

Me complace saber que se dirigirán a los lugares equivocados. Cuando los alcancen, estaré en el espacio con Defoe. Digo una oración en silencio por mis amigos. *Despeguen. Sobrevivan. Encuéntrenme en las estrellas.* En medio de todo este caos, sigo con cuidado a Defoe hasta la nave más cercana. Mis ojos bailan hacia arriba. Las lunas están sobre nosotros. ¿Es mi imaginación, o están más cerca ahora que nunca?

La visión se esfuma cuando nos agachamos para entrar a una cabina.

Hay un momento en el que Defoe me evalúa. Los motores están rugiendo. Él se acerca y me entrega la espada que inicialmente me fue confiscada. La guardo entre mis pies y asiento hacia él mientras la nave comienza a retumbar a nuestro alrededor.

Soy el único que guarda silencio.

Y el silencio es mi mejor arma.

CAPÍTULO 11

ALARMAS
Anton Stepanov

12 DÍAS 01 HORAS 58 MINUTOS

Me tomo un tiempo para revisar los signos vitales de Erone antes de regresar al laberinto de habitaciones, túneles y pasillos. Me resulta difícil dejarlo allí, en un estado tan vulnerable, pero nuestros empleados conversos de Babel le temen demasiado como para que se arriesguen a entrar en esta sala. Sólo espero que cuando despierte vuelva a la normalidad. Enfrento problemas más grandes en este momento.

Las alarmas siguen aullando en toda la estación, y no puedo evitar pensar que el episodio de Erone es el comienzo de algo mucho peor. Siento que se nos está escapando, pero esta vez fue diferente. Algo en su voz estaba mal.

Aguilar hace sonar mi auricular.

—Te estoy redireccionando, Anton. Activa tu explorador.

El casco de nyxia se desliza cuidadosamente sobre un ojo. Una serie de lecturas aparecen ante mi visión antes de que Aguilar acceda a los datos de forma remota. Hay una pausa, y luego mi nueva ruta cobra vida, parpadeando. Una raya roja muestra hacia dónde necesito caminar. Pongo una mano sobre la empuñadura de mi cuchillo en caso de que algo desagradable ronde la esquina.

—¿Qué demonios está pasando? —siseo a través del comunicador.

—Uno de nuestros grupos de prisioneros escapó del área de contención. Sigue la ruta.

El tiempo estimado de llegada parpadea en la esquina de mi visión: estoy a un minuto de distancia. Unos pocos técnicos aparecen al final de otro túnel. Veo bandanas rojas atadas alrededor de sus antebrazos. Eso fue idea de Vandemeer: una insignia para distinguir a los miembros leales a nuestra rebelión de un vistazo. No estoy seguro de en qué están trabajando, pero la ruta de Aguilar me hace doblar otra esquina y moverme en la dirección opuesta.

La nave realmente tiembla.

—Qué demonios...

Doy vuelta en una última esquina y encuentro a Aguilar ladrando órdenes. Un par de marines flanquean una entrada estropeada. Es una de las salas de contención, pero no puedo recordar qué grupo de prisioneros estaba dentro de ésta. Quienquiera que fuera, llevaron el marco hasta su límite. Hay una serie de abolladuras en la puerta que la doblaron hacia dentro, pero de alguna manera el marco se mantuvo.

—Revisa tres veces esos nudos —Aguilar les da la orden a los marines—. Sus trajes emanan luz verde. Vamos a sellar esta habitación. No le hagan daño a nadie que todavía esté dentro. Desarmar y someter si es necesario, ¿entendido?

Ambos guardias tienen gruesas cuerdas negras alrededor de sus cinturas. Aguilar hace una pausa lo suficientemente larga como para echar un vistazo en mi dirección.

—Hay una fisura. Es la tripulación del *Génesis 14*.

Tomo mi lugar a su lado mientras ella manipula la nyxia. No tiene el mismo control que yo, pero ahora es lo suficientemente buena para crear una barrera. El material translúcido se estira hasta que nos separamos completamente de los dos marines. A su señal, avanzan. La puerta se abre, y de inmediato sentimos la succión. Ambos guardias flotan hacia el frente, con los pies levantados ligeramente del suelo. Los nudos se mantienen, y aún así los dos logran entrar.

—Dios del cielo —susurro. A lo lejos, hay un agujero donde tendría que estar el vidrio. El frío vacío del espacio succiona desde los bordes destrozados. Mi boca se abre al pensar que alguien fue lo suficientemente estúpido para salir de esa manera—. Todos están muertos.

Ambos marines están trabajando para sellar la habitación. Aguilar sacude la cabeza.

—Lo rompieron intencionalmente, Anton —confirma ella—. ¿En verdad crees que hicieron esto sin tener un plan? Si son como tú y los otros reclutas, son inteligentes. Supongo que pronto tendremos otro informe sobre una fisura. Están en algún lugar en el exterior de la nave y en algún momento tendrán que volver a entrar. Nos mantendremos atentos a todas las bahías de carga.

Hay otro sonido de succión. Los dos marines aterrizan de regreso y nos hacen señales para informar que todo está despejado para que nosotros entremos. Al mismo tiempo, las alarmas dejan de aullar. Aguilar manipula su escudo de nyxia en un brazalete antes de avanzar para inspeccionar el daño. Uno de los marines hace un gesto hacia una mesa en el rincón más alejado. Un taburete solitario frente a los ventanales.

—Había dos sillas —dice.

—Increíble —susurra Aguilar. Ella da pequeños golpes a su explorador y escucho el sonido estático de su voz cuando golpea de nuevo a través del sistema de comunicaciones—.

Necesito ojos en todas nuestras cámaras exteriores. Quiero que me reporten de inmediato cualquier señal de movimiento. ¿Me copian?

Pasa un segundo.

—Recibido.

Aguilar se vuelve.

—Tenían más nyxia.

—¿En serio? —le digo—. ¿Qué hacemos ahora?

Estoy a punto de contarle lo que pasó con Erone, pero me doy cuenta de que no es algo que deba decir frente a dos marines cualquiera. No tengo idea de lo que harían pensando en esa amenaza acechando en el fondo. Aguilar abre la boca para dar una orden cuando nuevas alarmas cobran vida.

Sonidos pulsantes espaciados por unos pocos segundos. Una alarma diferente.

—¿Para qué es ésta? —pregunto.

Los ojos de Aguilar se abren ampliamente.

—Un objeto rompió la zona atmosférica inferior.

—¿Qué significa eso?

Sus ojos recorren los vidrios rotos, la habitación vacía.

—Alguien se está lanzando al espacio.

CAPÍTULO 12

PLAYA DOVER
Morning Rodriguez

11 DÍAS 22 HORAS 18 MINUTOS

Nuestros acompañantes imago insisten en que éstos son los valles. Las grandes montañas, según ellos, se asientan en la mitad norte del continente. Eso no le ofrece mucho consuelo a nuestra tripulación mientras avanzamos cuesta arriba colina tras colina.

—¿Sabes? —se queja Katsu—, después de subir algunas colinas, por lo general, vuelves a *bajar* algunas de ellas. Tal vez me perdí una lección de geografía o algo así, o tal vez es una cosa espiritual. Quizás ésta es la vida después de la vida y todos estamos ascendiendo lentamente al cielo.

Parvin pone los ojos en blanco.

—Revisa las lecturas. Estamos acercándonos al descenso.

—Eso es otra cosa —dice Katsu—. Estas lecturas. Gran tecnología, ¿cierto? ¿Crees que los imago alguna vez hayan considerado inventar autos? ¿O aviones? ¿Por qué no chasqueamos los dedos y nos teletransportamos a la Bahía de Lanzamiento 2? Pensé que los imago eran una de las especies más inteligentes o algo así.

En el extremo derecho de nuestro grupo, Beckway se aclara la garganta con torpeza. Lleva el cabello recogido en su moño habitual.

—Estoy caminando justo aquí, Katsu. ¿Lo sabes, cierto?

Katsu echa un vistazo.

—¡Beckway, no te había visto! Pero ahora sé que estás aquí, me puedes explicar por qué *demonios* estamos caminando, ¿están probando nuestra viabilidad como especie o algo así?

Veo sonrisas en algunos rostros. Katsu puede ser molesto, pero nuestro grupo necesita reírse un poco. Los miembros de *Génesis 13* ya también lo han adoptado. Pensé que nuestro equipo extendería una rama de olivo, pero ha sido un proceso lento. Nuestro recuerdo más brillante de ellos es la furiosa lucha que ocurrió en el almacén. Perdimos amigos ese día. Ellos también.

—Somos bastante capaces de viajar rápidamente —responde Beckway—. Has visto nuestros barcos, ¿no es así? Y también los transportes nyxianos que usamos para viajar por tierra.

Eso atrapa mi atención. Me había olvidado de las esferas negras en espiral que vimos cuando nos saludaron por primera vez.

—Espera… ¿por qué no los estamos usando? Sería mucho más rápido.

—Más rápido y más peligroso —Beckway extiende una mano, dejando que la luz del sol atraviese la nyxia implantada en cada nudillo—. Viajamos de esa manera a través del Jardín Sombrío porque los riesgos eran mínimos. Allí hubiera sido fácil enfrentar a la mayoría de las especies. Pero ¿aquí afuera?

Gesticula hacia las montañas circundantes. La luz se asoma desde el oeste. Cada uno de los gigantes tiene nieve escarchada sobre sus imponentes cumbres. Un par de valles desteñidos esculpen sus veredas hacia el norte.

—Este continente es mucho más peligroso —concluye Beckway—. Y ciertas criaturas son atraídas por el uso de la nyxia. Nuestros transportes les resultan particularmente atractivos: entre más rápido pueda moverse la presa, más apetecible será la cacería. Por eso hemos optado por marchar lenta y deliberadamente. ¿Tiene sentido?

Seguro que sí. A mi izquierda, Katsu finge inmediatamente caminar en cámara lenta. Cada paso lo da con una lentitud exagerada hasta que se queda atrás.

—¿Así está mejor? ¿Estoy a salvo ahora?

Beckway ríe.

—Serás el último en ser comido. Felicidades.

—Es interesante —digo después de que la risa se apaga—. Algo que es atraído por la nyxia.

—Es el conocimiento por el que pagamos caro —responde—. Hay relatos históricos acerca de la desaparición de partidas errantes completas. Ciertos seres primordiales comenzaron a seguir el olor: aprendieron a reconocer nuestro uso de la nyxia y sabían que seguir esos senderos los conduciría a una buena comida.

—Una cosa más que Babel nunca nos dijo —se queja Noor.

—Una más que ellos no sabían —corrige Beckway—. Hay muchas cosas que Babel nunca pudo entender acerca de nuestra gente. Su tiempo aquí ha sido corto: sólo treinta años. A pesar de todos sus talentos, Babel no ha pagado el precio necesario por tal conocimiento. Nunca descubrieron que la nyxia venía de la luna Magness. Nunca aprendieron que nuestra gente evita la sustancia cuando cae por primera vez sobre la superficie, porque desprende un veneno que controla la mente hasta que se asienta químicamente. ¿Cómo podría Babel alguna vez haber sabido tales cosas? Ellos son los forasteros. Siempre lo serán.

Marchamos en silencio después de sus palabras. Las horas que pasan demuestran que Parvin tenía razón. Estamos comenzando un descenso muy gradual. El camino serpentea hacia abajo hasta llegar a un mirador. Y la vista que nos espera obliga a un silencio más profundo. La escena es hermosa y luminosa... y pintada con sangre.

Ahí está el valle.

Pero también hay cuerpos. Cientos de ellos se extienden a lo largo de los ríos y sobre las laderas y a través de los barrancos. Sólo he visto imágenes de batallas como ésta en videos históricos. Es una carnicería que yo nunca debía conocer. La visión se queda permanentemente en mi memoria, aunque nada de esto tiene sentido. Una sección del valle destella en negro. Mi cerebro la etiqueta irracionalmente como un campo de futbol. Un rectángulo impecable que cubre una sección de la batalla. Es difícil no notar la alta concentración de imago asesinados bordeando sus límites.

Feoria organiza algunas de las unidades en el frente, en caso de un ataque. Pero queda muy claro que el valle, y los muertos, han sido abandonados. Nadie habla. Nuestro grupo desciende en silencio. Las imágenes que nos esperan son opresivas, la forma en que nos persiguen a través de cada hueco entre los árboles, cómo nuestro acercamiento resalta los detalles más sangrientos que no podíamos ver desde arriba. Las dagas aletean de cuerpo a cuerpo.

A nivel del suelo, los olores golpean. Hay tanta muerte.

Isadora es la primera en transformar una pieza de nyxia en una bandana que amarra sobre su rostro como una máscara. Todos seguimos su ejemplo. Parecen colores de luto.

Resuenan los susurros desde las líneas del frente. Feoria y el resto del Remanente están claramente aturdidos y no es difícil entender por qué. Desde arriba, esperaba encontrar una mezcla de imago y Babel; incluso si Babel hubiera ganado la pelea, al menos tendrían algunas bajas.

No las hay, porque esta batalla fue de imago contra imago. Nuestro grupo avanza hacia el campo negro. A nivel del suelo, no podía apreciar que fuera tridimensional. Se yergue frente a nosotros ahora. No es un cuadrado plano, sino una serie de cubos enormes. Todo el asunto parece una cuadrícula, las líneas ligeramente más oscuras muestran dónde termina una sección y comienza la siguiente; los cubos son al menos del doble de nuestra altura. No lleva mucho tiempo recordar que los hemos visto antes. Había un solo cubo en el Sexto Anillo. Emmett y yo lo vimos juntos.

—Combatientes grav —murmuro.

Beckway es el imago más cercano. Mira alrededor, un campo lleno de su propia gente, todos muertos. Después de tomar una respiración profunda, confirma mi conjetura.

—Los cubos gravitatorios también se usan en la guerra. Un general manipulará la cuadrícula en una sección del campo de batalla. Sus combatientes sabrían el diseño completo. Algunos cubos tienen gravedad extra. Otros tienen menos. Se supone que debe darles a ellos la ventaja.

Hace una pausa. Está claro que esa ventaja no fue suficiente. La cuadrícula oscura inicialmente había nublado nuestra visión, pero a esta distancia todo se vuelve claro: todavía más cuerpos se alinean en el interior de la cuadrícula. Los que están dentro de los cubos con menos gravedad flotan en el aire como títeres. Es imposible respirar.

Beckway apunta al cadáver más cercano.

123

—¿Ven los tatuajes?

Alrededor de una muñeca, los planetas están en órbita. Conozco el tatuaje demasiado bien: Jerricho tenía uno y también los tres asesinos que intentaron atacarnos en la Fundidora. Los nombro en voz alta.

—Hondas.

Beckway frunce el ceño.

—Nunca imaginé que hubiera tantos.

Jerricho, y todos los demás hondas, pensaban que su destino era irse a las estrellas. Jerricho incluso secuestró a Emmett con la esperanza de que supiera cómo regresar a la Tierra. Speaker los describió como si fueran una organización terrorista que operaba fuera de los límites del Conjunto Siete. Feoria creó un plan para ayudar a su gente a sobrevivir. Llamó a los hondas egoístas por tratar de abrir un camino de regreso a la Tierra a expensas de todos los demás. Una mejor palabra sería *desesperados*.

Mirando alrededor de la llanura, es fácil detectar los tatuajes muñeca tras muñeca, dispersos por ahí como pistas evidentes. Los ojos de Beckway deambulan por la escena. Su voz está casi rota.

—Los hondas los esperaron en este valle —dice—. Sólo unas pocas personas sabían las coordenadas exactas de las bases, pero había todo un consejo que conocía la vía general. Alguien les informó. Supongo que vinieron aquí, prepararon la trampa y esperaron. Fueron lo suficientemente inteligentes para permitir que el grupo se adentrara por completo en el valle. No hay vuelta atrás en este punto.

Apunta hacia el oeste. Un conjunto enorme de huellas resalta en el barro.

—Un grupo bajó de las colinas occidentales allí y otro del este. El Segundo Anillo habría formado filas. Tenían los números para hacerlos retroceder fácilmente, pero…

—Los hondas marchaban con ellos —observo—. Muchos de ellos.

Él asiente con la cabeza en respuesta.

—Puedes ver los daños a lo largo de la línea exterior. A la mayoría la acorralaron por detrás. El general entró en pánico. Convocó un campo gravitatorio, pero no era una gran ventaja porque la mitad de sus soldados eran traidores. Conocían el diseño tan bien como los imago leales. Quizás haya más. Un general sabio habría llevado a sus tropas a lo más profundo del valle, pero los hondas también estaban preparados para eso e imagino que tenían sus propios campos gravitatorios más adelante.

Beckway comienza a caminar de nuevo. Los otros miembros del Remanente también están avanzando, con el rastro de la devastación en sus rostros. Me doy cuenta de que ésta es la razón por la que nos dirigimos a la Bahía de Lanzamiento 2: por esta carnicería tenemos nosotros oportunidad de sobrevivir. Estamos aquí porque los evacuados del Segundo Anillo cayeron en una trampa. Y miles murieron.

Es un resultado que Feoria creía imposible. No he olvidado sus palabras. Ella pensó que su gente marcharía hacia el fin de su mundo y no se convertiría en menos de lo que siempre ha sido. Desde todos los puntos de vista de la llanura ensangrentada, hay más pruebas de que estaba equivocada. En las otras estaciones, tal vez haya orden, honor y sacrificio desplegándose, pero no aquí.

Avanzamos por el valle. Alguien pregunta si enterraremos a los muertos. Beckway responde en voz baja que las lunas lo harán en poco tiempo. Después de eso, nadie en nuestro grupo habla. Entendemos que no es nuestro lugar. E incluso si lo fuera, ¿qué podríamos decir para consolarlos?

En la siguiente colina, encontramos más campos gravitatorios nyxianos, como predijo Beckway. Enfrentamientos menores, pero todos tan sangrientos y condenados a la muerte como el principal. Sigo esperando supervivientes, alguien pidiendo ayuda. Nadie llama. ¿Tal vez siguieron marchando? Pero los sensores de Jacquelyn no mostraron movimiento en la base. La mejor suposición: mataron a la persona que sabía en dónde estaba la base.

Beckway nos hace una seña para que lo sigamos hacia un lado. Camino en su dirección, asombrada por todo el dolor y la pérdida, y él señala a un tercer grupo. Hay un pequeño batallón de marines muertos. Babel estuvo aquí, pero es claro que llegó más tarde al juego, y sin muchas consecuencias. Nuestra tripulación da vueltas alrededor. Beatty es lo suficientemente audaz como para inclinarse sobre uno de los marines y examinar su equipo. Un precipitado susurro de Parvin lo tiene levantando ambas manos en un gesto de inocencia.

—Sólo estaba mirando —dice.

Beckway señala lo obvio.

—Ésta no es una unidad completa. Estaremos atentos. Por lo general, los grupos de Babel viajan con más elementos. Sospecho que el resto de su tripulación está por aquí, en alguna parte.

La última luz abandona el valle para el momento en que dejamos los campos de exterminio. Feoria no nos ordena hacer un alto y seguimos la marcha. ¿Hasta dónde tendremos que ir, me pregunto, para no ser perseguidos por estos fantasmas? Feoria no ofrece ningún discurso. En lugar de eso, llora por su gente mientras camina al lado de Ashling. Las reinas enlazan sus brazos, inclinan sus cabezas.

Y marchan.

Es la cosa más triste que he visto en mi vida.

CAPÍTULO 13

ARABELLA
Morning Rodriguez

11 DÍAS 20 HORAS 15 MINUTOS

Este mundo brutal no ha terminado con nosotros. Marchamos a través de la oscuridad. Sobre colinas. Lejos de los muertos. En algún momento de la madrugada, un brillo dorado corta a través de la oscuridad que lo cubre todo. Mis ojos se mueven en esa dirección. Un explorador imago se encuentra a sólo cincuenta metros por delante de nuestras líneas del frente, y parece un actor que se hubiera tropezado con las luces brillantes de un escenario por accidente. Se endereza, claramente confundido. Los pequeños globos de luz bailan a su alrededor en un círculo.

—Qué demonios... —empiezo a decir.

Nadie más habla. Se oye una especie de canción en el aire. Debajo de las tensiones etéreas, puedo escuchar hasta el menor zumbido. Todo nuestro grupo se detiene. Miramos fijamente mientras los insectos flotantes bailan alrededor del explorador en un seductor ritmo. Estoy lo suficientemente cerca para ver cómo los labios del explorador se levantan en una sonrisa. Y luego sus ojos pierden el foco. Se empieza a reír y todos nos echamos a reír con él.

A excepción de Jacquelyn.

Vagamente, advierto que corre a través de las filas en esa dirección. ¿Qué está pasando? ¿Por qué está gritando? La observo mientras levanta una maza en el aire. Mis ojos se vuelven hacia el explorador. Él es lo único brillante en esta oscura noche.

Es como un gran foco de luz. O un blanco.

Todavía estoy sonriendo cuando una garra golpea su pecho. Todas las luces se apagan, como luciérnagas moribundas, y el hechizo se rompe cuando Jacquelyn levanta su arma, pero ha llegado demasiado tarde. Una sombra se cierne sobre el guardia que grita. La cabeza redonda de la criatura es tan ancha como un conjunto de puertas dobles. A la luz de la luna, puedo distinguir miles de cuencas de ojos vacías.

La pesadilla da a luz a otra pesadilla. Piernas de pinza se despliegan de un cuerpo de insecto que se desliza y prensa el cuello y el estómago y los muslos del guardia. Se escucha un sonido escalofriante cuando la criatura succiona al guardia hacia el abrazo de un amante. Los pliegues de piel se colapsan a su alrededor como los telones de un escenario, y los gritos se cortan bruscamente. La criatura, un gusano enorme y dentado, se estremece de placer.

Me las arreglo para jalar mi explorador sobre un ojo. Suena la señal de identificación: *arabella*.

Jacquelyn deja escapar un grito de guerra mientras balancea su maza. El ataque es sólido. Sin embargo, el cuerpo de la criatura se flexiona con el golpe y se desliza hacia un lado. La arabella se estremece de nuevo, y todo su cuerpo se despliega como una flor podrida. Aparecen cientos de piernas que se retuercen y arroja el cuerpo destrozado del guardia de vuelta al suelo.

Cinco segundos, le tomó sólo cinco segundos a esa cosa alimentarse.

Jacquelyn se balancea de nuevo, pero la criatura se sumerge y desaparece. Su cabeza gira bruscamente, y hay terror escrito allí en las letras más enérgicas.

—*¿Qué están esperando?* ¡CORRAN!

Y todo el Remanente se pone rápidamente en movimiento. Nuestro grupo sólo tiene unos cien elementos o algo así, pero la repentina amenaza y la oscuridad circundante hacen que parezca que miles de personas se empujan y se abren paso hacia un lugar seguro. La persona que está frente a mí tropieza. Agarro un codo que no deja de agitarse y lo pongo en pie otra vez antes de darme cuenta de que se trata de Isadora.

—Vamos —digo con un gruñido—. Mantente conmigo.

A nuestro alrededor, los imago están gritando órdenes. La voz de Feoria truena sobre el resto.

—¡Fíjense en dónde pisan! ¡Las madrigueras! ¡Hagan ruido!

Las advertencias suenan ridículas hasta que Isadora me empuja con el hombro hacia la derecha. Tropezamos juntas y apenas evitamos la boca abierta de un túnel. Está tallado con precisión, con el ancho suficiente para que la arabella se arrastre de regreso a través de él.

—¡Bajo tierra! —grito inútilmente—. ¡Está bajo tierra!

Hay demasiado caos para comprobar si hay rezagados. Sólo tengo que esperar que todo ese entrenamiento que tuvimos en el espacio esté cobrando vida ahora. Pensé que Isadora podría retrasarme, pero mantiene el ritmo y salta conmigo por las colinas y alrededor de las formaciones aleatorias de piedra.

Nuestro progreso se detiene de manera abrupta: otro círculo brillante a nuestra izquierda. *Sé* que debemos correr, que tenemos que seguir moviéndonos, pero esa especie de música vuelve a sonar en el aire. Todo lo que puedo hacer es pararme allí y esperar lo que sea que venga. Isadora se libera de alguna manera, tira de mi hombro y me da una bofetada brutal en la mejilla. El dolor conmociona mi sistema.

—¿Qué demonios?

—No dejes que esto te atraiga —sisea en respuesta—. Sigue moviéndote.

Y así nada más se desvanece la música. A nuestra derecha, las luces parpadean alrededor de otro objetivo. La persona está allí de la misma manera que yo: hipnotizada por la canción y la luz. Me toma un par de segundos averiguar a *quién* están rodeando: Beatty, uno de los supervivientes de Génesis 13.

Isadora me empuja en esa dirección.

—¡Sálvalo!

Mi cuerpo despierta antes que mi mente lo consiga. Mis brazos bombean, mi pecho sube y baja, mis ojos se estrechan. Una arabella sale en espirales del túnel más cercano y se cierne sobre su próxima comida. Se necesita menos que un respiro para cruzar la distancia, saltar y envolver los brazos alrededor de los hombros de Beatty. Caemos al suelo con fuerza al tiempo en que las mandíbulas se cierran en el aire sobre nosotros. La criatura grita antes de caer furiosa de regreso hacia su túnel. A nuestro alrededor, la llanura entera brilla: hay círculos de luz en todas direcciones.

—¡Sigan moviéndose! —grita Feoria desde algún lugar más adelante—. ¡Hagan *ruido*!

Beatty tartamudea su agradecimiento mientras Isadora nos ayuda a ponernos en pie. Un segundo después, los tres avanzamos al frente. Beatty está casi hiperventilando. El ruido retumba a nuestro alrededor. No gritos como antes, sino alaridos. Bramidos y maldiciones de los imago. Me toma un segundo darme cuenta de lo que están haciendo.

—Ahogando el ruido —jadeo—. Están ahogando el ruido.

Nuestro grupo se desvía hacia la izquierda cuando aparece un nuevo conjunto de luces. Estamos lo suficientemente cerca para ver que son insectos flotantes, aproximadamente del tamaño de un puño. Añado mi propio rugido al ruido que nos rodea.

—"¡Acá!" —llama Jacquelyn—. ¡A las piedras! ¡Acá! ¡A las piedras!

El agarre de Isadora en mi mano se hace más firme cuando saltamos por encima de pedruscos que se sueltan y se despeñan cuesta abajo. Beatty está justo delante de nosotras. Varias unidades de soldados imago esperan a lo lejos. Han elegido pararse a lo largo de una cuneta elevada de piedras. Por supuesto. El coto de caza termina donde se encuentra la piedra: no hay manera de taladrar a través de algo tan grueso. Sus filas se abren el tiempo suficiente para que podamos avanzar a salvo en medio de ellas. En cuanto llegamos a un lugar seguro, los tres giramos. Parpadeamos a través de las sombras. La llanura se ha quedado en silencio. No viene nadie más.

—¿Dónde están? —grito—. ¿Parvin? ¿Dónde está el resto de la tripulación?

Pasa un segundo. Entonces Parvin grita en respuesta.

—Morning, estamos por aquí.

Nos empujamos a través de las filas y encontramos a Génesis esperando. Mi corazón omite unos cuantos latidos. ¿Todos están aquí? Hago un conteo de pánico. Siete, ocho, nueve. Nueve de nosotros. El alivio me invade cuando advierto que Parvin está haciendo lo mismo que yo.

—Gracias a Dios —dice ella—. Estamos todos.

Beatty carga hacia el frente.

—¿Dónde está Gio? ¿Y Vic?

Nadie responde. Todos miramos hacia atrás, a través de la llanura. Unos cuantos imago llegan a trompicones, libres del campo mortal. Beatty se pasea de lado a lado. En un segundo, desgarrador, creo que está a punto de regresar por ellos, pero entonces Gio sale de las sombras. Tiene una desagradable herida a lo largo de su cadera derecha. Las palabras tiemblan inestablemente en su boca abierta.

—Se la llevó. Necesito tu ayuda. Se la llevó. Tenemos que regresar.

Los imago desvían la mirada. No es difícil descubrir la verdad. Las arabellas no devuelven a su presa. En un extremo y otro de las filas, los líderes de cada unidad comienzan a reunir a sus soldados. Puedo escuchar las voces de Jacquelyn y Feoria, que resuenan más fuerte que el resto. Resulta fácil ver los agujeros abiertos en nuestras filas, perdimos soldados esta noche. Más muerte y corazones rotos. ¿Cuándo terminará todo esto?

El pecho de Gio sube y baja.

—Vamos —suplica—. Alguien que me *ayude*.

Se vuelve, listo para marchar solo, pero Beatty lo agarra por un hombro. Los dos luchan hasta que Katsu da un paso adelante y juntos arrastran a Gio con cuidado lejos del peligro.

—¡Déjenme ir! —grita él—. ¡Quítame las malditas manos de encima, hombre!

Y por debajo de todo esto, Beatty susurra:

—Ella se ha ido. Gio, ya se fue.

Tardo un instante en darme cuenta de que el resto de la tripulación de Génesis está esperando mi orden. Ésta no es una situación para Parvin, no se trata de lógica o argumentos ni nada así. Necesitan escuchar que la persona más fuerte del grupo todavía está con ellos, lista para caminar sin miedo durante la noche. Tomo fuerza de la confianza en sus ojos.

—Reúnan sus cosas —ordeno—. Vamos a largarnos de este maldito lugar.

PARTE 2

COLISIÓN

CAPÍTULO 14

EL SEÑOR DE LAS CRÍAS
Emmett Atwater

11 DÍAS 19 HORAS 12 MINUTOS

Tener a Bilal de regreso es como respirar un nuevo tipo de aire. Está cansado y hambriento —nuestros dos prisioneros recuperados lo están—, pero aún sonríe como si este mundo sólo le hubiera dado amor. De vuelta a bordo del *Coloso*, me siento al borde de su litera. Me doy cuenta de que está luchando contra el sueño sólo para hablar conmigo.

—Recé por esto —dice—, todos los días que pasé en cautiverio.

Tiene un puñado de moretones. También se ve más delgado, pero está vivo.

—¿Te lastimaron? —pregunto.

—Me trataron lo suficientemente bien.

Asiento con la cabeza hacia él.

—Es difícil imaginar que alguien pueda tratarte mal.

Sonríe.

—En el espacio, los guardias me pedían que les preparara el té. Hablábamos de política y de nuestros deportes favoritos. ¿Pero aquí abajo? Los marines están hechos de un material diferente. Creo que podría haber sufrido más si no hubiera sido por Roathy. Él hizo todo lo posible por alejar la atención del guardia de mí. Yo no quería que lo hiciera, pero ya sabes lo testarudo que puede ser.

Testarudo es una palabra para esto. Roathy está durmiendo unas literas arriba. Es difícil cuadrar la idea de él sacrificándose por Bilal con la del Roathy con el que yo me encontraba en el espacio.

—Les hacías té a los guardias.

Sonríe de nuevo.

—Tengo un don que no debe ser desperdiciado. Alguna vez se dijo que yo hacía el mejor té en toda Palestina, ahora hay un rumor de que es el mejor de la galaxia.

—Cuando todo esto termine, tomaré una taza.

Pregunta por los demás. Le relato todo lo que sucedió después de que aterrizamos. Intento mantenerme alejado de las muertes, pero esto es como arrancar un vendaje: lo mejor es hacerlo de un jalón. Le cuesta recibir la noticia de Jaime tanto como a cualquiera. Le hablo del escape del Conjunto Siete y el plan de ataque de los imago, pero después de un rato apenas consigue mantener los ojos abiertos.

—Es bueno tenerte de regreso —le digo—. Nunca me sentí bien sin ti.

—Hermano —responde somnoliento—. Se siente como estar en casa.

Mientras duerme, lo observo y me pregunto si así es como se sentían papá y mamá. Como si yo fuera algo precioso, algo que debían proteger. Mi mente todavía no puede captar la imposibilidad de esto. El día que Anton me dijo que Bilal estaba muerto, cerré esa puerta en mi corazón. Necesitaba cerrarla. No me quedaba ninguna energía para depositarla en el dolor. Tuve que concentrarme en sobrevivir a Babel, a los imago. A todo ello. Cerré la puerta, ¿qué bien me hacía dejarla abierta?

El regreso de Bilal es una luz brillante y esperanzadora. Todavía hay oscuridad afuera, en el mundo, y en mi interior, pero el regreso de Bilal es demasiado brillante para que me aferre a él por mucho tiempo.

Azima está en la litera encima de él. Trato de no ver las manchas de la sangre seca de otra persona en el codo de su traje. Pequeños rastros de hechos oscuros. En la litera superior, Roathy da vueltas en su sueño hasta que queda frente a mí. Ha estado callado desde que lo encontramos. Todavía no estoy seguro de cómo se siente. ¿Todavía me odia? Abre los ojos, parpadea y asiente en mi dirección.

Y entonces hace la única pregunta que le importa.

—¿Isadora?

—A salvo —respiro hondo antes de continuar—: Está embarazada, ya sabes.

Asiente.

—Me lo dijo. Por eso estábamos tan desesperados. Ella no quería hacer esto sola.

Los recuerdos se repiten en mi cabeza. Estaba en el pasillo cuando discutían una y otra vez en una de las cápsulas de confort. Y luego me acorralaron en la Conejera, listos para sacarme de la competencia para siempre. Y también estaba desesperado en nuestra lucha final. Es sorprendente pensar en todas las razones que teníamos para matarnos unos a otros, y pensar en todo lo que ha pasado desde entonces.

—Si pudiera regresar el tiempo, te habría dejado ir.

Frunce el ceño.

—No, no lo harías.

—Confía en mí, lo haría. Desearía nunca haber abordado el *Génesis 11*, para empezar.

Lo considera. Los dos siempre hemos tenido esto en común: cavamos bajo la superficie de las cosas e intentamos descubrir qué hay realmente allí. Debe ver que estoy diciendo la verdad.

—¿Qué hay de los otros?

—Jaime está muerto —respondo—. Defoe lo mató. Omar también se ha ido.

Roathy sacude la cabeza.

—Babel.

—Babel —coincido. Una mirada hacia atrás muestra a Speaker inclinado sobre el tablero de la nave. Nos está guiando en silencio a través de las profundidades sombrías—. Su plan era eliminar a los imago.

—¿A los qué?

Por supuesto, no sabe que su verdadero nombre es imago ni que las lunas van a colisionar. Él y Bilal han estado en la oscuridad durante tanto tiempo.

—Tal vez debería empezar desde el principio...

Nos toma unos minutos, pero Roathy escucha con paciencia. Desde el principio, él e Isadora habían estado imaginando su nueva vida aquí. Ahora está tan sorprendido como nosotros por el apocalipsis que se avecina. Hace algunas preguntas sobre nuestro encuentro en la Bahía de Lanzamiento 2. Es claro que se siente aliviado por Isadora, pero todavía hay mucho terreno entre los dos. Las personas que amamos están en otro lugar, cruzando algún otro océano. No tendremos idea de qué tan seguras están hasta que nos encontremos con ellas a la mitad del camino. Babel se cierne sobre todo como una nube oscura.

—¿Me crees ahora? —pregunto—. ¿Sobre quiénes son los verdaderos chicos malos?

Su mirada ya está despojada del odio.

—Te creo.

El sonar pulsa detrás de nosotros. Me doy vuelta a tiempo para ver a Speaker enderezarse. Sus ojos están alerta. Asiento hacia Roathy. Hay un entendimiento. Nuestro pasado todavía está allí, pero parece que estamos dando el primer paso en la dirección correcta. Mirando hacia otro lado, cruzo la desordenada habitación. Greenlaw está a un lado, durmiendo en su camilla, con su herida de cuchillo vendada con esmero ahora. Tomo mi lugar detrás del hombro de Speaker. La pantalla se ve vacía.

—¿Qué fue eso? —pregunto.

Él tiene el ceño fruncido.

—No estoy seguro. Se desvaneció justo después de que entró la alerta.

Juntos, miramos la pantalla vacía. El siguiente escaneo muestra una masa que se extiende sobre la mitad norte del radar. Abarca todo el cuadrante, un bulto oscuro con extremidades en expansión. No puedo evitar imaginarme a un pulpo enorme.

—Mira, justo ahí. ¿Eso fue lo que causó el ruido?

—No —responde—. La señal vino desde atrás. Reconozco *esa* forma.

Mientras observamos, una segunda masa aparece por encima de la primera. Ambas desafían cualquier forma natural. Y me sorprende que ocupen gran parte del radar, deben ser enormes.

—¿Qué son esas cosas?

—Señores de las crías. Uno de nuestros primordiales más peculiares. ¿Ves las dos masas más grandes? Ésos son los compañeros y son más grandes que edificios. Dentro de cada uno hay cientos de crías, toda una camada de cazadoras. Los señores de las crías las envían para que lleven la comida a su regreso.

—Genial —digo—. Y tú te diriges directamente hacia ellos. ¿No deberíamos cambiar de dirección?

Speaker sacude la cabeza.

—Están a una mayor profundidad que nosotros. Y no somos lo suficientemente grandes para que valga la pena el tiempo que les tomaría perseguirnos y alimentarse. Te mostraré.

Sus dedos recorren una secuencia en el panel de control. Varias de las pantallas de datos destellan en negro antes de que las imágenes las reemplacen. Estamos recibiendo una transmisión en vivo. La parte inferior de nuestro barco brilla suavemente. Cada cámara transmite cincuenta metros de océano en espiral, y luego un velo de oscuridad ominosa espera más allá. Speaker toca en otra configuración y la cámara central se contrae con las imágenes térmicas. Vemos el calor corporal que se despliega a continuación, las criaturas son una gigante bola de luz roja y naranja.

—¿Ésos son los señores de las crías?

—Señores de las crías compañeros —corrige Speaker—. Con estómagos llenos de crías.

Parece algo salido de una película de terror.

—¿Estás seguro de que estamos a salvo?

—A esta profundidad, estaremos bien.

Parece listo para decir más, cuando suenan más señales consecutivas. Pasa menos de un segundo y vuelven las señales. Dos marcas vienen detrás de nosotros, y avanzan muy rápido.

—Se acercan, Speak.

Programa una secuencia rápida. En la pantalla, puedo ver cómo aumentan nuestros escudos defensivos en la proa de la nave. Es claro que algo está en nuestro camino.

—¿Crías? —pregunto.

—Babel —responde, estupefacto—. Ésas son naves de Babel. Debe ser una patrulla que tropezó justo encima de nosotros. No quedó nadie vivo para que pudieran rastrearnos desde la costa.

El ruido de los enemigos que se aproximan hace eco.

—Y entonces, ¿qué hacemos? ¿Hay una estación de armas o algo así?

Speaker levanta la mirada. Casi no reconozco la emoción, porque nunca la había visto pintada en sus rasgos: está aterrorizado.

—El *Coloso* fue construido para sobrevivir, no es un barco de combate. Hay un sistema de defensa de avatar, pero si usan armas de largo alcance...

Cada señal llega con más frecuencia ahora. He visto suficientes películas submarinas para saber qué pasa después. El punto grande dará a luz a un punto más pequeño. Lanzamiento de misiles. Morimos.

—Vamos, Speak —digo con desesperación—, dime qué puedo hacer.

—Estoy pensando —responde con calma.

Detrás de nosotros, los otros están despertando. Azima, adormecida, pregunta qué está pasando. Roathy baja la escalera y sacude el hombro de Bilal. Greenlaw está sentada, a pesar de su herida, con los ojos completamente en alerta. Speaker sigue mirando impotente mientras ella habla.

—Sumergirnos —ordena Greenlaw—. Debemos sumergirnos.

Los barcos de Babel nos están ganando. Mis hombros comienzan a encogerse, preparándose para un impacto que podría producirse en cualquier momento. Speaker duda durante exactamente un segundo antes de obedecer la orden de Greenlaw. El *Coloso* no es rápido, pero en un instante ya estamos dirigiéndonos hacia aguas más profundas y oscuras. Mis ojos vuelven al radar.

—¿Qué pasa con los señores de las crías? —pregunto.

143

La pantalla muestra que vamos directo hacia ellos. No estoy seguro de a qué profundidad debemos llegar para llamar su atención, pero no es algo que esté ansioso por averiguar.

—Los señores de las crías son nuestra única esperanza —responde Greenlaw—. Necesitamos llamar su atención.

Estoy pensando en lo desquiciado que eso suena, cuando Speaker confirma su decisión.

—Brillante —dice—. Eso es brillante. Si nos acercamos lo suficiente, dispararán crías.

—¿Me estoy perdiendo de algo? —mis ojos se lanzan de un lado a otro—. ¿Cómo resolverá eso algo?

—Eso reduce la pelea a nuestras mayores fortalezas —dice Greenlaw—. Tácticas fundamentales: resalta siempre tus puntos fuertes en el campo de batalla. No podemos ganar una carrera a tierra y nuestro armamento no es lo suficientemente sofisticado como para girar y enfrentarlos de manera directa. El *Coloso* tiene dos puntos fuertes: el sistema protector de avatar unido al exterior y los escudos defensivos. Sólo tenemos que esperar que Babel siga.

Mi cabeza aún está dando vueltas cuando Speaker da un suspiro de alivio.

—Están igualando nuestro descenso —él mira triunfante hacia atrás—. Ahora luchamos para sobrevivir.

Todos se mantienen en silencio cuando pasamos directamente sobre las masas de color flotantes. En las pantallas en vivo, apenas puedo distinguir las extremidades que giran en espiral y se despliegan. En el centro de la criatura, hay una explosión de color rojo brillante. Florece salvajemente cuando algo sale disparado. Tres líneas de color saltan a través del océano.

Y se dirigen directamente hacia nosotros.

—Crías —confirma Speaker—. Está funcionando.

Greenlaw se levanta, parece inestable.

—Voy a ponerme el traje.

—No —responde Speaker—, no con esa herida. Es un buen plan, pero tenemos que ejecutarlo ahora. Necesito alguien con movilidad completa en el avatar. Prepara a Emmett.

Eso me gana la mirada de reojo más larga que he visto, pero Greenlaw finalmente asiente. Un fuerte *pum* golpea el exterior de nuestra nave. A un segundo le sigue un tercero: las crías hacen su primer contacto. En una cámara, veo tentáculos, ojos y dientes. Hay movimiento de aleteo cuando cada una se adhiere al casco. Son de aproximadamente la mitad del tamaño de un humano promedio, y feas como el infierno.

—Mantente enfocado —ordena Greenlaw—. Conmigo.

Ella cruza la habitación y se para ante un panel cubierto de vidrio; el barco se tambalea mientras tropiezo en su dirección. Una mirada hacia atrás muestra que los demás están aterrorizados. Nadie quiere morir, pero menos aún en la oscuridad de un océano alienígena. Tenemos que sobrevivir a esto. Hicimos promesas.

—¡Todos, pónganse el cinturón! —grita Speaker—. Greenlaw, es el código militar estándar.

Greenlaw pulsa una secuencia en el panel y los bordes del recubrimiento de vidrio comienzan a brillar. Hay un *clic* audible cuando la puerta se abre. Un traje cuelga dentro. Greenlaw lo desengancha y me lo entrega. Me sorprende lo ligero que es. El material es delicadamente delgado y está cubierto por círculos azules medio desteñidos. Un cordón se desenrolla de la sección del estómago acolchada y se conecta de regreso al *Coloso*.

Es mi turno de ver de reojo a Greenlaw.

—¿Qué diablos es esta cosa?

—Ponte el traje —ordena ella—. Te lo explicaré a medida que avances.

Presa del pánico, me enredo con la parte de las piernas. Mis ojos siguen moviéndose de regreso a las pantallas. En nuestras cámaras exteriores destellan tentáculos y dientes. Más y más de las criaturas se unen a la caza cuando finalmente pasamos por encima de la pareja de señores de las crías. Las naves de Babel se están acercando, pero ahora puedo ver la genialidad del plan de Greenlaw: si nuestro barco está cubierto de crías, también los de ellos.

Estoy temblando de tal manera que Bilal tiene que venir y calmarme. Me obliga a sentarme contra una pared y me ayuda a quitarme las botas. Con su apoyo, me las arreglo para meter ambas piernas dentro del traje de capas finas. Cuando tengo ambos brazos dentro, Greenlaw sella el frente. Una capucha golpea mi cuello. La jalo por encima de mi cabeza. El material sisea y succiona hasta que sólo mis ojos, nariz y boca quedan expuestos. Se siente como una especie de traje de baño futurista.

—¿Qué hago ahora?

Greenlaw gira hacia el teclado de control.

—Voy a activarte. Tienes un trabajo: defender la nave. Elimina tantas crías como puedas. ¿Entiendes?

Mientras teclea casi a golpes la secuencia, me encuentro mirando hacia atrás, confundido.

—¿Espera? ¿Tengo que salir?

Un pulso ensordecedor responde. Todos los puntos azules de mi traje cobran vida en perfecta secuencia. El resplandor llena nuestra cabina con su luz fantasmal. El poder vibra, lo suficiente para hacer que mis dientes rechinen, y algo *contundente* arrebata mi cuerpo de la habitación.

Estoy en el océano oscuro e interminable. Un grito se desgarra de mis pulmones. Hay ruidos por todas partes, pero mis propios gritos conquistan todo. Doy vueltas y vueltas, pero aquí sólo hay oscuridad.

—Emmett —es Bilal. De alguna manera puedo escuchar su voz—. Mi amigo. Mantente calmado. Escucha.

Sus palabras son la única razón por la que no pierdo la cabeza. Oscuros objetos se deslizan, se mueven y se arremolinan. Doy vueltas y vueltas, pero no puedo encontrar a Bilal en la oscuridad. ¿Cómo diablos salí hasta aquí?

—¿Bi-Bilal?

Su voz se vuelve aún más clara, como si estuviera hablando directamente en mi cabeza.

—Emmett —dice—, estás controlando el avatar vinculado al exterior de la nave. Greenlaw nos lo está explicando. Tu mente está conectada al dispositivo. Estás conectado al avatar protector de la nave. ¿Lo entiendes?

—Llévenme de regreso, no quiero estar aquí afuera.

Bilal responde con calma.

—Estás controlando mentalmente nuestro sistema de defensa, Emmett. Y necesitamos defensa en este momento, ¿sí? Toma una respiración profunda. Tranquilízate. Tu cuerpo físico está aquí con nosotros. Te puedo ver ahora mismo. Tú estás a salvo. ¿Entendido?

Me las arreglo para asentir. No es real. O lo es, pero no estoy *realmente* aquí afuera.

—Entendido.

—De acuerdo. Es hora de empezar a golpear cosas —dice Bilal—. Si recuerdo bien, tú eres bastante bueno en eso.

Lentamente, me giro. El movimiento rechina. No es un giro normal de un cuello. Todo en este cuerpo se siente lento y extraño. Miro hacia abajo y me ayuda ver que esto no es *mi* cuerpo, sino uno mecánico. El avatar está hecho de engranajes de metal. Tengo brazos como cuchillas afiladas. A mi cerebro le toma un segundo aceptar la desorientadora verdad: estoy controlando algo que está conectado a la nave.

El movimiento se agita en mi periferia. Miro hacia arriba y encuentro a una de las crías chupando los temerarios emblemas grabados en el casco de nuestro barco. Es una lucha hacer que mi mano se mueva, obligar a la extremidad a obedecer, pero finalmente se extiende una garra de metal. Estoy tratando de sujetar la cosa por un tentáculo, pero el metal rebana a través de la piel y el hueso como si fuera papel maché. Sale sangre aceitosa disparada en un chorro y la criatura lanza un sonido espeluznante.

—Emmett —es la voz de Bilal de nuevo—. Necesitamos que hagas algo de daño. Puedes deslizarte por el exterior de la nave. La espalda de tu avatar está sellada a la nave. Simplemente empújate hacia la izquierda o la derecha, hacia arriba o abajo, ¿sí? Cuando tú golpeas, el avatar golpea. Cuando pateas, patea.

Asintiendo con la cabeza, doy un golpe de revés en el camino de las crías que van llegando. La sangre florece. Otras criaturas comienzan a notarlo. Las más cercanas embisten con avidez, pero soy más peligroso que ellas. Hago un corte caótico en sus filas, y aunque los movimientos son pesados, cada golpe deja un nuevo cadáver.

Estoy encontrando mi ritmo cuando el enjambre vuelve su atención del barco hacia mí. Requiere atención, pero puedo sentir lo que Bilal quería decir: si me impulso con las piernas, puedo deslizarme por el exterior del barco. Es como si estuviera unido a unos rieles. Una nueva ola de crías sale disparada hacia delante y empujo a la izquierda. Mi pie se planta mientras lanzo un gancho mecanizado. El golpe atraviesa a cuatro crías.

Empujando de nuevo, encuentro nuevos objetivos. Soy el cazador ahora.

El océano devora cada chillido cuando encuentro mi ritmo. Por un rato, creo que estoy ganando. Pero no hay fractura en sus filas. Las crías nunca dejan de fluir.

—Demasiadas —susurro—. Son demasiadas.

—Estamos casi en la costa, Emmett —responde Bilal—. Había dos barcos siguiéndonos. Uno ya se desvaneció del radar, pero el otro está luchando por alcanzarnos. Están justo detrás de nosotros.

Balanceo mis brazos afilados en un arco perfecto. Las crías se dispersan antes de intentar regresar conmigo.

—¿Qué quieres que haga?

—¿Puedes rodear hasta la proa de la nave? —pregunta—. Muévete hacia tu derecha.

Otro balanceo de los brazos despeja mi camino. Planto mi pie izquierdo y me empujo en la dirección opuesta. Mi visión se distorsiona cuando las crías se dispersan en todas direcciones. El impulso me lleva a la parte trasera de la nave. Puedo decir que estoy en el lugar correcto porque aun cuando el *Coloso* se mueve lentamente, torrentes de agua pasan corriendo a medida que las hélices de la nave trabajan en la dirección opuesta.

—¿Ahora qué?

—El barco restante nos sigue —explica Bilal—. Están prácticamente detrás. A la cuenta de tres... —capto un chasquido de estática cuando otra voz discute; luego, regresa Bilal—. ¿Cuatro? Supongo que a la cuenta de cuatro. Greenlaw te va a desacoplar del barco. Queremos que saltes.

A mi alrededor, las crías todavía están pululando. Les vuelvo a pegar, pero mi mente está centrada en lo que Bilal me está pidiendo que haga.

—¿Saltar? ¿Y hacer qué?

Hay la más breve vacilación.

—Actúa como un misil —susurra Bilal—. A la cuenta de cuatro...

Me doy cuenta ahora de cuánto le duele todo esto. Bilal no estaba destinado a la guerra. Hago mi mejor esfuerzo para despejar un espacio en el agua a mi alrededor. Las crías todavía están trabajando en los bordes de nuestro barco, pero Greenlaw tiene razón, nuestros escudos defensivos lo están soportando. Entrecierro los ojos hacia la lejana oscuridad cuando Bilal comienza el conteo.

Músculos estables. Pies plantados. Ojos enfocados. El miedo trata de anidarse en mi corazón, pero lo rechazo. No hay tiempo para el miedo, ni hay lugar para la vacilación. Tenemos que sobrevivir.

—... ¡tres, cuatro!

Hay un estruendoso *clic* metálico cuando me lanzo lejos del *Coloso*. Me persiguen unas pocas crías, pero cuando pliego los brazos con fuerza, me convierto en una bala viva. Pasa un segundo. Dos. Tres... Y entonces está ahí el brillante destello de un barco. Tengo una visión perfecta de su cabina. Cinco marines en formación de batalla, con expresiones depredadoras.

Son cazadores.

O, por lo menos, lo eran.

Lanzo ambos brazos hacia el frente como flechas. Las cuchillas afiladas golpean el punto muerto de la ventana y toda la maldita cosa se estrella. El vacío del océano devora sus gritos, y toda esa luz *explota*.

Mi ritmo cardiaco se dispara, pero mi garganta está demasiado seca para gritar. Me despierto con Bilal arrancándome la capucha de la cabeza. Los rostros me miran fijamente por encima de mí. Todo es cegadoramente brillante.

—Está bien —susurra Bilal—. Estás bien, Emmett.

Excepto que no puedo *respirar*. Todo mi cuerpo es sacudido por espasmos. Puedo sentir escalofríos subiendo y bajando por mis brazos. Por un segundo, mi mente salta de regreso al océano. Estoy rodeado de escombros, partes de cuerpos, tentáculos que giran. Estoy flotando a la deriva dentro de la fría nada. Otro temblor violento sacude mi cuerpo.

—¡Maldita sea, Speaker! —grita Azima—. Está entrando en shock.

—Es sólo un retraso de transferencia. Dale tiempo.

—No tenemos tiempo.

Una mano cálida. Puedo sentir los callos. Me obligo a centrarme en el sentimiento. El calor de esa mano en la mía. Mi mente intenta engañarse de nuevo. Tengo una visión distorsionada del océano antes de parpadear de vuelta al interior de la nave. La mano de Bilal se aprieta alrededor de la mía. Azima está detrás de su hombro, mirando intensamente. Los conozco. Los reconozco. Pero todavía no puedo *respirar*.

—¡Están a punto de abrir una fisura! —grita Speaker—. Todos, sosténganse de algo.

Los cuerpos se presionan con fuerza alrededor de mí.

—Todo va a estar bien —me promete Bilal.

La voz de Speaker resuena.

—En cuatro... en tres... en dos... en uno.

Un *bum* sónico acaba con todo. El tiempo gira y desgarra, y sólo puedo sentir la presión del hombro de Bilal contra el mío. Algún tipo de descarga eléctrica apaga las luces. La única razón por la que sé que no estoy muerto es la respiración firme de Bilal. Él se mantiene tan malditamente tranquilo.

—¿Qué fue eso? —pregunta Azima.

—Volé el sistema eléctrónico de la nave —responde Speaker—. Eso creó un radio de explosión que mató a todas las crías a quince metros de la nave. Los dos señores de las crías están abajo todavía, pero ahora nos encontramos fuera de su alcance.

Azima hace la siguiente pregunta obvia.

—¿Cuánto tiempo queda para que los sistemas vuelvan a funcionar?

—No volverán a funcionar, nuestra unidad ya está acabada. Pero hay un generador de respaldo que nos dará la energía suficiente para llegar a la costa. Emmett se hizo cargo de los barcos de Babel. Ya no deberíamos tener complicaciones.

—Correcto —responde Azima—. ¿Todos están bien?

Hay un movimiento de caderas y hombros. Todos respondemos que estamos bien mientras tropezamos unos contra otros en la oscuridad. Las luces de emergencia cobran vida en la parte delantera de la nave. Puedo ver a Speaker inclinado sobre el panel de control, apretando un botón rojo una y otra vez. El resto nos reunimos alrededor mientras él continúa trabajando.

—Podría haber sido útil un poco más de información en todo el asunto del traje —le digo.

Speaker responde con una sonrisita.

—Pienso que lo hiciste muy bien.

Las luces generales finalmente parpadean y se encienden. Esperaba sentirme agotado y, en cambio, hay una oleada de adrenalina: siento como si pudiera correr a través de una pared.

—Mi corazón está a punto de salirse de mi pecho.

Greenlaw explica:

—Sentirás eso durante la próxima hora o algo así. Es el efecto posterior a la separación, cada primer usuario lo experimenta. Tu cuerpo intenta recuperar tu mente recordándole al cerebro lo vivo que está. Asegúrate de no hacer ningún esfuerzo excesivo.

Asiento hacia ella. Hay suficiente luz ahora para ver los rostros de los demás. Azima tiene un corte en una mejilla, pero por lo demás se ve bien. Roathy de alguna manera parece aburrido, pero Bilal me lanza la misma mirada que solía darme a bordo del *Génesis 11* al final de un largo día. No puedo evitar reírme.

—¿Ves de lo que te has estado perdiendo?

Sonríe.

—Mi sueño de toda la vida de ser atacado por criaturas marinas, finalmente se cumplió.

Hay un gemido cuando el barco comienza a dirigirse lentamente hacia la costa. Una sola cámara muestra la vacilante vista de nuestro acercamiento. El resto de nuestros transmisores exteriores están demasiado dañados. Todos nos quedamos allí, escuchando y observando, mientras la nave se acerca lo suficiente para raspar el fondo. Las luces se estremecen cuando Speaker nos entierra en la arena. Deja los controles y Azima lo ayuda a girar la escotilla.

Bilal envuelve un brazo alrededor de mi hombro.

—Amigo, vamos a casa, ¿sí?

Una costa oscura nos espera. Hay unos diez metros de agua entre nosotros y la libertad. Speaker salta fuera. A Greenlaw se le dificulta que Bilal se separe de mi lado a fin de liberarla de parte del equipo extra. Roathy y Azima los siguen y se escucha su chapoteo.

—Emmett —llama Speaker—. Arrójame las últimas bolsas.

Me tardo un segundo en encontrarlas detrás del arnés de carga. Cuando estoy seguro de que el área de aterrizaje está despejada, arrojo ambas bolsas hacia abajo. Es una sorpresa escuchar a Bilal y Roathy riendo en la oscuridad. Nunca los oí intercambiar bromas a bordo del *Génesis 11*, pero estuvieron juntos en cautiverio por un tiempo. No es difícil imaginar que hayan formado un vínculo durante todo ese tiempo en el que dependían sólo el uno del otro.

Estoy preparando mi salto, cuando el barco se tambalea. Apenas me mantengo en pie, pero un segundo tirón me hace tropezar en la cabina. Desesperado, mis manos se extienden y se enganchan a la red de carga frente al compartimento de equipaje. Y entonces la nave comienza a inclinarse en serio. El movimiento aleja a la nave, y a mí, de la costa. La fuerza de gravedad nos hunde, y sé que tengo dos segundos como máximo.

Los gritos resuenan afuera.

—¡Emmett! ¡Sal de ahí! ¡Emmett!

Un rápido empujón para alejarme de la pared, dos pasos que desafían la gravedad y salto. No es mi momento más atlético. El borde de la puerta atrapa mi pie derecho y me hace girar torpemente a través de la escotilla. Veo un borrón de sombras antes de que la arena y el agua me hundan. Invaden mi nariz y todo mi traje. Unas manos me sacan jadeando del agua. Nos arrastramos hasta la orilla, medio ahogándonos y escupiendo. Cuando por fin estamos libres, nos volvemos hacia atrás y miramos.

En el agua, el *Coloso* gira sujeto por algo salido de las pesadillas. Tentáculos del tamaño de robles adultos se enrollan a su alrededor. Una cabeza se yergue más allá, del doble del tamaño de nuestro barco, con miles de ojos asomados desde los pliegues de la piel ennegrecida. Todos vemos cómo la cabeza se hunde bajo las olas. Los tentáculos la siguen, y el *Coloso* es arrastrado hacia las profundidades.

Lleva un tiempo, pero Bilal es el primero en romper el silencio.

—Guau, el pez chico se come al grande.

Todos reímos como tontos. Necesitamos reír. Es la única manera de evitar hacer un recuento de todas las formas en que podríamos haber muerto.

—Ni siquiera es así el refrán, Bilal. Lo dijiste al revés.

—¿Sí? —Bilal sonríe—. Pensé que lo había leído en alguna parte...

Todos reímos de nuevo. Speaker es el primero en llevar algo de carga sobre sus hombros y guiarnos. Nos movemos en un nuevo territorio. En este momento, la Bahía de Lanzamiento 2 es sólo un punto distante en el mapa. Tenemos un camino por delante. Me encuentro rezando para que Morning esté en marcha también.

—Nos vemos a la mitad del camino —susurro.

Por encima de nosotros, las lunas prometen lo mismo.

CAPÍTULO 15

HONOR
Emmett Atwater

08 DÍAS 08 HORAS 53 MINUTOS

La maniobra evasiva de Speaker nos llevó muy al sur de nuestra zona marcada como objetivo. No debería afectar en nada. Nuestra ventaja sobre el Remanente se ha ido, pero estamos vivos. Nos movemos tan rápido como podemos a través del hostil terreno. El sol sale y se pone, sale y se pone.

El tercer día de nuestra marcha ofrece una vista más impresionante que cualquiera que haya visto antes. La luz del sol se desliza a través de huecos en el bosque y crea patrones en el camino. Las hojas caen temblando de las ramas para besar el suelo. El cielo al norte está finalmente despejado. Vemos por primera vez el homónimo de este continente: las montañas Costado de Hierro. Sólo había visto lugares así de bellos en calendarios que ni siquiera podía comprar.

Todo es hermoso, pero es difícil no ver cada nuevo tramo de bosque como un obstáculo. Se interpone entre nosotros y la seguridad de la bahía de lanzamiento. Estoy pensando en lo que todavía tenemos que lograr para sobrevivir, empezando a sentir el peso de todo eso, pero la sonrisa constante de Bilal mantiene alejado el mal humor. Su presencia es tan brillante como un segundo sol.

—¡Qué colores! —dice—. Speaker, ¿tu gente visita alguna vez estas montañas?

Speaker sonríe.

—Uno no visita esas montañas y regresa vivo.

Bilal se maravilla ante eso.

—En nuestro mundo, la gente escala montañas por deporte. Incluso hay ascensores que los llevan hasta la cima para que puedan bajar de regreso esquiando.

—¿En serio? —pregunta Greenlaw, fascinada—. ¿Y las arabellas no los devoran?

—No hay arabellas en su mundo —responde Speaker—. No hay centurias. No hay sabuesos. No hay señores de las crías ni vayans. Es un mundo diferente con reglas diferentes, Greenlaw. Ya aprenderás eso.

Ella frunce el ceño hacia nosotros.

—Entonces, ¿cuál es la criatura más peligrosa de su mundo?

Bilal y yo intercambiamos una mirada y respondemos al mismo tiempo:

—Los humanos.

Nuestra marcha se vuelve más callada después de eso. En parte, por el agotamiento, pero de vez en cuando Speaker nos detiene. Esperamos y vemos cómo una nueva criatura recorre las llanuras vacías. La mayoría de ellas se mimetiza fácilmente con el fondo. Speaker insiste en que las criaturas que no se molestan en camuflarse son las que más deberían preocuparnos.

El siguiente obstáculo llega a la mitad del camino hacia la Bahía de Lanzamiento 2. Speaker detiene nuestro progreso una vez más. Observa por más tiempo de lo normal antes de llamarnos hacia el frente. No nos lleva mucho descubrir qué llamó su atención. En el valle rocoso a nuestra derecha, hay una nave de Babel. Su parte frontal está destrozada y en el suelo, de modo que se asienta ligeramente inclinada, casi a punto de caer. El original aterrizaje forzó la rampa de salida, pero sólo hasta la mitad.

Esperamos quince minutos. Nada se mueve.

—¿La reconocen? —pregunta Speaker.

La nave tiene escrito Babel por todas partes. Todas esas marcas comerciales convencionales en el diseño, pero Azima y yo no hemos visto ninguna nave desde que aterrizamos en el planeta. Definitivamente es más grande que las cápsulas de escape originales. Sin embargo, Roathy y Bilal asienten, ellos sí saben algo.

—Bajamos en algo así —dice Roathy—. Lanzaron un montón de éstas el día del ataque.

Greenlaw se arrodilla y saca cuidadosamente su rifle en respuesta. Todos miramos mientras revisa las municiones.

—Acérquense con cuidado —dice ella—. Los cubriré desde aquí.

Se establece en la base del árbol más cercano. El lugar le brinda una buena vista de todo el valle. El resto de nosotros sacamos nuestras armas de combate y nos preparamos para el acercamiento. No está muy lejos, pero en cuanto salimos a campo abierto, todo parece suceder en cámara lenta. Mantengo a Bilal cerca de mi lado mientras caminamos, preparándonos mentalmente para lo que sea que venga.

A unos cien metros de distancia, vemos las marcas de garras. Todas alrededor de la escotilla medio abierta. Malas noticias para los marines de Babel; buenas para nosotros. Las marcas en el metal son enormes. Es como si Godzilla hubiera intentado forzar su camino hacia el interior. Mi estómago se tensa cuando Speaker llega a la entrada destrozada.

—No hay huellas —señala—. Ni saliendo ni entrando.

Manipula su nyxia en una vara robusta. Le toma un segundo colocar la cosa en el ángulo correcto. Unas pocas maniobras y la rampa empieza a bajar. Hay un pequeño silbido cuando la puerta se abre por completo. Speaker tropieza, y todos levantamos nuestras armas mientras las luces parpadean en el interior.

—Nunca se activó —dice Roathy con incredulidad—. Míralos.

Soy la única persona en nuestro grupo que había visto esto antes. Abajo, en el sótano de la Fundidora y, de nuevo, en la estación Miríada. Los soldados congelados están alineados en el interior de la nave. Todos en sus cámaras criogénicas. Tal vez debían despertar cuando aterrizaran. Independientemente de las órdenes del grupo, es claro que no funcionó como estaba previsto: siguen dormidos. Nuestra tripulación entra con cautela. Es difícil no notar los rasgos específicos de cada rostro. Una nariz más afilada, un puñado de pecas, una cicatriz en forma de gancho. Todos ellos tienen historias y familia y amigos.

Todos ellos vinieron aquí listos para matar a los imago y robar su planeta.

—La consola de control se rompió —señala Speaker—. No sé mucho acerca de su tecnología, que siempre fue el territorio de Jacquelyn y Erone, pero está rota, ¿cierto?

Tiene razón. La presión del descenso o el impulso de la colisión hicieron que el panel se partiera limpiamente en dos. Hay un lío de cables y conmutadores expuestos dispersos en la base. Speaker evalúa a los soldados congelados una vez más antes de volverse hacia nosotros.

—Deberíamos continuar nuestro avance —dice—. Puedo dejar aquí un detonador.

Los ojos de Azima se abren ampliamente. Roathy levanta una ceja curiosa. Bilal se ve horrorizado. Hay una reducida parte de mí que sabe que debería defender a los marines dormidos. Esto resquebraja todo lo que sé de honor. Nadie merece que su sueño lo lleve a una muerte explosiva que nunca vieron venir. Pero esa parte de mí ha estado callada por semanas, esa parte ya no recibe tantos votos como antes. Bilal me observa mientras pasan los segundos. Su horror se duplica cuando me encojo de hombros en dirección a él.

—Mira, hombre, Speak tiene razón —le digo—. ¿Y si se despiertan y nos siguen?

Sacude la cabeza.

—Emmett. Tú eres mejor que esto.

—Estamos en guerra —responde Speaker—. ¿Crees que estos soldados dudarían un instante siquiera si la situación fuera a la inversa? Su intención era bombardear cada anillo en el Conjunto Siete. Ellos no le pidieron permiso a nuestra gente antes de que intentaran destruirnos.

—Y ésa es la diferencia entre nosotros y ellos —arroja Bilal. Advierto que ésta es una versión más audaz de mi amigo. Antes él habría trastabillado ante una explicación. Siempre fue así, pero solía ir de la mano con una torpeza tímida. Mi amigo ha cambiado—. Si actúas como lo harían ellos, si haces lo que harían, tú no eres mejor que ellos. No te dejaré caer tan bajo, Emmett.

Y, al estilo verdaderamente típico de Bilal, se desploma en la silla abandonada del capitán. Cruza ambos brazos y mira a Speaker.

—Si destruyes la nave, tendrás que hacerlo conmigo dentro.

Es la primera vez que veo a Speaker quedarse sin palabras. Noto que ya tiene en la mano una de las granadas tipo imago lista para la tarea en cuestión. Sin embargo, nos considera y se da cuenta de que todos nos inclinamos del lado de Bilal. Sujeta el dispositivo de nuevo en su cinturón utilitario.

—Creo que esto es un error táctico —dice—. Pero te admiro por esto, de cualquier manera.

Nos lleva de regreso por la rampa.

Bilal responde:

—Nos moveremos más rápido sin esta carga sobre nuestros hombros.

Alcanzo a ver una sonrisa en el rostro de Speaker. Ni siquiera él es inmune a los encantos de mi amigo. Azima le da unas palmaditas a Bilal en el hombro mientras caminamos juntos de nuevo en el campo abierto. Roathy sólo sacude la cabeza, como si hubiera estado soportando este tipo de cosas desde que llegaron juntos a la cárcel. Sin embargo, es imposible estar enojado con el chico por más de unos pocos segundos.

—Maldición, Bilal —envuelvo un brazo alrededor de él—. No me había dado cuenta de lo mucho que te extrañaba, hombre.

Mientras sonríe, una bala silba en lo alto.

Todo nuestro grupo se agacha instintivamente. Los escudos nyxianos se abren. Bilal tropieza en la tierra de nadie, y apenas consigo jalarlo hacia un lugar seguro cuando suena otro disparo. Nos toma sólo un segundo advertir que Greenlaw es la que dispara, y otros dos encontrar su objetivo.

A unos diez metros a la izquierda de la entrada abierta de la nave, justo detrás de nosotros, un marine de Babel se derrumba en el suelo. Su arma cae de una mano extendida. Me pregunto si él nos estaba apuntando. Me pregunto cuántos segundos hubiéramos tenido antes de que abriera fuego.

Observamos cómo exhala su último aliento. Los disparos de Greenlaw en verdad son certeros.

Azima levanta su lanza, con los ojos puestos en la entrada.

—¿Están despertando todos?

—No —responde Roathy—. Él estaba despierto. La silla del capitán. Pensé que era extraño. Estaba tratando de averiguar por qué estaba allí. Babel no hace nada sólo para que se vea bien. Éste debe haber sido el hombre a cargo de la nave. No pudo despertar al resto.

Speaker mira a Bilal.

—¿Todavía quieres dejarlos vivos?

Mi amigo asiente.

—¿No es más que suficiente la muerte de un hombre?

—Es tu decisión —Speaker le hace señas a Greenlaw para que se una a nosotros.

Después de un segundo, ella se pone en pie y comienza a guardar su arma.

—Vamos. Todavía tenemos un largo camino por recorrer.

Y sin más, nuestra marcha continúa. Bilal permanece en silencio por un rato, pero a la larga Greenlaw lo convence para que participe en una conversación. Intercambian preguntas sobre los pasatiempos humanos y de los imago por un rato.

Estoy medio escuchando su charla cuando percibo un leve estruendo a lo lejos. Bilal no lo escucha. Azima avanza al frente del grupo, ajena al sonido. Pero Roathy levanta la mirada como un conejo asustado. Inmediatamente capta mi atención y los dos miramos en dirección a Speaker.

El imago no dice una palabra. Se mantiene marchando, con los ojos fijos en lo que tenemos por delante. El rumor desaparece tan rápido como llegó. Mis ojos se mueven hacia el cinturón utilitario de Speaker, uno de los dispositivos ya no está.

Roathy y yo cerramos los ojos. Hay un acuerdo silencioso en ese gesto: no le diremos nada a Bilal. Es claro que ahora Roathy ve a Bilal como yo: alguien digno de su protección. Debajo del primer acuerdo, hay un segundo: es más fácil avanzar sin tener que mirar por encima del hombro. Roathy y yo siempre hemos sido muy parecidos. Los dos entendemos la decisión de Speaker, tan jodida como puede serlo. Él tiene razón.

Esto es la guerra.

Fijo mis ojos en las colinas que se acercan y sigo marchando.

CAPÍTULO 16

BAHÍA DE LANZAMIENTO 2
Emmett Atwater

07 DÍAS 17 HORAS 42 MINUTOS

Por primera vez en Magnia, vemos algo con nuestros propios ojos *antes* que en una lectura. La Bahía de Lanzamiento 2 no aparece en ningún escaneo. Según Speaker, tampoco la registra ningún satélite de Babel. Los equipos de Jacquelyn construyeron las bases en el terreno natural y las diseñaron con tanta tecnología de camuflaje como pudieron. Esto es una muestra.

La Bahía de Lanzamiento 2 está impecablemente enclavada en el interior de un barranco fracturado. Dos filas de naves en espera corren a lo largo de la abertura, con sólo el espacio necesario para todas las pasarelas que las conectan con la estructura. Ni una sola sobresale de los acantilados naturales. Las partes superiores visibles están pintadas para que coincidan con el terreno circundante. Ni siquiera si Babel peinara el área con satélites, lograría verlas. Nuestro equipo se detiene en un acantilado elevado para admirar la escena.

Éste es nuestro camino de regreso a casa.

Y entonces la luz pulsa. Todos caemos al suelo mientras la base cobra vida. La luz azul escala los costados de las naves en pie y zumba en los círculos de piedra bajo ellos.

—Alguien está aquí —susurra Speaker—. Armas fuera.

Todo el barranco está empezando a brillar. Mi mente salta a la conjetura obvia: hondas. Si ellos llegaron a la base, estamos jodidos.

—Hey —una voz llama desde atrás, una que reconocería en donde fuera—. ¿Alguna vez vas a presentarte *antes* que yo en alguna parte? La puntualidad es una virtud, ya sabes.

Morning avanza por el ligero ascenso con la sonrisa más grande del mundo en su rostro. Feoria y Jacquelyn también están allí, pero lucen un poco más apagadas. Apenas me las arreglo para sacar mis brazos a tiempo para el abrazo aplastante en el que Morning me envuelve.

—Nos vemos a la mitad del camino —susurra ella en mi pecho.

—Lo logramos —le susurro en respuesta, y casi no puedo creerlo—. Nos iremos a casa.

Se suelta de mí el tiempo suficiente para darse cuenta de que trajimos de regreso algunos rescatados. Su rostro se ilumina al ver a Bilal. Sabe lo que él significaba para mí, y lo duro que me golpeó la idea de su muerte. Puedo ver la comprensión y el peso de todo eso en su expresión mientras se apresura a darle un abrazo.

—¡Bilal! ¡Pensé que estabas muerto!

Él la abraza y sonríe.

—En este caso, estoy feliz de decepcionarte.

Ella sonríe antes de mirar a Roathy.

—Y mira: otro muerto camina entre nosotros.

Él le da su sonrisa malvada.

—¿Isadora?

—Es una verdadera joyita —responde Morning—, pero está abajo y está bien. El bebé también está bien. Vamos. Podemos bajar todos juntos.

Es como si dejara escapar el suspiro que había estado conteniendo durante semanas. Ella está a salvo. Nosotros estamos a salvo. Los imago están ocupados preparando la base, siguiendo las indicaciones de Jacquelyn. La voz de Morning es tranquila mientras resume su viaje. No puedo evitar apretar los dientes mientras describe la carnicería de un campo de batalla abandonado y las criaturas que los cazaron la misma noche. La actividad en torno a la Bahía de Lanzamiento 2 es demasiado caótica para hacer un conteo adecuado, pero no he olvidado que sólo sesenta personas serán lanzadas al espacio. Trece es el número de nuestra tripulación. Dieciséis, si los imago están contando a los prisioneros de Génesis 13.

Un rugido de celebración nos recibe en el muelle de carga. La recuperación de Bilal y Roathy actúa como un nuevo sol. Es el comienzo de un futuro más brillante en el que todos podemos movilizarnos. No sólo nos vamos a casa, vamos *juntos*. Hay más por hacer. Tareas necesarias y luchas difíciles. Pero por primera vez en semanas, todo se siente posible.

En un rincón, Roathy e Isadora se reúnen. Ida observa la escena con una media sonrisa en su rostro. Estoy tan acostumbrado a ver a los dos como una amenaza que me resulta realmente difícil comprender este lado de ellos. Roathy está de rodillas. Isadora tiene su cabeza presionada contra su vientre para que pueda escuchar las patadas, los latidos del corazón o ambas cosas. Después de todo lo que hemos pasado, es extraño celebrarlos. Pero hay algo *correcto* al respecto también. Es casi como si hubiéramos revertido la maldición que Babel lanzó sobre nosotros.

De regreso en nuestro grupo, Katsu levanta a Bilal en el aire y da vueltas con él. Azima sonríe salvajemente, y Jazzy cacarea como una mamá gallina, advirtiéndoles que sean más cuidadosos. Morning me da un codazo en el hombro y siento que mi rostro se va a romper por sonreír tanto.

—Vamos a casa.

—No antes de que me lleves a esa cita —dice con una sonrisa.

Asiento a través del vidrio. Las luces de la nave más cercana parpadean. Quiero seguir sonriendo y riendo, pero las conversaciones difíciles también tienen que suceder.

—¿Cuáles son los números?

Eso borra la sonrisa de su rostro. Me odio a mí mismo por haberle quitado estas breves alegrías, pero ninguno de los dos ha evadido nunca la verdad. Ella me hace seguirla a un lado.

—Perdimos a la mitad del Remanente —dice—. Todavía quedan veintisiete y cada uno tiene un asiento. Bilal y Roathy se agregarán a nuestro conteo automáticamente. Así que son cuarenta asientos y sólo quedan veinte para el resto.

—Mejores números de los que habíamos planeado originalmente.

Morning suspira.

—Tienes razón. Debería estar agradecida, pero no hace las cosas más fáciles. Otros treinta y ocho imago sobrevivieron a la marcha, y sólo dos de los tres supervivientes de Génesis 13 lo lograron.

Mi corazón se hunde.

—¿A quién perdimos?

—Victoria. Ella... —Morning sacude la cabeza—. Así que hay otros cuarenta supervivientes, pero sólo veinte asientos. Feoria decidió darles a todos una oportunidad. Lo está haciendo como una lotería.

—Maldita sea.

—¿Verdad? Y no es exactamente algo que podamos discutir. Beatty y Gio tienen suerte de estar incluidos. Me cae muy bien Gio, él entiende de lo que se trata nuestro grupo. Beatty es un imbécil, pero aun así, se inscribió para venir aquí por las mismas razones que nosotros. No quisiera dejarlos atrás.

Mis ojos giran a través de la habitación. Los dos están sentados en su propia esquina, jugando algo con cartas. De vez en cuando miran de reojo nuestra pequeña reunión. Día a día me encuentro viviendo cada vez más en el gris. Nada es fácil. Nada es blanco y negro. Lo siento por los dos. Perdieron a toda su familia cuando aterrizaron. Todos los castillos en el aire sobre volver a casa más ricos que reyes han desaparecido. Y también nos los tumbaron a nosotros. Omar y Jaime están *muertos*.

Nada es fácil.

—Parece que eso es lo mejor que podemos hacer.

Morning asiente.

—Estoy empezando a odiar la palabra *mejor*. En la nave, el *mejor* era el que estaba en la cima de un marcador. Aquí abajo, lo *mejor* es nada más que escuálidas victorias y encontrar el lado positivo. Apesta. De acuerdo. Voy a hablar con Jackie sobre Bilal y Roathy. Quiero asegurarme de que tengan las cuentas correctas.

Un pensamiento me golpea.

—Espera. No le digas a Bilal.

Ella frunce el ceño.

—¿Que no le diga qué?

—Nada. Sólo dile que él será lanzado al espacio. No menciones la lotería y todo eso —todavía estoy pensando en los marines congelados que él trató tan desesperadamente de salvar—. Si se entera de que vamos a abandonar aquí a la gente, no irá.

Asiente con rigidez.

—Entiendo. Vuelvo en un rato.

Regreso con nuestra tripulación. Todos se están riendo, excepto Alex. Lo veo parado a un lado, con los ojos fijos en las naves, a la espera. Cruzo la habitación y me uno a él. Es toda una visión.

—¿Listo? —pregunto.

Trata de sonreír, pero el gesto no llega hasta sus ojos.

—Anton está ahí arriba.

—Estoy seguro de que está bien.

Alex asiente.

—Ya lo sabría si algo hubiera sucedido. No estoy seguro de cómo explicarlo, pero sé que está vivo. Sin embargo, es como en todas las historias, ¿sabes? Las cosas malas siempre suceden en el último segundo.

—Ésas son historias. Estamos hablando de Anton. Demonios, no me sorprendería si ya estuviera manejando toda la nave. No me extrañaría para nada.

Alex sonríe.

—Eso es exactamente lo que me tiene preocupado. Anton no hace nada con sutilezas.

La puerta se abre de nuevo. Jacquelyn y Morning entran. Hay un rubor rojo en el cuello de Morning. Conozco esa mirada ahora: ella se estaba acalorando por alguna razón. Todas nuestras conversaciones se extinguen cuando Jacquelyn nos hace señas para que nos acerquemos.

En el centro de la habitación, accede a una consola.

—Reúnanse todos alrededor. Quiero correr para ustedes un tutorial rápido.

Formamos un círculo mientras las imágenes holográficas cobran vida entre zumbidos. Una versión a escala del exterior de las naves espaciales aparece en el aire, reducida a aproximadamente el tamaño de un balón de futbol.

—Cada una de estas naves opera de la misma manera. Son increíblemente limitadas en su función, como era el objetivo. Aquí hay un vistazo a la cabina del piloto.

Ella abre una nueva imagen. Dentro de la nave, hay dos asientos, uno frente al otro. *Simple* es definitivamente la palabra correcta. Hay una única consola entre los dos asientos y las pantallas táctiles frente a cada astronauta. Las ventanas de rendijas brindan destellos diagonales del exterior de la nave, pero no hay más artilugios a la vista.

—El lanzamiento es controlado por la estación —explica—. Todo lo que ustedes harán es asegurarse y aferrarse con firmeza. Una vez que estén más allá de la atmósfera, los sistemas internos de la nave harán el trabajo. Hemos explicado antes que cada nave será atraída automáticamente por los depósitos más grandes de nyxia que puedan encontrar. Eso significa, la Torre de Babel. Hay una manera de anular los controles de la nave y volar manualmente, pero no lo aconsejamos. No son pilotos entrenados. Nuestra tecnología es más inteligente que ustedes, dejen que haga el trabajo.

"Lo único que *sí* controlarán ustedes es el mecanismo de bloqueo de aire. Una vez que su nave atisbe el objetivo correcto, lo encontrará. Cada nave está diseñada para engancharse y succionar. Las punciones iniciales se sellarán automáticamente. Sin embargo, hay que activar el mecanismo del taladro de perforación. Creará una puerta en el metal y funcionará como una cerradura de aire. Les estamos dando el control de esa función porque no queremos que la nave se abra paso automáticamente en territorio enemigo. Si sospechan que las tropas de Babel están esperando del otro lado de la puerta, pueden intentar y esperarlos. Esa decisión tiene sus propios riesgos.

Todos estamos atentos, escuchando. No es una sorpresa que Parvin haga la primera pregunta.

—Y entonces cuando atraquemos, ¿qué? ¿Cuál es tu plan una vez que todos estemos a bordo?

Jacquelyn suspira.

—Tenemos muy poca información sobre las naves. Uno de los nuestros fue capturado por Babel como parte de nuestro plan, antes de que ustedes llegaran —sus ojos se mueven brevemente en dirección a mí—. Nuestro último informe no fue prometedor. No estoy segura de que podamos contar con Erone como punto de reunión. ¿Qué hay de su hombre?

—Anton está allá arriba —responde Morning—. Pero no hemos sabido nada.

Jacquelyn asiente.

—Entonces, así están las cosas. Tenemos poca información para continuar. Creo que nuestro objetivo general es adjuntar las cápsulas de escape, infiltrarse en las naves de Babel que sospechamos que estarán vacías en su mayoría, y controlar cada sección. Una vez que hayamos neutralizado la estación, discutiremos nuestras opciones para regresar a la Tierra.

—¿Cuándo nos lanzamos? —pregunta Parvin.

—Ahora.

Una corriente de sorpresa recorre nuestras filas.

—Pensé que estaba coordinada una fecha específica con las otras estaciones de lanzamiento —dice Parvin—. ¿No era ése todo el punto? ¿Lanzarnos todos de manera sumultánea para que Babel no tuviera tiempo de reaccionar?

—Nuestras estimaciones del momento de la colisión son sólo eso: estimaciones. Sería mejor lanzarnos lo antes posible —Jacquelyn duda—. Y nuestros radios muestran que la Bahía de Lanzamiento 3 está activa. Todas las naves se han lanzado.

—¿Así que en Babel ya están enterados? —pregunta Parvin—. Fantástico.

—Nuestra gente está desesperada. Feoria optó por creer lo mejor de ellos. El campo de batalla que vimos al norte... —sacude la cabeza con tristeza—. Espero que entiendas lo desgarrador que es. Esperábamos alguna rebelión, pero miles han muerto. Miles morirán. La gente del Cuarto Anillo cedió ante la misma desesperación. ¿Puedes culparlos? Están asustados. Todos lo estamos.

Parvin asiente.

—¿Así que nos lanzamos hoy mismo?

—En las próximas horas —confirma Jacquelyn—. Morning ha prometido organizar la asignación de asientos. Una vez que tenga esa lista, designaré cada par a una nave específica. Beatty y Gio, necesito que ustedes dos vengan conmigo, por favor.

Hay un silencio ominoso cuando los supervivientes de Génesis 13 se separan de nuestro grupo. Veo partir a ambos, y lo único que puedo hacer es esperar que sean elegidos. No estoy seguro de lo que merezcan, pero sí de que nadie debería morir tan lejos de casa, en un planeta que ni siquiera conocieron en realidad. Morning me mira, y hay todavía más angustia en su mirada. Es como si siempre perdiera a alguien sin importar lo que hagamos, sin importar cuánto nos esforcemos. Hace que sea mucho más difícil celebrar las victorias.

Y ésta *es* una victoria.

Vamos a ir a casa.

Nuestra tripulación se agrupa en torno a las ventanas y admira las naves que nos llevarán al espacio, mientras Morning y yo nos quedamos atrás como padres orgullosos, demasiado ocupados contando los costos como para ver qué tan brillante es el día.

CAPÍTULO 17

SECUENCIA DE LANZAMIENTO
Emmett Atwater

07 DÍAS 14 HORAS 57 MINUTOS

Una hora después, toda nuestra tripulación espera en parejas.

Noor y Parvin se lanzarán juntos. Azima localizó a Beckway y lo convenció de que se fuera con ella; esa pareja levanta algunas cejas. Alex toma un lugar con Katsu; explica que si las cosas van mal, al menos morirá riendo. Mientras los demás discuten el lanzamiento, Morning actúa como si ajustara su maquillaje en el vidrio reflectante. Cuando Holly le pregunta qué está haciendo, sólo dice que se está preparando para una cita especial. Pongo mis ojos en blanco, pero no puedo evitar lanzarle una sonrisa que haría que papá se sintiera orgulloso.

Roathy e Isadora están juntos. Cobro conciencia de que su nave será la única que lance a *tres* personas al cielo. Su reunión dejó a Ida como el elemento que sobraba hasta que Holly se abalanzó y lanzó un brazo alrededor del hombro de la chica. La última pareja está formada por Bilal y Jazzy.

Mi estómago se revuelve un poco ante la idea de alejarme de él. Sé que es necesario, pero lo recuperé hace apenas unos días. Perderlo de nuevo me destrozaría. Bilal parece despreocupado. Él y Jazzy tardan unos treinta segundos en ponerse al día, todo sonrisas. Me doy cuenta de que le he dado demasiado poder al miedo. Quiero tallar el espacio que éste reclama en mi corazón para reemplazarlo por la esperanza.

Jacquelyn regresa. Speaker y Feoria la siguen. Me sorprende un poco verlos tomados de la mano.

—Las estaciones de lanzamiento están activas. Los controles finales están completos. Disponemos de exotrajes especializados para todos. Tómense un segundo para vestirse antes de salir a sus respectivas estaciones.

Todos se deslizan hacia la pared del fondo. Los trajes cuelgan allí. Tamaños genéricos que se estiran o encogen dependiendo de lo que necesitemos. Aprovecho la distracción y cruzo el salón en dirección a Speaker.

—Gracias, Speak. Por todo. Fuiste brillante desde el arranque.

Sonríe.

—¿El arranque?

—Desde el principio. Gracias por ser tan acogedor con nosotros.

—Era mi deber —dice—, pero también fue mi honor. Antes de separarnos, quería disculparme. Me he sentido culpable en las últimas semanas. No me siento tan culpable ahora que hemos llegado con éxito, pero todavía pesa en mi conciencia. Esto me liberaría de la carga. Tu nombre no fue elegido por Parvin... yo podría haber influido en los resultados.

Lo miro fijamente.

—¿Qué? No hay manera, hombre. Yo mismo puse mi nombre en la gorra y ésta nunca dejó la mano de Parvin. No podrías haber influido en eso, no hubo tiempo.

Él levanta una ceja.

—¿No? Tú usaste un utensilio de escritura de nyxia, ¿no es así?

Asiento en respuesta, ahora lo recuerdo.

—Todos lo hicimos así.

—Nuestra gente prohibió esos instrumentos de escritura. Descubrimos rápidamente que la gente podía falsificar documentos. Cambiar lo que estaba escrito con un pensamiento dirigido. Verás, cuando escribes con una herramienta nyxiana, la tinta también está hecha de nyxia. Se convierte en una pieza separada de la sustancia. No me fue difícil manipular los nombres para que se parecieran a tu papel.

"Espero que me perdones. No era mi intención castigarte con la separación. Después de separarme de Feoria, sé cómo se debe haber sentido que estuvieras sin Morning. Pero te elegí porque eres la persona de la Tierra en la que tengo más confianza. Eso hizo que mi decisión resultara demasiado fácil, y por eso me disculpo.

—Y yo que pensé que me habías elegido porque te gustaban mis chistes o algo así —sonrío—. Gracias por confiar en mí, Speak. Me alegra que haya funcionado.

Me doy cuenta de que no tiene sentido estar enojado en este momento. Después de todo, logramos llegar hasta aquí en una sola pieza. En cambio, mi mente vuelve a lo primero que dijo. No sobre poner mi nombre en la gorra, sino sobre las separaciones. Me toma un largo segundo aceptar la verdad.

—No vendrás con nosotros.

Sacude la cabeza.

—Saqué mi nombre de la lotería.

—¿Por qué? Podríamos necesitarte allí arriba.

Feoria se acerca.

—Quitó su nombre después de descubrir que yo había quitado el mío.

La noticia me abruma.

—Es un buen hombre —respondo en voz baja—. Y tú eres una buena reina.

—Todos son muy amables cuando descubren que estás a punto de morir —dice Feoria con una sonrisa—. Sé que todavía estás enojado conmigo. Sé que te metimos en todo esto y que siempre tendrás algo contra mí. Por favor, prométeme que reservarás tu ira para *mí*. Los imago que se lanzarán a través del universo contigo son lo mejor de nosotros. Ellos merecen ir a tu mundo y tener un nuevo inicio. Trátalos como se tratan los unos a los otros, con el mismo respeto: como familia.

Le ofrezco un asentimiento.

—Es un trato.

Speaker sonríe.

—Todavía te encuentro absolutamente maravilloso. Después de todo lo que hemos conocido de Babel, no puedo comprender que exista gente como tú, Emmett. ¿Y Bilal? ¿Y tus otros amigos? ¿Dónde aprendieron ustedes a vivir de esta manera? ¿Cuándo salió mal para los demás de tu mundo que hemos conocido?

—Nosotros no somos todos buenos —respondo—. Y ellos no son todos malos.

Él levanta una ceja.

—Supongo que ésa es la verdad más simple de todas.

Nos abrazamos y asiento una vez más antes de unirme al resto de nuestra tripulación. Estoy completamente preparado para el momento en que advierto que Morning está teniendo otra conversación en voz baja con Jacquelyn. Ambas se ven igual de frustradas e indefensas. Me dirijo hacia Morning cuando Jacquelyn se separa de ella.

Jacquelyn nos llama a todos para una orden final.

—Vamos a las estaciones. Sigan las indicaciones en las pasarelas. Asegúrense de que sus trajes estén sellados. No olviden sus números.

Asiento hacia Morning.

—¿Qué pasa?

—Ya se hizo la lotería —dice—. El nombre de Gio fue elegido, pero el de Beatty no.

Dejo escapar un suspiro.

—Maldita sea.

—Traté de negociar con Jacquelyn. Ella me dijo que aceptarán que reemplace a alguno de los nuestros por Beatty y señaló que Gio está tomando un lugar que podría haber sido para uno de los imago. Me está volviendo loca, pero nuestras manos están atadas; son los imago quienes están a cargo de todo.

Lo único que puedo hacer es asentir. Se siente mal dejar a Beatty aquí, pero lo último que quiero es que Bilal se dé cuenta y se sacrifique por él. Lo mejor será dejar que todo salga bien.

—Debemos movernos.

Morning asiente una vez y levanta la voz.

—Génesis. Todos aquí.

El grupo se reúne sin dudarlo. Las risas se cortan. Morning entra de manera natural en el papel que siempre ha desempeñado: nuestra capitana.

—De acuerdo. Sólo voy a ser honesta. No tengo ni idea de qué pasará después. Lo único que sé es que hemos llegado lejos y hemos luchado duro. Tomemos algunas naves y volvamos a casa. La prioridad número uno, una vez que su nave se enganche en la Torre Espacial, es *sobrevivir*. Nos uniremos y estableceremos defensas. Si el plan funciona, serán los imago quienes hagan la mayor parte del trabajo pesado. ¿Entendido?

Hay asentimientos a todo nuestro alrededor. No lo había pensado mucho, pero lo que vamos a hacer debería ser aterrador. Nos lanzaremos al espacio en naves alienígenas y rezaremos para que sean lo suficientemente inteligentes para unirnos a una estación espacial en órbita, en lugar de simplemente flotar en el vacío para siempre. Y la única razón por la que *no* es aterrador es que hemos hecho todo esto antes. Ya nos lanzamos al espacio. Bajamos como conquistadores de las estrellas. Hemos estado luchando y abriéndonos paso a través de las llamas desde el primer día.

Estamos hechos de hierro ahora.

Inquebrantables.

En parejas, nos dirigimos hacia la entrada. Hay mucho ruido afuera. Los motores de cada nave han cobrado vida y están arrojando polvo sobre las pasarelas, arriba de las paredes de los acantilados más cercanos. Apenas tengo tiempo para procesar todo. Se siente tan bien dejar finalmente algunas cargas. Morning toma mi mano y me lleva fuera. Seguimos las marcas y encontramos nuestra nave en el rincón más alejado del barranco. Nos tardamos unos minutos en llegar, pero es un tiempo bien empleado.

Caminamos juntos, pensando en lo que ha sucedido, en lo que está por venir.

—Por fin —dice Morning—. *Por fin* podemos tener nuestra cita.

—He estado pensando en eso toda la *semana* —le digo con una sonrisa—. Ya sabes, en el intermedio entre que tomaba las bases de Babel, recuperaba prisioneros perdidos hace mucho tiempo y luchaba contra las criaturas del mar.

—Correcto —responde Morning—. Ha sido lo único en mi mente también. Mientras no cuentes el campo de lombrices brillantes del tamaño de un camión de las que tuvimos que escapar. Aparte de eso, sí, esto es lo único en lo que pensaba.

Me encojo de hombros hacia ella.

—Voy a tener unas cuantas historias para contar en las fiestas.

Ella sonríe.

—Tenemos eso.

Frente a nosotros, el barranco se estrecha. Ahora estamos al final de la línea, donde las naves solitarias esperan para ser abordadas. Jazzy e Ida están cruzando la segunda y última pasarela, y asoman sus cabezas dentro de las puertas abiertas de su nave asignada. Al final del barranco, la última nave espera por nosotros. Morning corre por la pasarela delante de mí porque, por supuesto, ella siempre tiene que ser la primera.

Sonrío mientras camino dentro de la cabina del piloto, detrás de ella. Los planos de Jacquelyn eran certeros. Hay dos asientos, la consola central y un puñado de palancas. Por lo demás, el lugar es muy sencillo. Morning mete su mochila en el compartimento de la esquina y comienza a ponerse las correas. El calor de los motores sigue llegando en rachas, implacable. Toda la estación de lanzamiento está pulsando.

Es difícil comprender que en verdad estamos haciendo esto, en verdad nos lanzaremos de regreso al espacio.

—¿Cómo cierro la puerta? —pregunto, buscando una manija.

—No se cierra —responde Morning—. No hasta que ambos estemos ya con las correas puestas. La estación lo controla, como sea. Creo que quien esté a cargo de la consola central tiene que dar el visto bueno.

Tomo mi lugar frente a ella, pero mi mochila se encaja incómodamente contra mi espalda. Gruño un poco y comienzo a colocar las correas alrededor de un hombro. Morning sonríe.

—¿Sabes? Estás un poco lejos para una cita apropiada —dice—. Es casi como si *mi abuelita* estuviera aquí o algo así, asegurándose de que no nos sentemos demasiado cerca en la última fila del cine.

Le sonrío.

—No se sabe hasta dónde podríamos llegar.

—No se sabe.

Su mirada casi termina conmigo. Todo lo que puedo hacer es sacudir la cabeza.

—¡No hagas eso! Si yo voy a estar amarrado aquí y tú vas a estar amarrada allá, no puedes mirarme de esa manera...

Veo desaparecer la mirada juguetona. No puedo dejar de pensar que estoy un poco oxidado al coquetear o algo así, pero la alegría se va tan rápido y tan completamente que sé que algo más está mal. Un escalofrío recorre mi espalda. Veo el miedo brillar en sus ojos en el momento exacto que el metal presiona mi sien. El contacto está emparejado con una advertencia siseada.

—No muevas un solo músculo.

Mi mandíbula se tensa desobedientemente. Sólo hablé con él una o dos veces, pero eso fue suficiente para saber que Beatty es el que tiene acento británico. Miro a Morning con incredulidad. Beatty tiene el cañón de su arma pegada a mi cabeza como una promesa.

—No hagas eso —esta advertencia es para Morning. Yo también la vi: sus manos se estiraron para alcanzar sus hachas. Sin embargo, están atrapadas, encajadas en la parte posterior de sus caderas contra la silla—. ¿En verdad quieres arriesgarte? A esta distancia, no fallaré. Tú eres rápida, pero estás atada, ¿cierto? Manos arriba, por favor.

El pecho de Morning sube y baja. Levanta sus manos. Empiezo a hacer lo mismo, pero Beatty me grita.

—Tú no. Deja tus manos a tus costados.

—Beatty —advierte Morning—, esto es un error.

—Yo no lo creo —su voz tiembla. ¿Por el miedo? ¿La desesperación?—. Todos ustedes iban a dejarme. ¿Así que tan sólo me quedo aquí abajo y muero? ¿Asfixiado o lo que sea que pase cuando un mundo se termina? De *ninguna* manera...

En el exterior, hay un ligero repunte en los motores. Es claro que el lanzamiento se está acercando. Estoy medio rezando para que haya cámaras o algo, alguna manera en que los imago puedan ver lo que está haciendo Beatty. Pero recuerdo que la única forma que tenía Jacquelyn de monitorear las bases era a través de sensores de movimiento. Mi estómago está dando saltos mortales.

—Quiero que te pongas en pie —ordena Beatty—. Despacio.

La furia se está acumulando en Morning. Puedo ver toda esa rabia oscura que amenaza con abrirse paso, pero ella ve lo mismo que yo: no hay manera de dirigirla. Yo podría intentarlo y agacharme, podría empujarlo con el hombro. Tal vez ella podría alcanzar una de sus hachas a tiempo. Pero lo dudo. Lo más probable sería que Beatty pusiera una bala en mi cabeza y todo fuera en vano. Noto que mis manos no tiemblan. ¿Cuándo dejé de tener miedo de morir?

—Ahora —Beatty grita—. Despacio. Mantén tus manos abajo.

Comienzo a levantarme. Las emociones de Morning se rompen.

—¡Yo te salvé, Beatty! ¡No puedes hacer esto!

—Mira, no es nada personal. ¿Crees que quería la nave con ustedes dos a bordo? De ninguna manera. Sólo tomé la nave al final de la línea. Tú escuchaste los anuncios de lanzamiento. Está ocurriendo todo muy rápido. Es demasiado tarde para hacer un cambio. Mala suerte. Sin embargo, lo juro, si te mueves de nuevo, voy a dispararle, así que, por favor, no me obligues a hacer eso.

Es incómodo porque soy un poco más alto que él, pero se las arregla para mantener el arma presionada contra mi sien mientras la mano opuesta sujeta mi traje a la altura de mi hombro. Me empuja y me detiene justo fuera de las puertas.

Mis ojos se mueven hacia atrás por las pasarelas, pero somos la última nave, aquí abajo, al final de la fila. Jazzy e Ida ya están a salvo. Su puerta se ha cerrado. Nadie viene.

Beatty hace un gesto.

—De rodillas.

Mi mandíbula se tensa mientras obedezco. Me deja junto a la nave y da una vuelta, dejando que el cañón de la pistola se arrastre alrededor de mi cabeza. Gira hasta que está parado dentro de la cápsula de escape.

—Muévete más cerca.

Es un insulto por encima de la injuria. Me esfuerzo por avanzar sobre mis rodillas. Ambas manos son puños apretados. Hago mi mejor esfuerzo para inhalar y exhalar. Estoy esperando el momento adecuado, rogando para que él cometa un solo error. Beatty se sienta y, sin mirar, comienza a colocar las correas del asiento por encima de su cabeza. Cruza un hombro antes de copiar a Morning y sujetarlas entre sus piernas. El efecto es instantáneo. Un resplandor llena la habitación. En esa luz brillante, vislumbro por última vez al monstruo que está tomando mi lugar y condenándome a muerte.

Lo miro a la cara y me pregunto si yo habría hecho lo mismo.

—No es nada personal, Emmett.

Un fuerte sonido metálico es seguido por un siseo. Beatty retira su arma cuando las puertas se cierran. La apunta hacia Morning. Ella empieza a gritar, pero las puertas silencian el sonido. Me quedo con una visión estrecha de lo que pasa dentro de la cabina. Beatty mantiene el arma extendida. Morning mira fijamente hacia fuera, con la boca torcida en un grito.

A mi alrededor, la base comienza a *retumbar*. El ruido aumenta, y la voz de Jacquelyn llena toda el área, haciendo más eco que la voz de Dios.

—Todas las manos fuera de las pasarelas. Lanzamiento en un minuto. Repito: despejar las pasarelas.

Dentro de la nave, Morning está llorando. Puedo verla rogándole a Beatty que abra la puerta. Todo lo que puedo hacer es tropezar hacia atrás. No hay asas en el exterior de la nave. No hay forma de sacarlo de ahí y es demasiado riesgoso, incluso si la hubiera. ¿Qué pasaría si irrumpiera en el interior? ¿Le dispararía a Morning?

Miro hacia atrás por la pasarela. Las naves están siendo lanzadas. El calor se intensifica. La carrera de regreso al compartimento de comando principal tomaría más de un minuto.

—Maldita sea.

Veo detrás de mí una estrecha rampa de salida. Nuestra nave es realmente la última. Así fue como Beatty se mantuvo fuera de la vista: hay una grieta en el barranco y la rampa se corta para dar paso a la arena y al desierto. Vuelvo a mirar dentro de la cabina. Morning me mira a los ojos.

—¡Iré por ti! —grito—. ¡Iré por ti!

Y luego me alejo. El estruendoso rugido de los motores consume todo, quema cada pensamiento. Corro por la rampa. Mis pies casi se resbalan cuando la textura cambia, pero sigo avanzando a través del estrecho barranco hacia el espacio abierto. El cielo es tan azul y brillante y tan engañoso. No dejo de correr.

El aire se siente como si estuviera hecho de fuego. A lo lejos, escucho las últimas órdenes de Jacquelyn. Ella está en una nave en alguna parte. Mis amigos están a punto de lanzarse. Me voy a quedar. Sigo bombeando mis brazos y mis piernas porque correr es un instinto. Nada más tiene sentido.

Explosiones. El sonido atrae mi atención de regreso hacia la base. Tropiezo, caigo al suelo y observo cómo nuestra única ruta de escape, mi única ruta de escape, se dirige al cielo.

Las primeras naves pulsan en el aire. Jacquelyn las ha secuenciado, me doy cuenta. Hay un patrón en los lanzamientos para que ninguna vaya al lado de otra en el aire. Cinco toman vuelo. Ocho. Quince. Estoy mirando, con la mandíbula abierta, mientras mis amigos me dejan.

Y luego hay otro *siseo* a lo lejos.

No es el mismo sonido, ni las mismas naves. Mis ojos salen disparados hacia el occidente justo a tiempo para ver tres aviones de Babel volando a través del cielo. Se mueven hacia la formación, y su objetivo es muy claro. Estoy lo suficientemente cerca para ver los rastros de humo mientras los misiles salen de las puntas de sus alas. Los misiles se dividen, de uno a cinco, en menos de una respiración. Hay un destello de chispas mientras persiguen a sus objetivos a través del cielo. Mis ojos vuelven a la estación de lanzamiento. Más naves se están lanzando.

Sus trayectorias de vuelo los llevan directo a través de los misiles. En medio de todo este caos y confusión, encuentro la nave en la que yo debería estar. Es la más cercana, la más fácil de localizar. Los primeros misiles son lanzados justo sobre la nave de Beatty y Morning. Las explosiones se expanden por el cielo.

La muerte llega más rápido que un chasquido.

La nave de Morning lucha por atravesar todo esto. Apenas se libran de otra explosión. Observo cómo su nave avanza entre las nubes. Un segundo conjunto de misiles detona debajo. Observo hasta que ella sale de la zona de peligro. Los tres pilotos de Babel se elevan más allá de la base.

La respuesta de los imago: torres de armas.

Un brillante destello de azul. El proyectil se mueve más rápido de lo que mi ojo puede seguirlo. Las tres naves giran en espiral en un intento de escapar, pero la más cercana no es lo suficientemente rápida. El ataque de los imago golpea su ala izquierda y la envía en un giro mortal, se engancha con el jet central, y ambos caen; el humo y el fuego se ciernen sobre ellos. Sólo uno de los pilotos logra escapar.

El tercer jet se desliza entre las nubes y se pierde de vista.

En lo alto, nuestras cápsulas de escape están haciendo su trabajo. Varias suben más alto y salen de mi vista. Estoy mirando hacia arriba cuando un enorme ruido de metal suena a mi izquierda. Una de las cápsulas se ha estrellado contra un árbol gigante. Todo estalla en llamas. Es claro que ambos pasajeros están muertos.

Mi cuerpo despierta de nuevo. Cobro conciencia de que estoy en la zona de aterrizaje. Otras naves se estrellan alrededor de los acantilados del cañón. Algunas lucen peor que otras. Los golpes directos son muy claros: esas naves sólo son pozos ardientes de metal retorcido. Pero algunas de las cápsulas parecen dañadas por las explosiones de manera parcial. Me tomo un segundo para mirar hacia arriba, me aseguro de que no caiga nada por encima de mi cabeza y luego reviso el campo en busca de la nave que tenga el mejor aspecto. Voy en su dirección.

A mitad del camino, escucho el *siseo* de nuevo. El último jet está de regreso. Frunzo el ceño, porque la mayoría de las cápsulas ya se ha ido, pero entonces su objetivo se vuelve obvio.

—¡Salgan de la base! ¡Fuera todos!

Nadie escucha la advertencia. Puedo ver a los imago en los acantilados, cerca de los puntos de salida de la base, pero ninguno de ellos ve venir los misiles. La torre de armas de la base responde, pero no antes de que una serie de misiles sean liberados y éstos caen en espiral de cada ala. Golpes directos. Las explosiones barren los costados de la base y en lo único en que puedo pensar es que Feoria y Speaker todavía estaban dentro.

—¡Speak!

Un segundo rayo azul destroza el último jet. Es derribado, pero el fuego que se extiende sobre la escena quita el sabor de la victoria. Me abro paso por el campo de batalla. Mis ojos se dirigen al cielo una o dos veces, en busca de las naves de Babel, pero nada aparece. El casco de la cápsula intacta más cercana es abrasador. Las olas de calor golpean, así que camino alrededor de ella por un minuto, tratando de ver quién está dentro.

A los supervivientes les lleva mucho tiempo descubrir la secuencia de escape. Las puertas se abren y vislumbro un cabello rubio rizado.

—¡Jazzy! —grito—. ¡Por aquí! ¿Estás bien?

Y luego me golpea el recuerdo de con quién estaba Jazzy.

—Bilal está inconsciente —responde—. Recibió un golpe en la cabeza, pero todavía está respirando. ¡Ven de este lado, así puedo ayudarte a subir!

Me toma unos segundos encontrar una parte de la nave que no se sienta como si estuviera en llamas. Cuanto más cerca de la nariz, mejor. Jazzy se agacha, acomoda sus pies y me levanta. Uso algunos puntos de apoyo para ayudarla a soportar mi peso, y ambos tropezamos en la superficie desequilibrada. La puerta cuelga abierta.

—Lo levantaré —le digo—. Vamos a llevarlo al suelo juntos.

Con cuidado, bajo a la cabina del piloto. Una herida de aspecto desagradable cruza la mejilla de Bilal, pero Jazzy tiene razón: por lo menos sigue respirando. Me tomo un segundo para quitar las correas y luego lo levanto. Es más ligero de lo que solía ser. Todo ese tiempo en cautiverio hizo que adelgazara. Lo cargo sobre un hombro antes de girarme. El terreno es incómodo. A la larga, sin embargo, encuentro el punto más alto dentro de la nave y me anclo. Jazzy se agacha. Juntos, conseguimos llevar el bulto de Bilal sobre el borde de la puerta.

—¿Lo tienes? —pregunto.

Ella asiente.

—Lo tengo.

Me toma otro segundo impulsarme para salir de la cabina del piloto. Jazzy desciende hacia un lado con destreza y se gira para ayudarme a bajar a Bilal. Una vez que estamos todos abajo, lo llevamos lejos de las otras naves caídas. He visto demasiadas películas con explosiones retrasadas y fuegos artificiales lanzados al azar. No tomaré este riesgo con él. Algunas de las otras naves ya han expulsado a los supervivientes.

Pero la mayoría, no. Miro alrededor y descubro que aproximadamente una docena ha sido derribada. Quizá más. Sólo tres muestran señales de vida. Mi atención vuelve a la base. También se perdió entre las llamas, pero alrededor de ocho supervivientes escaparon a la llanura abierta.

El alivio retumba a través de mí cuando veo a Speaker y a Feoria al frente del grupo.

—Hey —me dice Jazzy—, ¿dónde está Morning?

Levanto la mirada.

—Se lanzó.

Jazzy arruga la nariz.

—No entiendo. ¿Se lanzó sin ti?

—Beatty —un nombre digno de asfixia—. Él no iba a ser lanzado. Perdió la lotería, íbamos a dejarlo. No estoy seguro de dónde la consiguió, pero tenía un arma. Rodeó el costado de la base. Nuestra nave era la más alejada del cuartel general.

Jazzy sólo se queda mirando.

—Tienes que estar bromeando.

Niego con la cabeza y miro hacia el cielo. Las naves se han ido ahora. ¿Qué tan arriba están? ¿Cuánto tiempo más les llevará encontrar el camino hacia los objetivos correctos? Me imagino a Morning mirando a través de las siete capas del infierno en dirección a Beatty.

—Casi me siento mal por él.

—¿Por Beatty?

Asiento de nuevo.

—Ella lo va a matar. Lentamente.

Jazzy comienza a sonreír, pero hay demasiado humo en el aire, demasiadas bajas en el suelo.

—Estábamos tan cerca —dice ella con tristeza—. Tan cerca de ir a casa.

No hay mucho que yo pueda decir al respecto. Levanto otra vez la mirada, y mi estómago se tensa. Ya no hay más naves de Babel, pero mis ojos se topan con las lunas medio desteñidas. Incluso a la luz del día, el siguiente paso parece obvio. Ambas lunas se estiran como huevos. Jacquelyn dijo que se estaban acercando demasiado una a la otra. Algo sobre las mareas y la gravedad y todo eso. Ahora hay todavía menos distancia entre ellas.

—¿Cuánto tiempo tenemos? —pregunto.

—Una semana —responde Jazzy—. Por lo menos, eso es lo que dijo Jacquelyn.

Sacudo la cabeza.

—¿Eso te parece una semana?

No responde. Ambos miramos impotentes el paisaje ardiente, y la verdad martilla en nuestros corazones como una promesa oscura y afilada: vamos a morir aquí abajo.

CAPÍTULO 18

FUEGO CRUZADO
Emmett Atwater

07 DÍAS 12 HORAS 33 MINUTOS

Todavía recuerdo mi pintura favorita. Hicimos una excursión en quinto grado. Pasé la mayor parte de ese día burlándome de las cosas con PJ. Todos esos tipos blancos con sus atuendos estrafalarios: era como caminar por un zoológico histórico lleno de aves raras embutidas en trajes extraños. Pero había una pintura del Monte Vesubio que me detuvo en seco. En la pintura, el volcán acaba de explotar. Hay fuego esculpiendo ríos por su ladera. El humo ahoga la mayoría de las estrellas. La ciudad distante se encuentra abandonada. Un solo puente está obstruido con todas las personas que solían vivir allí. Es puro caos.

A veces te olvidas de que esas cosas les sucedieron a personas *reales*. Siempre pensé en ella como una pintura, pero una madre sostuvo a su hijo con fuerza en su huida por ese puente. Gente real se metió en botes guiados por la desesperación. Algunos de ellos no lograron salir con vida.

La historia recuerda los momentos más oscuros. Nadie quisiera estar en una pintura como ésa, pero ahora estamos en una. Nuestro grupo de supervivientes se reúne a lo largo del acantilado más cercano. Feoria está al borde como una reina arrastrada por el viento. Agita su mano para despejar el humo, pero éste se enrosca en formas poco naturales. Las cápsulas de escape siguen ardiendo allá abajo.

—¿Cuántos lo lograron? —pregunta Speaker.

—Diecisiete naves —responde Feoria—. Sólo diecisiete.

Todos miran hacia arriba. Otra pintura cuelga en el cielo: ambas lunas están al borde de la colisión. No pasará mucho tiempo antes de que nuestro secreto salga a la luz. Babel es lo suficientemente inteligente para juntar las piezas. Ambas lunas lucen distorsionadas y más crecidas; una luminosidad cuelga entre ellas como un rayo permanente. Llegamos a ver el fin del mundo pasando en cámara lenta. ¿Nos quedan días? ¿Horas?

—Deberíamos empezar a movernos —dice Speaker—. Tenemos un largo camino por delante.

Sus palabras no son más que viento. Todos estamos muy magullados, demasiado rotos para hacer algo más que mirar fijamente los primeros signos del apocalipsis. Nadie se mueve. Ni siquiera Feoria dice algo, mientras evalúa el agujero negro que antes era la Bahía de Lanzamiento 2. La mayoría de los imago supervivientes no me resultan familiares, pero reconozco una: Greenlaw se encuentra en el borde de nuestro campamento. Su nave también fue derribada. La reina elegida, el futuro de su especie. Las quemaduras marcan un hombro expuesto. Ella se ve como si el mundo entero hubiera sido arrancado de sus manos. Sus guantes nyxianos se aprietan en puños inútiles.

Sólo otros dos supervivientes de Génesis no llegaron al espacio: Jazzy y Bilal.

Después de que Bilal recuperó la conciencia, tuvimos que explicarle lo que había sucedido. Por primera vez, se ve desesperanzado. Sin embargo, tengo que admirar a

Jazzy. Mientras yo me quedé allí sentado, mirando las lunas, ella respiró hondo y volvió a sumergirse en el caos. Ayudó a liberar a unos pocos imago que estaban atrapados detrás de puertas atascadas. Casi me hace sonreír. La recuerdo contando historias sobre todos los certámenes que perdió. ¿Qué están haciendo las ganadoras ahora? Dudo que estén a su altura.

Mi mente salta de regreso a Morning. Sus gritos desesperados, silenciados por un grueso vidrio. Pienso en ella sentada dentro de nuestra cápsula de escape frente a Beatty. Ese imbécil. Él le está apuntando con un arma, pero estoy seguro de que ella ya descubrió dieciocho maneras diferentes de matarlo. Pensar en Morning enciende un fuego en mi pecho. He dejado que mi himno se mantenga demasiado callado.

Ahora se eleva. Se abre paso, liberado: *Hoy no es el día de mi muerte.*

—¿Cuál es el próximo movimiento? —pregunto—. ¿Adónde vamos ahora?

—¿Qué hay de las otras estaciones de lanzamiento? —arroja Jazzy con esperanza.

Pero Speaker niega con la cabeza.

—Las otras estaciones se están activando. Todos ellos se lanzarán en las próximas horas. Ver las lunas sólo acelerará ese proceso. Si nos dirigimos allí, encontraremos bases vacías esperándonos.

Me doy cuenta de que esto deja una sola opción.

—Babel. Ellos son nuestra última salida.

Speaker frunce el ceño.

—Disculpa, Emmett, pero nuestras metas han cambiado. Babel reaccionará a nuestras naves lanzadas al espacio. Creemos que nuestra ventana de escape ya se ha cerrado.

—¿Y entonces nos rendimos? —pregunto—. ¿Así nada más?

Feoria se vuelve, y es como tratar de mirar directamente al sol. Ese espíritu fiero arde con más brillo que nunca, y ella responde a mi pregunta con voz de hierro.

—Nosotros no nos rendimos. Haremos lo que siempre quisimos hacer. Vamos a atacar. Babel arderá.

Y así nada más, sus soldados dormidos despiertan. Queda alrededor de una docena de soldados imago. Todos se levantan. Cada mirada promete sangre. Intercambio una mirada con Jazzy y Bilal. Es claro que no estamos en la misma línea. Nada de esto es sobre la venganza, sino sobre volver a casa. Hemos tenido nuestros corazones puestos en la Tierra durante demasiado tiempo como para rendirnos ahora.

Se necesita un segundo para que recordemos que Morning y Parvin no están aquí. Nadie va a discutir por nosotros. Es mi turno de dar un paso adelante.

—Speak, pensé que teníamos un pacto. Se supone que nosotros debemos regresar a casa.

Gesticula hacia el cielo.

—¿Y no hemos cumplido nuestro pacto? Las naves fueron lanzadas. Tus hermanos y hermanas llegaron al espacio. Prometimos que haríamos todo lo que estuviera a nuestro alcance. ¿No hicimos eso y más? Está fuera de nuestras manos ahora. Así es el destino de nuestra propia especie.

Mi mente recorre las posibilidades. Tiene que haber una alternativa mejor que simplemente prenderle fuego a todo. Tengo que luchar por algún tipo de compromiso, pero no puedes comprometerte si no tienes un plan mejor.

—Bueno, Babel arde. Lo entiendo. ¿Adónde iremos?

Feoria golpea su explorador.

—A la fortaleza de Babel más cercana. De vuelta a Jardín Sombrío para causar problemas. Si podemos atacar rápidamente, eso podrá dar a nuestra gente una mejor oportunidad en el espacio.

Una idea hace eco y truena y pulsa. Por supuesto. Las bases de Babel.

—La Fundidora —digo en voz alta—. Eso es perfecto.

—Miríada —corrige Feoria—. Está más cerca, y Jacquelyn creía que Babel la estaba usando como su puerto principal. Evitamos navegar hacia el sur por ese motivo. Viajaremos a Miríada y mataremos a *cualquiera* que encontremos allí. Marcharemos al siguiente lugar y al siguiente. Hasta que las lunas vengan por nosotros.

Los imago supervivientes responden con un grito de guerra; sus gritos resuenan sobre los acantilados. Finalmente tienen la oportunidad de derramar sangre y destruir al invasor no deseado. Sé que se merecen esto. Han sido dos décadas de cuchillas enfundadas y un espectáculo pacífico. Pero tenemos nuestra propia lucha esperando.

—Vamos a la Fundidora —odio que suene como una súplica. Feoria me devuelve la mirada, pero no retrocederé, no cuando el juego está tan avanzado—. Es nuestra última oportunidad. Kit Gander está en la Fundidora. Él es sólo un chico, es uno de nosotros. Si podemos llegar allí, sé cómo lanzarnos de regreso al espacio. Así lo hizo Anton: utilizó los silos de suministro. Es peligroso, pero podría ser nuestra última oportunidad.

Las miradas sombrías saludan la idea. Estoy tratando de pensar en otra cosa que posiblemente pueda decir, cuando Greenlaw avanza. Su rostro está decidido.

—Quiero ir con ellos.

Speaker se ve ofendido.

—Tu *reina* ha dado una orden.

—Mi lealtad está con la próxima generación —lo interrumpe Greenlaw—. Feoria y Ashling me dieron su sello. Prometí dirigir a nuestra gente, y no puedo cumplir esa promesa si estoy atrapada aquí, en un planeta moribundo —hace una pausa significativa antes de volverse hacia mí—. ¿Tú puedes llevarnos al espacio?

—Definitivamente —respondo, antes de advertir que no es tan sencillo—. Si lo hacemos allí. Y si Kit sigue en la base. Hay muchas cosas que podrían salir mal, pero no veo mejores opciones.

Ella asiente.

—Mi presencia sólo fortalece esa oportunidad. Yo voy. ¿Quién nos acompañará?

Me sorprende cómo se dividen los números. Es lo contrario de lo que esperaba. De los once soldados, sólo dos dan un paso adelante para unirse a Greenlaw. A veces es difícil saberlo con los imago, pero creo que son los dos más jóvenes. El resto creció sirviendo a Feoria. Su nombre es el que habrían gritado al entrar en batalla. Como Speaker, han elegido quedarse y morir con su reina.

Greenlaw se vuelve hacia Feoria.

—Con tu permiso...

Feoria ríe en serio.

—Las reinas no piden permiso y tú sin duda lo eres. Llévalos contigo. Vamos a establecer coordenadas para la ciudad portuaria más cercana. Cuando lleguemos, nuestro grupo se dirigirá a Miríada, pero el resto de ustedes deberá seguir su propio camino. Es hora de que te levantes.

Ella ofrece una sonrisa final antes de tambalearse. Me quedo mirando confundido. El movimiento no es habitual en ella. Feoria siempre ha sido tan firme. Speaker lo descubre antes que el resto de nosotros.

—¡Feoria! —grita.

Le sigue la orden de Greenlaw:

—¡Todos abajo!

Caemos al piso mientras Speaker se lanza hacia el frente. Alcanza la mano de Feoria, pero una segunda bala perfora el pecho de la reina, justo debajo del hombro derecho. Puedo escuchar el disparo como una onda expansiva que resuena a lo lejos. Hay un francotirador. La nyxia estalla en escudos, demasiado tarde. Los siguientes disparos se desvían, pero el daño ya está hecho.

Speaker está allí. Se inclina y presiona. Puedo escucharlo rogándole a Feoria que no muera. Me obligo a llevar mi mirada más allá de él. A lo largo del cañón opuesto, emerge la primera línea de tropas de Babel. Hay demasiados para contarlos: un escuadrón completo. La tripulación se abre paso a través de las naves retorcidas por las llamas y mantiene las armas apuntando en dirección a nosotros.

Otro grupo de marines sale por la izquierda, esperando cerrar el círculo que nos rodea. El cuerpo de Feoria se queda terriblemente inmóvil.

Greenlaw se hace cargo.

—Tenemos que salir de aquí ahora.

Reina o no, nadie escucha. En cambio, el grupo mira a Speaker. Él cierra en silencio los ojos de la mujer que más amaba en este mundo. Roza su mano extendida con la suya, y luego alcanza la maza atada a su espalda. Susurra una última palabra, algo sólo para su reina muerta. Tal vez una promesa de que se unirá a ella pronto.

Y luego se levanta.

Toma su lugar al filo de los acantilados.

—Greenlaw. Llévalos al puerto de Volgata Antigua. Elige el bote con el mejor motor. Vayan a la Fundidora. Muévete rápido. Las palabras finales de mi reina no deben tomarse a la ligera. Ella dice que debes ser una gran reina. Enfréntate a su último desafío.

Él atrae nyxia al aire y ésta gira en espirales en forma de una esfera enorme. Los hemos visto antes: los vehículos que los imago han usado siempre para viajar. Mira a los otros soldados y los llama a la acción.

—Por nuestra reina. Vengan conmigo.

Mientras él sube a su esfera, un rugido responde. Los imago manipulan vehículos similares, y apenas puedo parpadear antes de que truenen sobre los acantilados. Me tambaleo hasta el borde y observo cómo Babel abre fuego. Las balas resuenan en las esferas cercadas. Algunas se alojan en el costado del barranco, escupiendo polvo.

—Son demasiados —murmuro—. Babel tiene cientos de soldados.

—Y todos morirán —responde Greenlaw—. Necesitamos irnos. Ahora.

Observo todavía el tiempo suficiente para ver cómo el principal vehículo en espiral se abre. Speaker se levanta como un semidiós. Su maza atrapa la mandíbula del primer marine y lo lanza al suelo. Los soldados más cercanos apuntan y disparan, pero su vehículo se expande en un escudo en esa dirección y atrapa las balas. Speaker gira y marcha directamente a través de su propio muro nyxiano. Veo cómo la sustancia lo envuelve como una armadura.

Otro balanceo, otra muerte.

—¡Emmett! —me llama Jazzy—. ¡Tenemos que irnos!

Bilal tiene que jalarme para apartarme de ahí. Mi último vistazo de Speaker está lleno de sangre. Grita el nombre de Feoria a todo pulmón. Los muertos lo rodean, pero sus ojos buscan el próximo objetivo y el siguiente y el siguiente. Me alejan de esa imagen final.

Y estamos corriendo por el bosque.

En lo alto, las lunas marchan hacia su propia guerra.

CAPÍTULO 19

EL PRÓDIGO
Longwei Yu

07 DÍAS 12 HORAS 13 MINUTOS

Desembarcamos en un hangar vacío de la Torre Espacial. Antes del lanzamiento, Defoe modificó los códigos de identificación de nuestra nave. Sólo sostuvo su reloj en la consola y la nave realizó los cambios necesarios en alrededor de treinta segundos. Para la brillante tecnología de la Torre, podríamos ser fantasmas lanzados al espacio.

Está claro que funcionó. Nadie nos saluda en el hangar. Anton no está aquí para que nos arresten. No hay guardias que esperen en puntos críticos estratégicos. Nuestro grupo llega sin ser detectado.

Los tres marines elegidos por Defoe recorren la sala y llevan a cabo el protocolo estándar. Él eligió mantener una tripulación reducida. Camino a su lado, y dos técnicos nos siguen. Defoe pasó todo el vuelo hurgando en mí en busca de cada fragmento de información que pudiera entregarle. La mayoría eran preguntas sobre los imago. Hizo todos los saltos lógicos excepto uno. Supone que las estaciones de lanzamiento fueron diseñadas para apoderarse de la Torre. A partir de allí, asumió que los imago tenían la intención de regresar a la Tierra, pero no ha descubierto las lunas. Piensa que esto es un acto de codicia, no de desesperación.

En lugar de dirigirse a las profundidades de la estación, Defoe nos guía a una habitación en la esquina más alejada del hangar. Una bahía de mando vacía. No es lo suficientemente grande para ser el nodo central, pero después de mirar detenidamente por la ventana y al interior de la habitación, Defoe nos sonríe.

—Por aquí —sostiene su reloj frente el escáner de la puerta. Los circuitos se activan con nuevos códigos, y la puerta se abre de par en par, con una luz verde—. Han cerrado los sistemas primarios, muy inteligente de su parte. Pero olvidaron que en este mundo yo soy uno de los dioses. Vamos a instalarnos aquí.

Nuestros técnicos obedientes desmontan el dispositivo que Defoe usó en Magnia. Lleva algo de tiempo introducir los cables en los lugares correctos. Él se acuesta en el suelo, se pone tan cómodo como puede y asiente con la cabeza hacia ellos.

—Activen el enlace.

En respuesta, los técnicos activan el dispositivo. Lo veo todo con ojos ahogados. Todavía no estoy seguro de lo que debo hacer. Una espada nyxiana cuelga de mi espalda. ¿Pero qué lograría si mato a Defoe en este momento? ¿Éste sería el factor decisivo? No tengo suficientes piezas del rompecabezas para tomar la decisión.

Así que espero y observo.

La última vez que usaron el dispositivo, Defoe estuvo inconsciente durante unos treinta minutos. De alguna manera, la tecnología le permitió penetrar en el espacio. No entiendo. ¿Cómo está conectado? Más importante todavía, ¿a qué está conectado? Mientras observo, sus manos tiemblan. Unos segundos más tarde, ambos ojos parpadean, abiertos a medias. Está claro que él no está con nosotros de una manera normal.

—Estoy en la bahía de mando —dice—. Él estaba durmiendo. Anton lo dejó. Tiempo para explorar.

Los técnicos hacen pequeños ajustes.

—¿Qué quiere que hagamos? —pregunta uno.

Los ojos de Defoe se enfocan brevemente de nuevo.

—Nadie entra o sale del hangar, ni siquiera nuestra gente. Permanezcamos escondidos todo el tiempo que podamos. Esta conexión es *mucho* más fuerte. Preferiría agotar esta opción antes de hacer nuestro próximo movimiento. Sólo denme las actualizaciones necesarias. Necesito concentrarme. Él está tratando de defenderse.

Pero la idea de una pelea sólo amplía la sonrisa de Defoe. Me esfuerzo por seguir el rastro a partir de sus palabras. Dijo algo sobre la bahía de mando. ¿Alguien estaba durmiendo? Sin embargo, la oración final da la mayor pista de todas. *Él está tratando de defenderse.* Todas las piezas se enlazan. Me imaginé que Defoe estaba aprovechando la nyxia a bordo de la nave de alguna manera. Pensé que habían instalado una especie de sistema general al que sólo él podía acceder. Habría sido una medida de seguridad inteligente.

Pero la verdad es peor: Defoe está accediendo a *alguien*, una persona real. *Anton lo dejó.* Respiro hondo mientras los ojos de Defoe se empañan otra vez. Sus dedos se contraen. Sus piernas tiemblan. No sólo está mirando a través de los ojos de la persona, también los está controlando. Camina a través de ellos como si fuera un títere. ¿Pero quién?

—¿Qué demonios?

La voz del técnico me aleja de mis pensamientos. Defoe tiene una ligera contracción, pero está claro que su mente está centrada *en otra parte*. Sigo la mirada del técnico y miro hacia el hangar. No es difícil encontrar la fuente de su alarma. Las paredes del hangar todavía están cerradas, pero ¿un par de...

... taladros? Suena imposible. Dos taladros están perforando el metal y todos miramos fijamente su progreso. Los tres marines se mueven como imanes hacia el lugar, con las armas levantadas y listas. Miro por detrás del cristal protector mientras el agujero se ensancha. Los taladros se retraen lentamente. Unos ganchos se deslizan a través de los huecos, se adhieren a las paredes interiores y se flexionan con firmeza. Un segundo pasa antes de que la puerta recién hecha se derrumbe hacia el interior.

Miro con asombro cómo una chica flota hacia el frente. La gravedad la atrapa. Aterriza pulcramente. Su piel es oscura, y su cabello está teñido de un color rubio brillante. Nunca la había visto. Parpadeo mientras otros la siguen a través de la brecha abierta. Son diez. Todos, adolescentes. Todos, con las mismas máscaras nyxianas que nosotros. Mi mente reconstruye otra pista. Defoe mencionó a *Génesis 14*. Éste debe ser el cuarto equipo que lanzaron al espacio. Pero si Babel los trajo aquí, ¿por qué están perforando para regresar a la estación?

Inseguros, los marines de Defoe se despliegan. El nuevo equipo de Génesis mantiene una estrecha formación, con las espaldas presionadas contra la pared exterior de la bahía del hangar. La líder levanta ambas manos con inocencia. Deja escapar el mayor suspiro de alivio que he visto. No puedo escuchar sus palabras —todo está silenciado por el cristal—, pero la observo mientras suelta un sollozo ahogado y se apresura a abrazar al marine más cercano.

El marine baja su arma. Vaya error.

El cuchillo en la cadera de la chica se convierte en el cuchillo en la mano de la chica, que se convierte en el cuchillo en el cuello del marine. La escena se desarrolla como una flor que va deshojándose. Los compañeros del marine reaccionan levantando sus armas, pero las balas se alojan en los escudos nyxianos que comienzan a generarse. Veo a su tripulación moverse en perfecta armonía. Agachándose uno alrededor del otro, levantando armas convocadas, rodeando a sus presas.

Los dos marines se dan cuenta de que están atrapados.

Dan marcha atrás.

Muertos.

Mientras la sangre salpica el suelo, extiendo la mano y jalo a uno de los técnicos al piso. La orden que susurro serpentea por el aire.

—Quédense abajo. Fuera de la vista. Nadie se mueva.

El silencio reina. Los labios de Defoe continúan moviéndose y murmurando. Cada segundo pesa una hora. Hay un pequeño espacio entre la puerta y la pared. Está lo suficientemente abierta para escuchar el eco del movimiento. El grupo está debatiendo acerca de algo. Por milésima vez, lucho por saber cuál es la acción correcta. ¿Traiciono a Defoe ahora? Esta tripulación es un signo de interrogación. ¿Dónde están sus lealtades?

Acaban de matar a los marines de Babel. ¿Eso significa que están de nuestro lado?

Me doy cuenta de que nunca podría convencerlos de que confíen en mí.

Así que espero en la habitación. Con el tiempo, el hangar se queda en silencio.

—Voy a echar un vistazo —susurro.

Ambos técnicos están sudando, aterrorizados. Antes de que puedan protestar, me levanto con cuidado. Mis ojos se elevan por encima del borde inferior de la ventana de vidrio. Veo los tres cadáveres, pero el resto del hangar está vacío. Mi corazón se rompe en mi pecho. Estoy pensando en qué hacer a continuación cuando Defoe deja escapar una risa satisfecha. Susurra lo último que quiero escuchar:

—Hola, Anton.

CAPÍTULO 20

OJOS
Anton Stepanov

07 DÍAS 12 HORAS 14 MINUTOS

Me paro en la parte trasera de nuestro improvisado centro de comando. Aguilar escogió este lugar como una estrategia de contención. La sala cuenta con un sistema menos complejo que el centro de comando principal. Le permite monitorear a su equipo más de cerca y reduce las posibilidades de traición. Me gusta el lugar porque hay una puerta trasera oculta en una esquina que me lleva a todos mis lugares favoritos.

Es difícil dejar de pensar de esa manera.

Puertas traseras. Túneles. Escondites.

Se necesita un esfuerzo para volver mi atención a la tarea en cuestión. Cada consola se ilumina con luz azul. Las manos bailan sobre esquemas y diagramas técnicos. Los rápidos movimientos silencian el creciente número de alarmas. Nuestra tripulación ha estado en alerta máxima desde que la primera alarma anunció objetos que salían de la atmósfera del planeta. Las patrullas recorren los pasillos. Vandemeer está enviando informes desde nuestra área de detención. No le tomó mucho tiempo al equipo de Aguilar determinar que las naves entrantes no eran de Babel. Esa noticia hizo latir mi corazón con un nuevo tipo de esperanza.

Los imago están llegando. Tal vez mis amigos estén con ellos.

—Veintitrés brechas —anuncia uno de los técnicos—. La mayoría está a lo largo del casco del *Génesis 12*. Sólo hay un caso atípico en la mezcla: una brecha cercana al hangar auxiliar.

Mis ojos se estrechan.

—Ésa podría ser la tripulación del *Génesis 14*.

Aguilar sacude la cabeza.

—No hay manera de saberlo. No tenemos ningún ojo puesto ahí después de que cerramos el sistema de seguridad principal. Podríamos volver a ponerlo en línea, pero nos arriesgaríamos a darle un punto de apoyo a cualquier persona leal a Babel si lo dejamos listo y funcionando.

—Centrémonos en las brechas principales —le digo—. ¿Hay alguien a bordo del *Génesis 12*?

—Una de nuestras técnicas estaba realizando el mantenimiento allí. Su nombre es Lilja Gudmundsson —dice el técnico más cercano—. Las áreas sin gravedad son, en el mejor de los casos, irregulares. No podemos establecer ningún contacto. Pero tenemos una línea abierta con la persona que fue puesta en la rotación de guardias a bordo del *Génesis 12*.

Le toma un segundo revisar la lista antes de seleccionar el nombre correcto. Aparece una foto en su consola y la transfiere a la pantalla principal para que el resto de nosotros la veamos. Un rostro pálido con ojos de oscuros como de cuervo.

—El doctor Karpinski —anuncia Aguilar—. Vamos a establecer comunicación.

El enlace tarda unos segundos en funcionar. Una voz vacilante resuena al responder.

—¿Ho-hola?

—Aquí el comandante Aguilar. ¿Está en su puesto a bordo del *Génesis 12*?

—Aquí estoy.

El expediente del doctor Karpinski está en la pantalla. Cuanto más leo, menos confianza siento. Fue uno de los cuidadores a bordo del *Génesis 11*. Sus dos pupilos fueron Roathy e Isadora. No puedo dejar de notar la sanción que aparece en la esquina inferior derecha de su archivo. Describe las acciones del médico durante su vuelo como —"irresponsable" y "desleal". Continúa diciendo que "de manera intencional, puso en peligro la vida de Emmett Atwater, un activo valioso…".

Todo lo que puedo hacer es sacudir la cabeza. No es la opción más prometedora.

—Doctor Karpinski, nuestros sistemas están mostrando puntos de ruptura en el *Génesis 12*. Creemos que varias naves imago han hecho contacto. Sobre la base de la información proporcionada por Erone y Anton, creemos que los imago se están lanzando al espacio y pretenden unirse a nosotros en la lucha contra Babel.

Hay una larga pausa.

—¿Dijo puntos de ruptura? ¿En verdad, están aquí arriba?

—Sí. Han abierto brechas en la nave —Aguilar me mira—. Usted no tiene la obligación de acercarse, pero *realmente* nos sería muy útil una mirada para saber lo que está sucediendo mientras organizamos un comité de bienvenida más oficial. Tampoco queremos que los imago dañen la nave. Si está dispuesto a ayudar, podemos guiarlo en el camino.

Hay demasiado miedo en la voz de Karpinski. De ninguna manera irá a revisar.

Aguilar silencia sus auriculares y me lanza una mirada.

—¿Erone?

He estado tratando de contactarlo. Hay una buena probabilidad de que todavía esté desmayado en el centro de mando original. Sacudo la cabeza.

—No responde. Iré a buscarlo si esto no funciona.

La tensión llena la habitación mientras esperamos. La voz de Karpinski la rompe por fin.

—Sólo dígame qué hacer.

Aguilar me lanza una mirada sorprendida antes de acompañarlo a través del proceso. Es un buen giro de los técnicos de Babel. Ella hace que Karpinski entre en la configuración de su explorador e invierte la pantalla. Aguilar se alimenta de su línea individual y, en menos de unos minutos, estamos observando lo que ve Karpinski. Ella la convierte en la pantalla principal, y vemos cómo el doctor asustado realiza su primer acto de valentía: se agacha y desliza su tarjeta.

La puerta susurra al abrir. Un pasillo vacío espera. Hay un ligero brillo azul saliendo de sus auriculares que hace que los bordes de nuestro ángulo de cámara se vean gruesos como si hubiera niebla. Aguilar lo guía por los pasillos de la derecha. Activo mis propios auriculares y le informo sobre la situación. Él todavía se ve como Babel y los imago lo verán como el enemigo. A menos que les diga que estamos con Erone.

Miro la pantalla POV y me encuentro con la esperanza de descubrir un rostro familiar. Quiero que doble una esquina y se tope con Morning o Parvin o Alex. Demonios, incluso me alegraría si es Katsu a estas alturas. Sólo quiero una prueba de que todavía están vivos. Todos en la sala respiramos al mismo tiempo cuando Karpinski camina alrededor de otra esquina. A lo lejos, los imago están esperando.

Es un grupo mucho más grande de lo que esperaba. ¿Cincuenta? ¿Quizá más? Esperan en una apropiada formación defensiva. Cada espacio en sus líneas frontales está acentuado por un escudo nyxiano parpadeante. Mis ojos van más allá del grupo también.

Aproximadamente veinte puntas de taladro han atravesado el costado de la nave. Cada una se expandió lo suficiente para permitir que una persona pudiera pasar. La nyxia cubre impecablemente los agujeros abiertos.

—Bloqueos de aire —me doy cuenta—. Eso es inteligente.

Nadie responde. Todos están muy ocupados mirando. Karpinski parece congelado también. Se encuentra junto a la entrada, y no tengo dudas de que es la cosa más aterradora que jamás haya visto en su vida. Babel les mostró los mismos videos que a nosotros. En su mente, los imago son guerreros brutales. Erone tampoco ha hecho mucho por suavizar esa reputación. Y aunque los imago que esperan no parecen soldados, todos están definitivamente armados.

—¿Traductor activo? —pregunta Aguilar.

Karpinski respira hondo.

—Activo. Enlazándose ahora.

Y el doctor avanza valientemente hacia el frente. Es lo suficientemente inteligente como para levantar ambas manos con inocencia en el aire. Un soldado imago se desliza alrededor de su barrera convocada. Lleva un sencillo overol blanco. Hay una sola banda negra cruzando su pecho. Empata su marcha con la de Karpinski, paso por paso, e inclina un poco la cabeza mientras estudia a nuestro humilde emisario.

Karpinski comienza.

—Vengo en son de paz.

No puedo evitar poner los ojos en blanco. Aguilar me dispara una mirada de *Dios, ayúdanos*.

—No estamos con Babel —continúa—. Nuestro comandante es uno de los suyos. ¿Conocen a Erone? Él es un imago como ustedes y nosotros seguimos sus órdenes.

—¿Erone? —la voz del líder es más suave que la seda—. ¿El Gitano?

Nuestra cámara POV se sacude cuando Karpinski asiente.

—Eso creo. ¿Es así como ustedes lo llaman?

—Es así como le *llamábamos* —corrige el líder—. Erone fue secuestrado. Cada anillo vio las imágenes. No hemos olvidado esa traición. Las reinas creyeron que estaba muerto.

Karpinski sacude la cabeza.

—Está vivo y tiene el control de la nave. Nos envió a saludar...

Pero una mirada del líder de los imago entierra el resto de su oración. Aun cuando lo observo a través de la seguridad de una pantalla, no puedo evitar estremecerme. El odio trasluce en su expresión.

—¿Vivo? Quizás. ¿En control de la nave? Lo dudo. ¿Pero la idea de que Erone te enviaría a saludarnos? Es claro que no sabes nada de las costumbres de los imago. Ninguno de nuestra especie enviaría a un extraño en lugar de un amigo. Has perdido mi confianza.

Aguilar siente que el encuentro se nos escapa entre los dedos. Sisea una orden a través del auricular.

—Diles que Erone está vigilando a los prisioneros, que si él los dejara, arriesgaría nuestro control de la nave.

Y su error sella el destino de Karpinski. El azul brillante en el borde de su visión parpadea cuando sus auriculares reciben el mensaje de entrada. Antes de que Karpinski pueda incluso procesar las palabras, comienza una secuencia inconfundible. Los ojos del líder de los imago muestran su desconfianza.

Planta su pie trasero. La faja negra que corre por su pecho arroja *humo* al aire. Se configura de nuevo en la forma de un hacha.

—¡Espera! —grita Karpinski—. Erone. Él está con...

La cámara POV ofrece asientos de primera fila para el asesinato. Aguilar desactiva un interruptor a tiempo para silenciar los gritos de Karpinski, pero la pantalla muestra más que suficiente. Nuestros técnicos recién aliados observan cómo sus temores se vuelven realidad. Los imago demostraron ser tan brutales como sus empleadores siempre habían asegurado. Puedo sentir cómo nuestros puntos de apoyo se desvanecen cuando Karpinski se desploma en el suelo, con la cámara temblando.

El técnico más cercano mira hacia atrás y hace la pregunta en la mente de todos.

—Pensé que habías dicho que estaban de nuestro lado.

Sé que es demasiado tarde para promesas vacías.

—Sella *Génesis 12*. Encontraré a Erone y lo enviaré allá abajo. Él va a aclarar todo esto.

—Ya lo escucharon. Sellen la nave —ordena Aguilar. Y luego se inclina hacia mí y baja su voz a menos de un susurro—. Estamos a punto de perder esta nave. Encuentra a Erone y llévalo allí. Activaremos tu cámara POV. Necesito que les muestres que todo esto fue un malentendido. Si no haces eso y lo haces pronto, tendremos un motín en nuestras manos.

Asiento en respuesta.

—Yo me ocupo de esto.

Cruzo la habitación, con la mente acelerada. El miedo corre por cada vena. Ya estoy contando todas las formas en que esto podría salir mal. No puedo evitar preguntarme si dejar atrás a Aguilar fue un error. ¿Y si ella decide que nada de esto vale el riesgo? Si juzga conveniente cargar al resto de los supervivientes en una nave e irse, no hay nada que yo pueda hacer para detenerla.

Doblo una esquina y corro a la derecha, hacia Erone. La carrera me deja sin aliento. Erone se tambalea antes de lanzarse contra la pared más cercana. Cuando ve que soy yo, sus ojos se iluminan.

—Hola, Anton.

Esa extrañeza está de regreso en su voz. Sus ojos vagan por el pasillo como si estuviera viendo la nave por primera vez. No estoy seguro de qué está mal con él, pero en este momento no importa. Es nuestra mejor oportunidad para evitar que los imago maten al resto de la tripulación.

—Los imago han abordado la nave —le digo—. Tú tenías razón. Se lanzaron. Pero piensan que estamos con Babel. Mataron a la persona que enviamos para que hablara con ellos. Tú y yo tenemos que bajar juntos, Erone. Tenemos que mostrarles que todavía estás vivo.

Erone tarda más de lo normal en procesar mis palabras. Observo el moretón oscuro en su frente. Nuestra última conversación no tuvo ningún sentido. Se desplomó al final y golpeó el suelo con fuerza. ¿Tendrá tal vez una contusión? Después de ver lo que le sucedió a Karpinski, nos será difícil convencer a un médico para que lo trate.

—Llévame al centro de comando.

Frunzo el ceño.

—Erone, en verdad, no tenemos tiempo para eso. Tu gente acaba de matar a uno de nuestros chicos. Si los imago no ven que estás vivo y trabajando con nosotros, tendremos grandes problemas.

Erone asiente.

—Podemos utilizar el sistema de comunicación. Déjame hablar con ellos.

Estoy a punto de retroceder cuando veo la forma en que me está mirando. Un peligro familiar acecha. No he olvidado a Katherine Ford o a David Requin. Lo rápido que cayeron cuando Erone decidió que había llegado su final. Respiro hondo y asiento.

—Regresemos allá, lo intentaremos otra vez.

—De esa manera será más eficiente —promete.

Paso de nuevo a la sala de control. Aguilar levanta una ceja evaluadora antes de notar que Erone me está siguiendo. La habitación completa se estremece un poco a su llegada. Todos acaban de ver lo que él es capaz de hacer. La mayoría de ellos evita el contacto visual, por si acaso.

—¿Puedes conectar a Erone con el *Génesis 12*? —pregunto—. Él piensa que transmitir su voz será suficiente. Vale la pena intentarlo, ¿cierto?

Aguilar se ve molesta, pero asiente.

—Definitivamente, podemos intentarlo. Sierra, ¿pones otra vez esos sistemas en línea?

Erone toma su lugar en la plataforma de comando. Estoy junto a él, y mis ojos vuelven a la pantalla principal. Seguimos viendo cómo se desarrolla todo desde la perspectiva de Karpinski, la única diferencia es que el ángulo se ve desde el suelo. Intento ignorar el charco de sangre en el lado derecho de la pantalla. Los exploradores imago están probando los límites de la sala. La mayoría todavía está acurrucada en sus posiciones defensivas. Erone considera la escena por unos segundos antes de mirar de nuevo a Aguilar.

—¿Así que estás a cargo? —pregunta—. ¿De todo esto?

Aguilar frunce el ceño.

—... He estado manejando el aspecto técnico de todo esto, sí.

Y algo poderoso fractura el aire que nos rodea. Soy empujado a un lado. Mi hombro golpea la consola más cercana y el técnico de esa estación salta, sorprendido. Giro mi cabeza a tiempo para presenciar lo imposible: una espada negra ha atravesado el estómago de Aguilar. Erone tiene su hombro agarrado.

Lo último que hace ella es mirarme.

Hay incredulidad, confusión y temor en esa mirada.

En un movimiento elegante, Erone desliza su espada para liberarla. Un arco mortal la hace girar de nuevo alrededor de mi cuello. Jadeo cuando la cuchilla se detiene cerca, muy cerca.

—Yo estoy al mando ahora —dice—. El juego de Anton está por terminar.

La incredulidad domina la habitación. Aguilar está muerta. Soy un rehén. Erone se ha rebelado de nuevo. Sé que nosotros representábamos la esperanza para ellos. Éstos fueron los empleados de Babel que se atrevieron a soñar que podríamos llevarlos de regreso a casa cuando sus empleadores no lo harían. Esa esperanza acaba de morir.

—¿Dónde están los imago? —pregunta Erone.

Los técnicos no son tan tontos para andarse con juegos.

Uno responde:

—Todos están a bordo del *Génesis 12*.

Erone mira la pantalla por algunos segundos. ¿Éste fue su plan todo el tiempo? Derrocar a Requin. Jugar bien hasta que su gente llegara. La ira arde dentro de mí. No hay nada que pueda hacer al respecto con una espada en mi cuello, pero la traición se hunde debajo de mi piel.

De hecho, yo lo *ayudé*.

215

—¿Cuántos hay? —pregunta.

—Más de cincuenta.

Erone asiente de manera decisiva.

—Sellen la nave.

Unos cuantos técnicos miran confundidos.

—Ya lo hicimos.

—Desacoplen el *Génesis 12*. Envíenlos al espacio.

Ahora todos miran hacia atrás. La orden no tiene ningún sentido. Ellos son su propia gente. De alguna manera, logro encontrar mi voz de nuevo.

—No lo entiendo. Son imago.

La hoja de Erone se desliza por mi garganta. Mis ojos se abren ampliamente, pero no es un golpe mortal, sólo una advertencia. Golpea la empuñadura de la espada contra la consola más cercana. Los cristales se rompen y el técnico que estaba ahí sentado tiene que saltar fuera del camino.

—Dije que los *desacoplaran*.

Esta vez, los técnicos no dudan. Escucho a uno de ellos murmurar el nombre de la otra técnica a la que no pudimos contactar: Lilja. Ella estará tan perdida como los imago.

Observo impotente cómo una serie de códigos desbloquea los mecanismos que unen el *Génesis 12* a nuestra estación. Erone supervisa la traición más extraña que he presenciado. Nada de esto tiene sentido. Cuando la secuencia se completa, una cuadrícula azul de esquemas parpadea en el aire. Todos observamos cómo un esquema del *Génesis 12* parpadea en rojo. La nave flota silenciosamente lejos de la estructura principal. Todos los imago supervivientes comienzan su viaje no deseado al espacio. No es difícil imaginar lo que sucederá después. Sin pilotos y sin entender el sistema de navegación, van a morir. Erone asiente para sí mismo.

—Ahora —dice—, quiero un informe completo de *cada* nave que salga de la atmósfera.

Los técnicos necesitan unos segundos para responder. Cuando Erone está convencido de que están trabajando arduamente en la tarea, su atención vuelve a mí. Los ojos de Erone se cruzan con los míos y, por primera vez, veo un destello de algo *más*. Es sólo el fantasma de una imagen y se pierde enseguida, pero puedo jurar que por un solo suspiro no estoy mirando a Erone en absoluto.

Él sonríe. Es un gesto extraño y familiar al mismo tiempo.

—Anton. Es hora de discutir tu castigo. Has estado *muy* ocupado.

CAPÍTULO 21

ENFRENTAMIENTO
Morning Rodriguez

07 DÍAS 12 HORAS 07 MINUTOS

O dio lo apretadas que están las correas de mi asiento; cómo la presión cambia y la nave vibra y todas las otras señales de que hemos salido de la atmósfera de Magnia; la mirada decidida en el rostro de Beatty. Se supone que él no debería estar aquí. No se suponía que sucediera de esta manera.

—Nada personal —dice—. Sólo hice lo que tenía que hacer.

Odio su acento británico y la forma en que se encoge de hombros, como si esto fuera de alguna manera *mi* culpa o la de *Emmett*. Y ese nombre quema un camino desde mi cabeza hasta mi corazón. Emmett. Se fue. Lo *dejamos*. Incluso desde la seguridad de la cápsula de escape, Beatty y yo escuchamos la llegada de las naves de Babel. Sentimos las explosiones temblorosas en el aire cuando atravesamos la primera capa de nubes. ¿Cuántos marines de Babel atacaron la base? ¿Estará Emmett…? *No.* No lo voy a pensar. No lo voy a decir, porque no puede ser *verdad*. Emmett sobreviviría. Pelearía. Sé que está haciendo todo lo que puede en este momento para volver al espacio.

La desesperanza todavía clava sus garras en mi pecho. ¿Qué posibilidades tiene ahora Emmett? Depositamos nuestra supervivencia en la estación de lanzamiento. Nos permitimos celebrar una llegada segura hasta ese lugar porque sabíamos que no había otra opción. Ése era nuestro único camino a casa. Y funcionó.

Echo un vistazo a través de las ventanas inclinadas. Hemos estado ascendiendo constantemente durante unos minutos ahora. Hay una ligera neblina azul en todas direcciones. Sé que estamos fuera del alcance de Babel. Debería tomar unos minutos más para que se despeje el ambiente.

Aquí es cuando Emmett haría un comentario. Algo significativo, sobre cuán pequeños somos realmente. O tal vez algo gracioso, una broma sobre el clima aquí arriba.

Mi corazón se arrastra hasta mi garganta.

Él no está aquí. Beatty sí.

Cierro los ojos a él y rechino los dientes. Está apuntando el arma en mi dirección. Ya no la tiene extendida, porque su brazo se estaba cansando y eso podría ser una distancia suficiente para que yo pueda trabajar. Por lo general, sería tan fácil como respirar. La manipulación que necesito hacer ni siquiera es tan difícil. Necesito sacar la nyxia de mi mochila y subirla a un escudo que desvíe el primer disparo de Beatty. Yo sellaría la barrera y me liberaría. El plan termina conmigo expulsando a este imbécil a flotar en el espacio.

Pero hay demasiadas variables. ¿Una lista completa de cosas que podrían salir mal, y lo primero de esa lista? La distancia: Beatty está tan cerca. Sé que soy más rápida que él, pero eso no importa en este rango. No necesita ser rápido. Una bala golpeará mucho antes de que mi nyxia pueda responder. Necesito tener un pedazo de nyxia en mi mano para que esto funcione.

Así que espero.

Rechino los dientes y calmo mi respiración y me quemo con el odio.

Pero espero.

Hay una pregunta que Beatty tendrá que formular. Sólo debo esperar a que la haga. Me enfoco mentalmente en la forma en que mi cuerpo se moverá. Voy a usar un viejo truco de mago: haz que miren en una dirección mientras tú trabajas en otra. Sólo necesito el momento adecuado.

Unos minutos más y nuestra cápsula de escape comienza a perder impulso. Los ojos de Beatty se mantienen apuntando hacia mí. Tiene que mantener una mirada vigilante. No consigue disfrutar de la vista. Emmett no está aquí, pero sé que querría que yo echara un vistazo. Así que miro por la ventana y veo a Magnia extendida por debajo de nosotros. La cortante oscuridad de sus océanos. Los continentes verdes encrespados por las montañas elevadas y el flujo de los ríos. Emmett diría que seremos los últimos en verla así.

El espacio comienza a afectar la nave. La punta de nuestra embarcación rota suavemente, flotando y girando. Sin embargo, los imago fueron lo suficientemente inteligentes como para sellar los interiores y aun cuando la nave gime con un movimiento obvio, nosotros nos mantenemos en posición vertical todo el tiempo. No hay pérdida de gravedad tampoco. Los ojos de Beatty se mueven brevemente por la habitación. Está empezando a ponerse nervioso. Bien.

Por las ventanas, puedo distinguir las luces de otras naves. El azul brillante de sus motores en llamas. No hay tantas como debería haber. Las que lograron llegar hasta el espacio comienzan a moverse. Miro el tiempo suficiente para presenciar cómo se *activan*. Pequeñas ráfagas de luz las guían en la dirección correcta, tal como Jacquelyn lo planeó. Cada una de ellas busca la nyxia, esto hará que se dirijan directamente a la Torre Espacial.

Beatty hace la pregunta que he estado esperando.

—¿No deberíamos estar moviéndonos?

Mantengo mi rostro tan neutral como puedo. Los ojos de Beatty miran por la ventana y yo deslizo mi mano derecha ligeramente hacia un lado. Sólo una fracción. Se desliza lejos de mi pierna y flota en el aire a la derecha de mi silla. Mi mochila está ahí.

Me toma un segundo hacerme una imagen mental de su contenido. La mayor parte de la nyxia está desperdigada al azar. Trozos más grandes también, pero ésos no funcionarán para lo que necesito. Entonces recuerdo que hay una pieza que cuelga como un llavero. La puse en mi mochila después de que murió Omar, una forma de recordarlo. Una pequeña pirámide negra lo suficientemente pequeña para caber en mi palma.

Con los ojos clavados en Beatty, la alcanzo mentalmente. Sólo estoy tratando de establecer la conexión primero. Hay un ligero susurro en el aire cuando mi pensamiento alcanza el borde de la pirámide. Beatty me devuelve la mirada, así que levanto una ceja distraída y respondo a su pregunta.

—Tienes que activar la consola, imbécil.

Mi mente se cierra alrededor de la imagen del objeto. Nuestro vínculo cobra vida. Respiro hondo para tranquilizarme y espero que Beatty haga la pregunta que inevitablemente seguirá a la primera. Sé que sólo voy a tener una oportunidad para esto.

Me mira.

—Bueno, ¿sabes cómo activarla?

Hago el gesto más irritado que puedo. En realidad, es difícil convocar la irritación cuando lo que en realidad siento es desesperanza, rabia martillante. Pero hago lo mejor que puedo y luego uso la distracción para hacer *varias* cosas a la vez. Mi mano izquierda se extiende, apuntando con el dedo, en dirección a la consola central. Ésa es la mano que quiero que Beatty vea y, por supuesto, sus ojos siguen su progreso. Al mismo tiempo, abro mi mano derecha. Mis nudillos se vuelven hacia Beatty. Mi palma se vuelve hacia la bolsa detrás de mí en la esquina. Se necesita toda mi atención para hablar al mismo tiempo que convoco el pensamiento más importante. *Vuela a mi mano. Vuela a mi mano. Vuela a mi mano.*

—Sólo tienes que mantener presionado ese botón —las palabras casi suenan como si las enunciara otra persona—. Si lo presionas durante tres segundos, la nave se activará.

Beatty se mueve incómodamente, y el ruido de su traje apelmazado es la única razón por la que no escucha el murmullo de la nyxia cuando golpea mi palma con fuerza. Cierro esa mano en un puño. El punto de la pirámide se presiona contra mi palma. Mi rostro permanece neutral.

Beatty gesticula con su pistola.

—Tú presiónalo —dice—. Despacio.

Me aseguro de mostrar mi mano izquierda vacía mientras busco el botón. Me mira mientras pasan los segundos. La nave se estremece antes de seguir a las demás.

Beatty se relaja mientras me reclino de regreso en mi asiento. Él no lo sabe, pero acaba de morir. Estoy lo suficientemente cerca para ver el evidente alivio en su rostro. Piensa que *ganó*, que escapó del fin del mundo. No se percata de que ahora yo soy su apocalipsis.

La historia de Beatty termina aquí.

Me imagino que me mantiene viva con un propósito en mente. Tal vez piense que nos uniremos a la Torre y me mantendrá a punta de pistola cuando abordemos la nave. ¿Su plan era reunirse con los demás? ¿O quería unirse a Babel de nuevo? No importa ahora. Nunca logrará llegar a la Torre. Los minutos que pasan se expanden, cada uno se siente como una eternidad. Fragmentos de la clase de ciencias vienen flotando de regreso hacia el frente de mi cerebro. La Estación Espacial Internacional tardó una hora y media en orbitar la Tierra. No es difícil imaginar que la Torre tenga la misma velocidad. ¿La estamos persiguiendo? ¿O estamos dando vueltas en la dirección opuesta en un curso de colisión?

En respuesta, la consola despierta con luz azul. Se despliega una imagen de nuestra nave y un objeto distante que sólo puede ser la Torre. Relampaguean los ángulos y las distancias. Puedo sentir la nave tirando de sí misma en la posición correcta y trabajando para amortiguar el inevitable impacto. Respiro hondo mientras la consola nos muestra cómo se va reduciendo la distancia. Los rechinidos mecánicos resuenan dentro de las paredes de la nave.

Ya tengo la manipulación en mi cabeza. Miro fijamente a Beatty. Se ve pálido a la luz fantasmal del espacio. Su frente está bañada por el sudor y el cabello en la parte frontal de su cráneo se ve más oscuro. El sudor también corre por sus sienes. Los dos estamos contando los segundos. Pero ambos tenemos ideas muy diferentes sobre lo que sucederá después.

El equipo se extiende desde nuestra nave. Una especie de garra o succionadora. Las paredes tiemblan cuando la cápsula de escape besa el costado de la Torre Espacial. Mis ojos están fijos en Beatty. La pieza final de su rompecabezas fallido está a punto de encajar en su lugar. Los engranajes rechinan. Nuestra nave destella con luz azul otra vez, y puedo escuchar el sonido de un taladro. La cápsula de escape perfora la Torre.

Sigo observando a Beatty.

Hay un *clic*. El taladro se detiene. El trabajo está terminado. La curiosidad de Beatty lo traiciona. Él lanza una mirada en esa dirección y yo convoco mi nyxia. Ésta se extiende alrededor y forma un escudo impecable. Beatty regresa su mirada hacia mí un segundo demasiado tarde. Sus ojos se abren ampliamente. Su dedo oprime el gatillo. Dispara dos veces. El sonido es ensordecedor, pero mi escudo absorbe fácilmente ambos golpes. El material tiembla antes de flexionarse otra vez recto. Las balas caen inútiles al suelo.

La nyxia convocada parte en dos la habitación. Beatty se acerca, pero es demasiado débil, está demasiado desenfocado. Es como quitar la mano de un niño. Soy más fuerte de lo que él jamás podría soñar. Mi cortina translúcida se ajusta en menos de un pensamiento. Con cuidado, alejo a Beatty del panel de control. También presiono el lado opuesto para que no tenga acceso a la escotilla.

Él dispara una vez más, y no puedo evitar sonreír.

Tal vez sea cruel, pero me tomo mi tiempo. Beatty hurga sus propias correas torcidas mientras yo me libero con cuidado. Me pongo en pie y trueno mi cuello. Ni siquiera lo miro mientras reúno mis pertenencias. Muevo las correas para que las dos hachas cuelguen al frente, firmes y listas. Añado algunas pulseras y anillos. Todas las herramientas adecuadas para lo que nos espera en la Torre.

Finalmente, me vuelvo para enfrentar a mi enemigo.

Beatty está libre de sus propias correas. Ha puesto el arma a un lado y tiene ambas manos presionadas contra la pared que he convocado. Puedo verlo apretar los dientes mientras trata de tomar el control. La consola parpadea repetidamente. Está esperando el permiso. Estamos sellados en la nave. Todo lo que tengo que hacer es salir.

Entonces miro a Beatty a los ojos.

—Por favor —suplica—. Por favor, no hagas esto. ¿Qué se suponía que debía hacer?

Lo ignoro. Me acerco a la puerta y pongo mi oreja contra ella. Hay movimiento en el otro lado, pero no se escuchan explosiones ni disparos. Entramos a la nave sin que Babel se diera cuenta. ¿O tal vez no tienen las defensas para reaccionar? Me vuelvo.

—Emmett te dejaría vivir. Tiene tan buen corazón como para eso —camino hacia delante—. Es una pena que hayas intentado matarlo, que lo hayas dejado atrás a él, en lugar de a mí. Eso podría haber salvado tu vida. Yo no soy como él, ni siquiera me acerco. Lastimaste a alguien que yo amo y eso no va conmigo.

Hago una pausa al borde de mi escudo nyxiano. Las lágrimas corren por el rostro de Beatty. Sus ojos se mueven hacia la entrada, y es como si estuviera esperando que Gio atravesara corriendo por la puerta para salvarlo. Me mira y suplica de nuevo:

—Por favor, Morning. Lo lamento, ¿de acuerdo? Yo no…

Atravieso la barrera. La nyxia pulsa. Se alimenta de toda la ira que está zumbando en mi pecho. Se envuelve alrededor de mi mano como un guante blindado. Tomo a Beatty por la garganta. Me quedo allí, con los ojos fijos en él, y comienzo a apretar.

Su rostro se contorsiona. Estoy lo suficientemente cerca para ver cómo se ensanchan las venas. Sus ojos empiezan a inyectarse en sangre. Su pálido rostro se aclara aún más hasta tener el color de la nieve. En el fondo de mi mente, sin embargo, la voz de Emmett resuena. Él no haría esto.

Jalo mi mano temblorosa hacia atrás a través de la barrera. Emmett mostraría misericordia. Estoy a punto de decirle a Beatty eso cuando advierto que todavía se está ahogando. Quité mi mano, pero el guante de nyxia sigue allí y su agarre todavía es firme. Mis ojos se abren por completo. Alcanzo la nyxia...

... y ésta me rechaza. Hay un giro repugnante cuando el guante rompe el cuello de Beatty. Él cae como un muñeco de trapo al suelo. Me tambaleo hacia atrás, con el pecho agitado. Estoy inundada por la misma oscuridad que sentí cuando maté a Jerricho. Casi puedo escuchar a la nyxia discutiendo. *Beatty se merecía esto, ¿no es así?* Pero estoy hiperventilando.

Me tardo un minuto en volver a respirar en realidad. Con precaución, alcanzo la nyxia de nuevo. Toda la resistencia se ha ido y se siente como siempre se ha sentido. Espero hasta que mi respiración se estabiliza, me concentro en la sustancia y la obligo a tomar la forma de una pequeña pirámide. Se estremece en la forma más pequeña, y siento un alivio instantáneo. Colocada en la palma de mi mano, la sustancia se siente como algo que puedo controlar de nuevo. Sin embargo, mantengo mi mente aguda y firme, por si acaso.

Todavía me toma unos minutos ponerme en pie. Siento que las cicatrices de este momento ya se están formando, pero no tengo tiempo para cicatrices o lágrimas ni nada de eso. Me recuerdo lo único que importa ahora.

—Emmett —digo—. Tengo que salvar a Emmett.

Me limpio las lágrimas. Golpeo una palma hacia abajo en el botón de liberación. Hay un grito ahogado cuando la escotilla cede. La luz cegadora se sumerge en la cabina del piloto. Deslizo ambas hachas para liberarlas de sus correas. El fantasma de Beatty me persigue cuando camino hacia el silencio del pasillo.

La culpa trata de clavar sus garras en mí. Lucho para superarla. Todo cambió cuando Beatty abordó nuestra nave. Ya no se trata sólo de sobrevivir a Babel: tengo que ayudar a Emmett. Tengo que salvarlo a él.

Así que aprieto mis dientes y camino hacia la luz.

CAPÍTULO 22

IMPACTO
Emmett Atwater

07 DÍAS 11 HORAS 31 MINUTOS

N uestro escape no es cauteloso. Greenlaw nos carga en vehículos individuales de nyxia y nos hace saltar hacia la costa en sólo minutos. El viaje dura menos de una hora. La aldea del puerto, Volgata Antigua, apenas es digna de ese nombre. Cuatro edificios rodean un par de muelles medio podridos. Un puñado de barcos fue lanzado al mar. Greenlaw los mira por unos segundos antes de elegir el que debe pensar que es el más rápido y resistente. No me detengo a pensarlo dos veces antes de abordar; es un reconocimiento hacia ella.

Mientras los demás preparan el bote, convoco un escudo nyxiano que se cierne entre nosotros y la costa. No voy a tomar más riesgos. Se comienza a sentir que Babel podría dar vuelta por la esquina en cualquier momento. Todavía puedo escuchar las últimas respiraciones jadeantes de Feoria; aún puedo ver la forma en que la furia latía como un ser vivo en el pecho de Speaker. Observo la costa y me encuentro deseando que él los haya matado a todos.

Por supuesto, Bilal se toma un segundo para presentar a todos. Los otros dos imago son hermanos. Diallo es el más joven, delgado como un cuchillo. Marea con tantas preguntas que incluso Bilal se esfuerza por mantener el ritmo. Su hermano mayor, Craft, es exactamente lo contrario. Él toma su puesto en una de las estaciones defensivas del frente y no dice una sola palabra. A diferencia de Diallo, es lo suficientemente mayor para llevar las cuentas. Nosotros estamos perdiendo, y puede que sea demasiado tarde para recuperarnos.

Mientras nuestro bote zumba hacia el azul, me encuentro rezando. Para que esto funcione. Para que lo logremos. ¿No puede el mundo darnos dos horas siquiera sin que alguien intente enterrarnos en tumbas demasiado tempranas? Pensar en todos los pasos que nos tomará regresar a casa me tiene abrumado. Tenemos que llegar a Jardín Sombrío. Y luego, marchar a la Fundidora. Y luego, encontrar a Kit. Y luego…

… Respiro hondo y recuerdo una de las lecciones que papá me inculcó. Nuestro mariscal de campo favorito de los Leones, Quincy Rising, lo explicó en una entrevista posterior al juego. Papá me hacía ver el video cuando las cosas con mamá se pusieron demasiado estresantes. El equipo de Rising se había recuperado después de haber estado veinticuatro puntos por debajo y ganó. En la entrevista, el periodista le pregunta cómo lo lograron.

Rising sólo sonríe.

—Una jugada a la vez, *baby*. No me preocupo por la siguiente serie de *downs*. No me preocupo por la cantidad de pases de *touchdown* que debo tirar. Sólo estoy en *ese* instante. Estoy lanzando *ese* pase. Estoy en *esa* jugada. Una a la vez. Es la única forma en que sé jugar.

Lo miré tantas veces que podría cerrar los ojos y ver la sonrisa en su rostro, escuchar el sonido de su voz. Respiro hondo y me concentro en nuestro primer paso: cruzar el océano.

Bilal y Diallo hablan durante la primera hora. Jazzy está montada en la parte delantera de la nave, con los ojos clavados en el radar. Craft y Greenlaw cavilan en silencio. Se acerca la noche. La oscuridad se asoma en el horizonte. Nuestro barco se desliza silenciosamente sobre las olas cuando una luz roja quema el cielo.

Todos miramos hacia arriba cuando las lunas colisionan.

La oscuridad creciente hace que cada luna se vea más brillante. Magness es la primera en romperse. Las familiares cicatrices rojas se triplican en tamaño a medida que el núcleo de la luna sufre el colapso. El fuego arde fuera de todas las grietas. En el lado protuberante de la luna, se libera una columna brillante. Pero es el punto de colisión lo que llama nuestra atención. La explosión allí crece como una herida abierta. Glacius, siempre más reservada y correcta, muestra una destrucción más silenciosa. Una delicada pluma de luz roja enmarca su borde florido.

El fin está aquí.

La predicción de Jacquelyn se equivocó sólo por unos días. Ahora comienza una nueva cuenta regresiva. Esta vez, es una carrera con Babel para salir del planeta y escapar del inevitable apocalipsis. Un escalofrío recorre mi espalda. Siento que el segundero ya está corriendo.

—Hasta aquí el elemento sorpresa —digo—. Babel definitivamente lo sabe ahora.

Jazzy asiente con la cabeza hacia mí. Bilal frunce el ceño y abre la boca para hablar, pero lo único que puedo hacer es mirarlo fijamente: aunque su boca se mueve, las palabras no tienen sentido.

—¿Qué dices, Bilal?

Cuando habla de nuevo, es el mismo sonido irreconocible. Me toma alrededor de dos segundos darme cuenta de que su elegante árabe está cortando el aire. Bilal frunce el ceño y gesticula hacia su garganta. Greenlaw pone a prueba su propia voz, y mi mandíbula cae. Sus palabras se derraman en una lengua pulida y ondulante. No es un idioma que haya escuchado antes. Craft responde en el mismo dialecto.

Los ojos de Jazzy se abren, enormes.

—¿Qué *demonios* está pasando?

—La traducción... —comienzo a conectar los puntos obvios. Pasamos todo ese tiempo a bordo de la nave con dispositivos de traducción. El tiempo suficiente para que la nyxia tendiera sus cables en nosotros. Podíamos hablar el uno al otro *sin* los dispositivos, y esto había sido una ventaja inesperada hasta ahora. Me tomo un segundo para buscar en mi mochila y unos cuantos más para encontrar la máscara de traducción nyxiana que había abandonado hace meses. La presiono contra mi mandíbula, y se adhiere por completo.

—¿Puedes entenderme? —pregunto con esperanza—. ¿Bilal?

Pero por la manera en que mis palabras sisean a través del dispositivo, es claro que la función de traducción no está trabajando. Bilal nos mira fijamente sin entender. Parece reconocer su nombre, pero el resto se pierde. Greenlaw y Craft intercambian una mirada antes de hacer un gesto hacia las lunas, por encima de nosotros. Ella habla en ráfagas cortas, rítmicas. Diallo repica agitadamente. La respuesta de Craft es algo que reconocería independientemente del idioma: una corta y nítida maldición.

Mis ojos se remontan a las lunas.

—Es Magness.

—¿Magness? —pregunta Jazzy.

Me encuentro asintiendo.

—Uno de los soldados imago me lo contó. La nyxia se crea en Magness, el núcleo de la luna lo produce. Luego llueve durante ciertas temporadas.

—Y simplemente explotó —Jazzy se da cuenta—. El núcleo explotó.

Bilal intenta decir algo, pero el resto de nosotros sólo miramos inútilmente en respuesta. Los imago están teniendo su propio debate.

—La nyxia es así —digo—. ¿Recuerdas cuando Jaime me apuñaló? La nyxia hizo la herida, así que no pudieron usar la nyxia para curarla. Era como si las piezas recordaran o algo así. Como si todo estuviera un poco conectado.

—Así que explota la luna —dice Jazzy—, ¿y ahora la otra nyxia está reaccionando?

—Ésa es mi mejor conjetura.

Greenlaw ondea su mano para llamar nuestra atención. Espera hasta que todos tenemos nuestra atención puesta en ella. Usando ambas manos, se mueve a través de algunas señales. Apunta en la dirección en que estamos navegando. Hace la señal de algo que tiene que representar marchar o caminar, y luego el gesto final es un lanzamiento claro hacia el cielo. Al final, usa una señal que recuerdo.

Su puño se cierra dos veces: *¿Adelante?*

Repite la señal otra vez, y me percato de que está esperando una respuesta. Asiento con la cabeza en dirección a Jazzy.

—Quiere saber si debemos seguir adelante. ¿Todavía podemos lanzarnos?

Jazzy asiente.

—Es nuestra última oportunidad.

Miro fijamente a Greenlaw y aprieto dos veces mi propio puño. Jazzy imita la señal. Todos miramos en dirección a Bilal.

Parece un poco perdido, pero es lo suficientemente inteligente para estar de acuerdo con lo que sea que yo esté haciendo. Él levanta un puño y lo aprieta dos veces.

Greenlaw echa un vistazo una vez más a la creciente destrucción antes de tomar la silla del capitán. Podremos estar un poco perdidos en la traducción, pero no hay nada de confusión en el estallido de energía que ella descarga en la nyxia. Mi cuerpo tiembla, y mis dientes empiezan a repiquetear.

Su mensaje es claro.

Es hora de salir de aquí.

PARTE 3

SECUELAS

CAPÍTULO 23

INTERRUPCIÓN DE LA SEÑAL
Longwei Yu

Es tiempo de actuar. Durante los últimos cinco minutos, he fingido que observo el hangar vacío. Los técnicos han seguido monitoreando a Defoe. No tengo que mirar atrás para saber que se ha deslizado más allá de su propio cuerpo. Está controlando a Erone.

Y Erone tiene a Anton.

Anton. Es hora de discutir tu castigo. Las palabras hacen que un escalofrío recorra por mi espalda. Estoy tratando de actuar sabiamente. He intentado esperar el momento perfecto. Quería tener una perspectiva más amplia y la seguridad de que cuando yo actuara, fuera un golpe crucial. Tal vez he esperado demasiado tiempo.

El dispositivo Pródigo es potente. Defoe controla ahora la nave de forma remota, sin ningún riesgo para sí mismo. Y no pasará mucho tiempo antes de que mate a Anton.

Analizo el reflejo en el vidrio. Los dos técnicos se desplazan hacia un lado. Están mirando el dispositivo y escuchando atentamente el murmullo continuo de Defoe. Cuanto más se adentra en la conciencia de Erone, menos inteligibles suenan esos murmullos.

Me trago mis miedos. Es hora de tomar medidas.

Mi cerebro busca la mentira más creíble. Me doy cuenta de que el equipo recién llegado de Génesis facilitó mi trabajo al deshacerse de los tres marines. Eso hace que mi tarea sea más simple y clara. Tengo que borrar a los dos técnicos y destruir el dispositivo. Por último, tengo que convencer a Defoe de que yo no tuve nada que ver con ninguno de los resultados. Considero la posición de mis dos objetivos: cómo están sentados, hacia qué lado están dirigidos, hacia dónde miran.

Tomo una respiración profunda para estabilizarme. Me recuerdo que esto es la guerra. Éstos son nuestros enemigos.

Me doy media vuelta despacio. Mi mano se desliza hasta mi hombro y se apoya en la empuñadura de mi espada. Uno de los técnicos se asoma, el otro permanece concentrado en su tarea. Hace que mi elección sea fácil.

—¿Escucharon eso? —susurro.

Inclino mi cabeza ligeramente para mostrarle al técnico lo que se supone que debe hacer. Imita el movimiento, arqueando el cuello y mirando hacia el hangar, ampliando el área de mi blanco. Mi espada baja cortando. Para esto me entrenaron. La cuchilla silba sobre su piel. Sus ojos se abultan por la sorpresa.

Pero no hay sangre. No se ha hecho ningún daño.

Todavía estamos mirándonos el uno al otro cuando cobro conciencia de lo que sucedió, una fracción de segundo antes que él. Dejo caer la espada y convoco un par de brazaletes nyxianos desde mi muñeca. No hay tiempo para el detalle o la elegancia. Toman forma como piedras pesadas en mi mano, y dirijo la primera hacia la sien del técnico. Él se estrella contra la pared a nuestra izquierda. El otro técnico sigue sus instintos y se lanza en busca de mi espada: no vio el resultado de mi primer golpe.

A medida que avanzo con el objeto contundente en la mano, el técnico clava la espada en mi estómago. Sus ojos se abren ampliamente cuando ésta se desliza a través de mi cuerpo, y yo sigo caminando. Dice algo, y me sorprende oírlo en otro idioma: palabras que de alguna manera no consigo traducir.

Lanzo la piedra por segunda vez y él cae. Ambos yacen inmóviles en el suelo. Mi pecho está agitado, y lucho por estabilizar mi respiración. La verdad tiembla a través de mí: estuve muy cerca de matar a otra persona. Era para salvar a mis amigos, pero ahora que lo pienso, no puedo evitar que me tiemblen las manos. Dirijo mi atención a Defoe.

No despertó. Bien.

Me doy cuenta de que a Anton no le queda mucho tiempo. Él podría morir en cualquier momento, y sería por mi falta de acción. Pero también debo quedarme con Defoe, evitar que él sospeche. Me dedico a la tarea con cuidado. Se necesita esfuerzo. Nunca había tenido que mover un cuerpo. Llevo a ambos con torpeza hasta el armario, en la parte trasera de la habitación. Hay muy poco espacio, pero consigo cerrar la puerta y la aseguro.

Cuando regreso a un costado de Defoe, mis ojos encuentran la espada. Es la que Defoe me devolvió en Magnia. Debería haber sabido que sólo confiaba en mí hasta ese punto. Me dio el mismo tipo de arma que usamos en la arena. Algo que puede hacer frente a otra espada, pero no arrebatar una vida. Yo estaba sorprendido por nuestra proximidad, por la cantidad de veces en las que me había encontrado en condiciones de matarlo.

La verdad tiene mucho más sentido: no habría podido matar a Defoe, porque me dio una espada mellada.

Es hora de dar vuelta al tablero. Requiere toda mi atención, pero pongo uno de mis toscos trozos de nyxia al lado de la espada que él me entregó. Concentrarme, pensar, transformar. Aparece un duplicado, pero con un ligero ajuste. Levanto la espada y deslizo la hoja contra el dorso de un dedo.

La sangre sube en respuesta.

Asiento hacia mí mismo. Ahora soy un arma cuando Defoe cree que no lo soy. Oculto la espada falsa en una esquina. Defoe sigue susurrando órdenes. Estoy sorprendido de nuevo por el sonido de una lengua claramente extranjera. ¿Por qué no puedo entenderlo? No hay tiempo para esas preguntas ahora.

Tomo la otra piedra en la mano y me coloco sobre el dispositivo.

—Por Anton —susurro.

Mi puño golpea. El plástico se abolla. Vuelvo a bajar la piedra, esta vez con más fuerza, y todo se quiebra. Puedo sentir la fractura del aire a medida que la conexión de Defoe con Erone se rompe. Me deslizo rápidamente hacia la derecha, fuera de la visión de Defoe, y me preparo para el toque final del plan.

Con un agarre firme, estrello la piedra contra mi labio inferior. El golpe llega con torpeza, pero aun así me deja atónito. Mareado, me dejo caer al suelo. No es un golpe de nocaut, ni siquiera se acerca, pero pretendo estar inconsciente.

Resisto la tentación de ver a Defoe. En su lugar, sólo escucho. Él jala aire con todas sus fuerzas. Le toma unos segundos sentarse y unos cuantos más, procesar todo. No estoy seguro de si es por el retraso de la transferencia, o si está tratando de armar el rompecabezas de lo que sucedió.

No habla de inmediato. Es demasiado listo para eso. En cambio, inspecciona la habitación. Lo escucho deslizarse hacia un lado. Puedo imaginar sus ojos recorriendo cada detalle, posándose con recelo en mi cuerpo inconsciente. La ausencia de los técnicos. Todo. Lo oigo deslizarse hacia la entrada. Empuja la puerta calladamente hacia un lado y se aleja un poco de la habitación.

Todo está en silencio. ¿Me dejará atrás?

Escucho sus pasos cuando regresa. Lo escucho inclinarse sobre el dispositivo. Éste raspa contra el piso de baldosas cuando lo levanta. Susurra para sí mismo. Capto la ira en su tono, pero las palabras aún no se traducen. Sigue un breve silencio. Lucho por mantener la calma, porque sé que me está mirando. Está sopesando todas sus opciones, tratando de entender cómo sobrevivimos cuando los marines allá afuera no lo lograron. Tengo mi historia cargada y lista. Llega el momento.

—¿Longwei? —se acerca más—. Longwei…

Sacude mi hombro, y mis ojos se abren bruscamente. Parpadeo hacia él.

—Señor Defoe. ¿Qué pasó? ¿Los…? —miro alrededor de la habitación y pretendo buscar a los técnicos—. Eran diez… Deben haber regresado…

Defoe me observa. Me estremezco un poco bajo el peso de su mirada, pero cuando responde de nuevo, y otra vez lo escucho en un idioma desconocido, me percato del problema: él no puede entenderme. Capto una o dos palabras de lo que dice, resquicios de mi tiempo en la escuela, pero la mayoría me resulta ininteligible. Sacudo mi cabeza cuando él termina y sé que esto llega en el momento *perfecto*. No puedo cometer un error en mi explicación si él ni siquiera puede entenderla. Señalo mis labios y luego golpeo un lado de mi cabeza.

—No le entiendo.

Defoe frunce el ceño de nuevo. La barrera crea más caos. Más cosas se están rompiendo. Tiene su mente persiguiendo a todos los conejos equivocados. Gesticula a través de la ventana de observación, señala enfáticamente a los marines. Puedo verlo concentrarse. Estoy tan acostumbrado al sonido pulido de su voz, siempre entregada en un perfecto mandarín, que las palabras que luchan por salir apenas suenan como él.

—¿Quién? ¿Quién? ¿Nombre?

Se esfuerza por formular la pregunta. Sacudo la cabeza

—Chicos. Como nosotros. Nunca los había visto. Son extraños.

Es claro que mi respuesta lo frustra. No estoy seguro de si es porque no le gusta o porque no puede entender lo que estoy diciendo. Deja de hablar y cruza la habitación. Se inclina para inspeccionar mi labio ensangrentado. Algo en lo que ve satisface su sospecha.

Después de un segundo, da una orden más. No me sorprende que él sepa la traducción para eso. Es lo único que espera de todos aquellos a quienes conoce.

—Ven. Sígueme.

Obedezco en silencio. Mi corazón martilla mientras él pasa por encima del dispositivo y lo deja atrás. Funcionó. Puse fin a una rama de su poder: se cortó una conexión. Más importante aún, él marcha de espaldas a mí. Piensa que no tengo un arma que pueda hacerle daño.

El elemento sorpresa está de mi lado.

Pero cuando Defoe me lleva más allá de los marines muertos, puedo ver que no ha perdido su seguridad. Pensé que había arruinado algo importante para él, pero todas las puertas se abren cuando él se acerca. Avanzamos por los pasillos laberínticos y me pregunto si actué demasiado tarde.

Claramente, Defoe tiene lo que necesita.

Él controla la estación ahora.

CAPÍTULO 24

ESCAPE
Anton Stepanov

Lo único que puedo hacer es quedarme aquí parado y rechinar mis dientes.

Nada tiene sentido. Erone se hace cargo de la nave, pero su primer movimiento es llevar a su propia gente al espacio. ¿Los reconoció? ¿Eran sus enemigos? ¿O se ha vuelto loco? Su siguiente orden tiene menos sentido aún. Sin embargo, muestra qué tan de cerca nos ha estado escuchando. Tiene a los técnicos poniendo en marcha el sistema principal de la nave, una decisión que le devolverá el poder a Babel cuando lleguen. Sé que es mejor no hablar. En este momento, mi único objetivo es mantener mi cabeza sobre los hombros. Así que me quedo inmóvil y espero el momento adecuado.

Hay una razón por la cual Aguilar eligió este centro de comando: le gustaba por la reducida complejidad. Le permitió tener el control de los sistemas básicos de la nave y eliminó las preocupaciones sobre reclutas no confiables que pudieran tener demasiado acceso.

Mis razones para apoyar la elección fueron completamente diferentes. Reconocía esta habitación por mis propias exploraciones. Me gustó esta opción porque hay una puerta trasera, una que tengo mucho cuidado de no mirar porque no quiero que Erone sepa que está ahí. Espera a unos quince pasos de distancia. Hay exactamente tres consolas de computadora entre la salida y yo.

Es el mismo tipo de puertas que Babel instaló en toda la nave, entradas de servicio para llegar a las partes de la nave menos bonitas, pero no menos vitales. Las he usado lo suficiente para saber que toma alrededor de tres segundos abrirlas. Tengo que deslizar el pestillo, girar la manija y pasar.

Tres segundos. No hay manera de que tenga tanto tiempo.

—Oh, sonríe, Anton. Aquí es donde el juego *realmente* se pone divertido.

Mis ojos se fijan en Erone. Suena como una persona nueva por completo. ¿En verdad hice un trabajo tan pobre al leerlo desde el principio? Cuando no sonrío en respuesta, él se vuelve hacia la pantalla principal.

—Estamos observando más violaciones —informa alguien.

Los técnicos están haciendo lo que yo haría. Respondiendo preguntas. Proporcionar nueva información. No los culpo, para nada. Ellos también están luchando por sus vidas.

Erone considera la noticia. Cuando habla, sin embargo, las palabras tropiezan unas con otras. Hay un ritmo en el sonido, pero ningún significado en absoluto. Algunos de los técnicos son lo suficientemente valientes para mirar hacia atrás. Erone repite la orden, y no se puede negar esta vez: sus palabras no se están traduciendo. Él está hablando en la lengua de los imago.

Un técnico le devuelve una pregunta, y es como sumergirse en agua fría. Todo lo que he escuchado durante semanas es el ruso filtrado por la nyxia. Ahora un tosco inglés corta el aire. Apenas consigo traducir la frase. "Naves de Babel. En camino. ¿Advertencia?".

Erone mira al hombre. Su boca se abre, lista para emitir otra orden...

... y entonces se tambalea inesperadamente.

Lo veo caer de rodillas. Su mano se levanta brevemente hasta su sien, y es como si alguien hubiera dado un golpe allí. Su espada baja y su punta raspa el piso iluminado de azul. Es el momento que he estado esperando. Me pongo en movimiento, serpenteando entre las consolas, y corro hacia la esquina trasera. Erone grita algo.

Abro el pestillo, giro el asa, jalo la puerta.

Me arriesgo a mirar hacia atrás y veo el rostro de Erone retorcido por la sorpresa y la confusión. Levanta su espada y la apunta hacia mí, pero está demasiado lejos. Ignoro su último grito mientras entro en la oscuridad que me espera. Es un túnel estrecho, con techos bajos, conozco el camino de memoria.

Las luces parpadean por encima de mi cabeza, y los gritos de Erone me persiguen por el túnel. No paro de moverme. Doy vuelta en cada esquina y mantengo mis brazos bombeando. Rastreo entre mis recuerdos de los planos y viene a mi mente una esclusa de aire dos pisos más abajo. Vuelvo a la derecha y encuentro uno de los conductos de ventilación. Más profundo y más profundo en la madriguera del conejo.

En la parte inferior del eje, coloco mi espalda contra una pared y escucho. Quiero saber si me está persiguiendo, o si envió a alguien más por mí. Pasan cinco minutos. Y luego diez. Siempre he sido paciente. La oscuridad no me asusta. Nadie viene.

Me tomo otros quince minutos para respirar y pensar. ¿Qué debo hacer? Erone no podrá verme hasta que yo salga a los pasillos comunes. La verdadera pregunta es ¿adónde voy?

¿En quién puedo confiar? ¿Qué tan rápido obtendrá Erone el control completo? Mi mejor opción es Vandemeer.

Abajo, con el encargado de la prisión.

Estoy a punto de empezar a moverme cuando el túnel por delante de mí *explota*.

Un contundente estallido retruena en mi camino y me empuja contra la pared del túnel. El fuego corre brevemente en el interior antes de parpadear y apagarse. Me cubro el rostro y escucho cómo las voces resuenan a través de la abertura. Los gritos son seguidos por el sonido de botas fuertemente blindadas. Soldados marchando. Las batallas están empezando. Intento recordar en qué lugar de la nave me encuentro. ¿Hay más abordajes de los imago? ¿Tal vez nuestros soldados leales están marchando hacia el centro de comando? Estoy pensando otra vez en los planos cuando una voz se abre paso a través de mis pensamientos. Estoy casi sorprendido por su claridad. Las palabras llegan a mis oídos en bendito ruso. La voz es familiar; la orden, clara.

—¡Hombro con hombro! ¡Mantengan la formación! —grita Morning.

CAPÍTULO 25

JARDÍN SOMBRÍO
Emmett Atwater

La colisión en el cielo ya está afectando al planeta. Bordeamos la costa de Jardín Sombrío y vemos un incendio en uno de los bosques, resultado de la caída de escombros. La costa muestra signos también. Todo el océano ha retrocedido y ha dejado expuestos unos cien metros más de costa. Cada vez que levanto la mirada, siento que hay más escombros estrellándose en la atmósfera de Magnia. Nos estamos quedando sin tiempo.

Por fin, tocamos tierra al este de la Fundidora. Las mareas en retirada no han impactado por completo en los canales de agua interiores. Cruzamos las mismas secciones que Jerricho usó para escapar de Miríada después de que me secuestró. Me estremezco un poco pensando en esa noche, pero este momento es mucho peor. Esa noche mi vida estaba en peligro, ahora todo el planeta está de frente a un apocalipsis. Respiro hondo y trato de concentrarme en la única esperanza que me queda. No planeamos estar aquí cuando el final llegue.

Greenlaw guía nuestro barco hasta los bancos en el extremo occidental para desembarcar. Está a punto de amanecer. La niebla se enrosca como un ser vivo en el bosque al frente.

Sigo mirando hacia arriba, pero nuestra visión de las lunas es cortada ahora por los árboles y la niebla. Nadie pierde el tiempo atando el bote.

O nos lanzamos al espacio o moriremos aquí.

—La Fundidora tiene algunas armas contra los imago —digo, y luego recuerdo que no pueden entender nada de lo que estoy diciendo. Greenlaw me mira con una ceja levantada. Intento hacer una señal con mis manos—. Olvídenlo. Trataré de explicarlo cuando estemos más cerca de la base...

Bilal ríe y lanza un brazo alrededor de mi hombro.

—¡Emmett! Puedo entenderte. Está funcionando de nuevo. ¿Puedes escucharme ahora?

Greenlaw sonríe.

—Todo el bosque puede oírte. Mantén la voz baja.

No puedo evitar sonreír mientras bajo mi voz a un susurro.

—Pensé que esa ruptura sería permanente. Eso habría hecho que todo esto nos resultara *realmente* difícil, sobre todo en el espacio. Todos esos imago corriendo por la Torre. Muchas cosas podrían salir mal si el lenguaje se rompe.

Jazzy asiente.

—¿Alguna vez habías visto que sucediera algo así, Greenlaw?

Ella sacude su cabeza.

—Nunca.

—Porque eres demasiado joven —dice Craft—. Y lo mismo sucede con Diallo. No había habido un eco como éste durante décadas. Los científicos creen que comienza en el núcleo de la luna. Cualquier evento sísmico en Magness crea un eco, una onda, y la nyxia siempre reacciona a él. Por lo general, es un colapso temporal, como la brecha lingüística por la que acabamos de atravesar. A veces hace que se invierta el proceso de manipulación, o arremete al azar. El único eco que viví dio como resultado recuerdos robados. La nyxia funciona de esa manera normalmente: toma un pensamiento y lo moldea, pero el eco de la luna hizo que esto se agudizara. Había un tío mío cuyo nombre olvidé de pronto, así que mis padres tuvieron que volver a presentarnos.

—¿Por qué siempre tiene que hacer cosas tan espeluznantes? —pregunta Jazzy.

Bilal se encoge de hombros.

—Yo tengo algunos recuerdos de la infancia que no me importaría que me robara.

—Igual conmigo —digo—. Esperemos que elija los correctos.

Craft no sonríe.

—Esperemos que el primer eco sea el único.

Su advertencia devuelve la concentración al grupo. En susurros, discutimos nuestro plan. Greenlaw explica que primero debemos atravesar este tramo de bosque; una vez que nos encontremos en las llanuras, podremos usar los vehículos nyxianos para avanzar más rápidamente hacia la Fundidora. Les recuerdo el sistema de defensa y les explico que tendremos que conseguir que Kit lo deshabilite.

Por encima de nuestras cabezas, nos acompañan algunos clíperes. La manada colgante de monos alados se balancea. Son treinta o cuarenta. Diallo les grita hasta que Greenlaw le ordena que permanezca en silencio. Bilal camina tan cerca de mí que casi tropiezo con sus pies. Me toma un instante darme cuenta de que está asustado.

—Son inofensivos —le digo—. Los vimos durante nuestra primera noche aquí. No son como los señores de las crías.

Los mira con recelo.

—Si tú lo dices, amigo.

Craft busca en su mochila y crea un pequeño disco plateado. Varios de los clíperes bajan al verlo. Lanza el disco al aire, y el clíper más cercano lo atrapa hábilmente. Cuando Craft nos descubre observándolo, se encoge de hombros.

—Es de buena suerte.

Sonrío y pienso en que Morning ofreció su moneda de la suerte esa primera noche. No estoy seguro de cuánta suerte tuvimos por eso. Pensar en todo lo que se ha ido perdiendo poco a poco hace que se desvanezca la sonrisa de mi rostro. Morning se ha ido; ella y el resto del equipo de Génesis están en el espacio. Ya era bastante difícil averiguar cómo íbamos a sobrevivir cuando tomáramos el control de la Torre. Espero que ella sea lo suficientemente inteligente para centrarse en el resto de la tripulación y no en mí. No hay nada que pueda hacer por mí de cualquier forma.

Nuestro grupo tarda menos de treinta minutos en llegar al borde del bosque. Bilal vuelve a mirar a los clíperes antes de hacer una pregunta que tiene a sus mejillas floreciendo de un rojo brillante.

—¿Es seguro usar el baño?

Jazzy hace una mueca.

—Mientras no te moleste que ellos te estén mirando...

—¿Del uno o del dos? —pregunto con una sonrisa.

El rostro de Bilal arde aún más. Jazzy me da un golpe en el brazo.

—No seas grosero.

Río un poco mientras Bilal se desliza detrás del velo de árboles más cercano para tener algo de privacidad. Unos cuantos clíperes deciden seguirlo, y Jazzy ríe conmigo cuando miran hacia abajo para tener una vista más de cerca. Greenlaw está al borde del bosque, con los ojos fijos en las llanuras que nos esperan. Tiene el aspecto de un general en toda forma. Regresar al espacio no es sólo sobre nosotros, lo recuerdo. También estamos luchando por ellos. Los imago querían un nuevo comienzo en un nuevo mundo, merecen tener a la líder correcta al mando.

Los pasos anuncian el regreso de Bilal.

—Claramente no fuiste tímido con...

Pero la broma se desvanece cuando queda a la vista. La mandíbula de Bilal está apretada, sus ojos muy abiertos. Respira pesadamente a través de ambas fosas nasales. Un hombre con el uniforme de Babel camina detrás de él. Un arma se apoya en la parte posterior de su cabeza. Jazzy se mueve a mi lado mientras ramas y pasos crujen alrededor de nuestro grupo. Craft jala a Diallo detrás de él con cuidado. Greenlaw refuerza nuestra formación, pero todos sabemos que cometimos un gran error y Babel consiguió caer sobre nosotros.

Hago un conteo rápido. Hay al menos ocho, hasta donde podemos ver.

—Manos arriba —el marine que retiene a Bilal como rehén tiene una barba oscura con franjas blancas. Viejo y robusto. Mantiene una mano enguantada en el hombro de mi amigo. Algo oscuro cobra vida dentro de mí. Nadie amenaza a Bilal—. Tómenlo con calma. No hay necesidad de que alguien salga herido.

Mi mente corre. Una pelea es demasiado arriesgada. Me gustarían nuestras probabilidades si eso fuera todo, pero tienen a Bilal a punta de pistola. Haz el movimiento equivocado y él muere. Mis manoplas todavía están colgando de mi cinturón utilitario. Sería lo suficientemente fácil tomarlas y arremeter contra el tipo a esta distancia. Pero eso no funcionará.

Una mirada hacia atrás muestra los guantes de nyxia de Greenlaw al borde de cobrar forma. Ella está lista para transformarlos en algo mucho más peligroso. Los soldados ajustan su círculo, y estoy corriendo a través de los detalles tan rápido que casi paso por alto el rostro familiar que se ubica a mi derecha. Tiene la cabeza rapada, pero reconozco los pómulos altos y el estrecho rostro. No es Kit, pero se parece mucho a él.

—¿Señor Gander?

Su expresión se abre por un instante. Se parece aún más a Kit cuando no está decidido a matarnos. Sus ojos se dirigen al marine que sostiene a Bilal como rehén; debe ser su capitán. El tipo asiente sutilmente, y Gander entabla una conversación con nosotros.

—¿Quién eres tú?

—Somos amigos de Kit. Estábamos con uno de los equipos de Génesis que llegaron a través de la Fundidora. Platicaba con Kit todo el tiempo. A los dos nos gustan los *Illuminauts*.

Puede que sea un militar duro, pero también es un padre y ese detalle trae una breve sonrisa a su rostro. Lástima que el capitán corte nuestro momento.

—Escuchamos que los equipos de Génesis se rebelaron —dice.

Le lanzo una mirada confundida, tratando de comprarme un segundo extra para pensar. Estoy compitiendo con todas las opciones y decido jugar la carta que es más probable que crean: un chico ingenuo.

—¿Que nos rebelamos? ¿Eso fue lo que les dijeron? Lo único que hicimos fue lo que Babel nos dijo que hiciéramos, hombre. Entramos en el Conjunto Siete y Babel bombardeó el lugar. Hemos pasado las últimas semanas como rehenes.

¿En serio, a eso le llaman ellos rebelarse?

El capitán lleva su mirada incrédula a los imago que están con nosotros.

—¿Y quiénes son ellos?

—Ellos nos ayudaron a escapar —miento—. No estaban de acuerdo con lo que los imago nos estaban haciendo.

Arriba, los clíperes continúan gritando, gimiendo y chillando. Algunos de los marines miran con nerviosismo mientras el capitán considera mi historia.

—Los altos mandos dijeron que podíamos aceptar rendiciones.

—Si así quiere llamarlo —digo rápidamente—, nos rendimos si eso es lo que se necesita. Sólo estoy tratando de irme a casa, hombre.

—Aceptamos su rendición —el capitán hace una pausa significativa—, pero la de ellos no.

Estoy tratando de encontrar una manera de argumentar para que los imago vengan con nosotros, cuando un clíper se balancea desde arriba. Mis ojos se abren ampliamente cuando éste alcanza el juguete más brillante del claro: la pistola del capitán. Él levanta la mirada justo a tiempo para recibir el golpe de un hombro en su barbilla. Contengo la respiración cuando él tropieza hacia atrás y cuando la mano del clíper se cierra alrededor del arma y cuando el dedo del capitán jala el gatillo. Bilal se estremece cuando el disparo explota sobre su oreja izquierda, con el cañón apuntando hacia el cielo.

Y el caos hace eco.

Mientras el capitán retrocede, luchando por recuperar su arma, yo me apresuro hacia el frente. Un suave movimiento hace *clic* con las dos manoplas sobre mis muñecas. Los marines levantan sus armas, pero escucho el susurro de los escudos nyxianos en el aire detrás de mí. No tengo tiempo para nada más que salvar a Bilal. El capitán gana su batalla contra el clíper a tiempo para verme venir.

Demasiado tarde. Mi hombro inclinado aplasta sus costillas expuestas. El enfrentamiento nos lleva a ambos a rodar a través de la maleza. Controlo mi peso en la segunda vuelta y lo oprimo contra la tierra. Puede que sea un soldado de toda la vida, pero yo me adelanté y él ni siquiera estuvo cerca. Estira una mano para alcanzar su arma caída, mientras saco mi manopla derecha y golpeo debajo de su hombro. Las tres cuchillas cortan limpiamente. Grita mientras la fuerza del golpe rompe su clavícula.

Intento girarme hacia la derecha, pero mis cuchillas se enganchan. El impacto me hace retroceder y tropiezo con ineptitud. El capitán se aprovecha, gira su mano derecha y levanto mi mano izquierda apenas a tiempo. Él es fuerte. El golpe hace que me tambalee, pero mis manoplas todavía están atascadas. Mi muñeca se tuerce dolorosamente cuando el capitán alcanza el cuchillo en su cinturón. Mis ojos se abren ampliamente cuando advierto que está a punto de desgarrar mi vientre y yo no puedo hacer una maldita cosa para evitarlo.

Hasta que Jazzy es un borrón a la derecha. Ella introduce una espada corta a través del material protector que cubre el corazón del capitán, que no logra bloquear un golpe como ése. Jazzy aprieta los dientes y empuja hacia abajo hasta que el capitán deja de moverse. Tengo que poner una mano en su pecho y jalar para sacar mis manoplas.

—Gracias.

Sus ojos están muy abiertos. Es la primera vez que mata a alguien.

—Vamos. Hay más.

Regresamos agachados hasta el interior del claro y casi atropellamos a Bilal. Ha vuelto a pararse y contempla la carnicería. De los siete marines restantes, sólo uno más sigue en pie. Greenlaw y Diallo lo tienen acorralado. Craft ha caído, pero una mirada me permite darme cuenta de que se trata de una herida superficial. Nada que pueda matarlo. Greenlaw lanza un golpe bajo y le da al último marine en la mandíbula. Diallo lo tiene inmovilizado, y sé que faltan sólo unos cuantos segundos para que esto termine. Mi pecho está agitado.

Doy un paso al frente y me paralizo. Movimiento a mi izquierda. Levanto la mirada y descubro al padre de Kit a unos doce pasos de distancia, con el arma levantada. Me percato de que se encuentra en el mismo lugar que antes de la pelea, nunca se movió. Levanto ambas manos cuidadosamente en el aire y me giro para que él me mire a los ojos. Ambos escuchamos el gemido agonizante del oponente de Greenlaw. Él está solo.

—Somos amigos de Kit —le recuerdo—. Sólo queremos ir a casa.

Sacude la cabeza.

—¿Irse a casa?

—¿No ha visto las lunas? —pregunto—. Este mundo está llegando a su fin. Si Babel no le ha dicho mucho al respecto, ¿en verdad cree que usted les importa? ¿O Kit? Nosotros somos su última oportunidad.

Un miedo genuino parpadea en su rostro. Pasan unos segundos y finalmente toma la medida real de la situación. Se percata de que no estoy argumentando por mi vida, sino por la suya. Diallo se inclina sobre su hermano para atender la herida abierta, pero Greenlaw marcha hacia nosotros, con los guantes manchados por la sangre de Babel. Es una elección fácil. El padre de Kit lanza su arma a un lado con grandes aspavientos.

—Puedo llevarlos de regreso a la base —dice—. Pero la estación de lanzamiento está vacía. Sólo teníamos una nave aquí. Unas pocas unidades de marines la abordaron hace unas horas y se lanzaron al espacio. La comandancia dijo que era algo de rutina. Vimos las lunas, pero como la comandancia no ordenó que evacuáramos...

Su voz se desvanece. Por supuesto, Babel lo abandonó.

—Bienvenido al maldito club, hombre. Vamos a la Fundidora. Necesitamos saber *todo*. ¿Cuántos marines hay? ¿Qué tipo de órdenes han estado recibiendo? Todo.

Él frunce el ceño.

—De acuerdo. Pero no me escuchaste, no hay naves.

—Supongo que todavía están las naves de carga.

—Por supuesto, pero no tienen asientos y no hay atmósfera regulada. No puedes lanzarte en ellas.

—Conozco la manipulación para hacer que esto funcione. Ahí es donde vamos. Es nuestra última oportunidad.

No parece seguro, pero debe advertir que no tiene otras opciones. Greenlaw ha estado esperando pacientemente durante toda la interacción.

—Estoy confundida —dice ella—. ¿Estamos perdonando a éste?

Los ojos de Gander se ensanchan de miedo, pero salgo rápidamente en su defensa.

—Éste es el padre de Kit, nuestro contacto en la estación. Kit es el único que puede desactivar el sistema de defensa y dejarnos entrar. Estoy bastante seguro de que regresar con su papá en una pieza es un buen comienzo. Él viene con nosotros.

Greenlaw lo evalúa a lo lejos.

—A mí me parece Babel.

—¿Quién eres? —le pregunto—. ¿Un marine o un papá? Él no duda.

—Un papá.

—De acuerdo. Vamos a salvar a tu hijo.

Greenlaw asiente en señal de su aprobación. Craft ha vuelto a ponerse en pie, con la herida ya vendada gracias a Bilal. Diallo lo ayuda a entrar en un vehículo nyxiano recién convocado. Gander mantiene sus manos levantadas como un prisionero mientras marchamos detrás de Greenlaw. Bilal y Jazzy toman sus lugares a mi lado.

Bilal deja escapar un suspiro.

—Me estoy dando cuenta de que la vida sin ti había sido bastante aburrida.

Jazzy no es capaz de sonreír, no después de lo que acaba de suceder, pero sigue entusiasmada con su propio sueño de hogar.

—Después de todo esto, apúntame para la vida más aburrida de la historia. Quiero vivir en una granja y hacer crucigramas y dormir durante una década.

—De acuerdo —dice Bilal—. Sólo dame una buena taza de té y el amanecer.

Esto es algo que nuestro grupo siempre ha jugado. ¿Qué haríamos con todo ese dinero? ¿Qué haremos cuando finalmente lleguemos a casa? Y siempre he luchado con eso, porque ¿cuál es el propósito? Ambos me miran expectantes y les digo la verdad que me está martillando la cabeza.

—Tenemos que llegar primero.

Un paso a la vez.

El siguiente: la Fundidora.

CAPÍTULO 26

REGRESO A LA FUNDIDORA
Emmett Atwater

Vamos camino a la Fundidora, cuando vemos el humo. Me asusto un poco, pensando que el fuego podría haber alcanzado la base, pero advierto que todavía estamos lejos de los edificios construidos por Babel, y el humo a lo lejos no es la bruma normal gris.

—¿Alguien más está viendo esto?

Tras subir la siguiente cuesta, finalmente tenemos una vista de la fuente: un fragmento de las lunas destrozadas ha caído del cielo. Vemos el punto de entrada desde este ángulo. La mitad de la cosa sobresale del suelo, enterrada por la caída. La nyxia se ve como siempre, de ese color negro reflectante, pero hay un humo verde que se eleva a su alrededor como una niebla a contraluz. Me acerco con curiosidad, cuando Craft me jala de un brazo.

—Es asombroso que todos ustedes hayan sobrevivido tanto tiempo —dice—. ¿Nadie te enseñó nada sobre esto?

Le devuelvo la mirada.

—La nyxia viene de las lunas. Lo sé.

Craft frunce el ceño.

—Su especie está demasiado cómoda con saber sólo la mitad de lo necesario. La nyxia no debe ser tocada cuando cae por primera vez. La velocidad y el impacto crean una inestabilidad en la sustancia. ¿Ves ese humo verde? Acércate lo suficiente y te controlará.

Greenlaw frunce el ceño.

—Nunca antes había visto una nueva.

Craft sacude la cabeza.

—Nunca habías vivido una lluvia.

Todos miramos de nuevo, como si otro meteoro pudiera caer en ese mismo instante. Craft nos hace alejarnos del fragmento caído. Miro hacia atrás cuando entramos en el siguiente bosque, el humo verde todavía se mueve en el aire, casi como si estuviera vivo.

No nos lleva mucho tiempo llegar a la base después de eso. A lo lejos, la Fundidora se eleva desde la cubierta de los bosques circundantes. Se siente como si hubieran pasado años desde que estuvimos aquí. El padre de Kit muestra su utilidad de inmediato. Después de obtener la aprobación de Greenlaw, accede a sus auriculares y envía una señal de auxilio.

—Nuestro comandante de la unidad ha caído. Estoy dando señal de las coordenadas ahora. Todavía hay tres imago aquí. Manden refuerzos ahora.

Me muestra la ubicación en su mapa. Asiento para aprobar, y envía la señal para que las unidades de Babel más cercanas lo vean.

—¿Qué pasa si Kit va con ellos? —pregunto.

—Nunca se lo permitirían —responde—. Ésa fue la única razón por la que acepté que viniera aquí, para empezar. Se supone que no debe abandonar la base, es el lugar más seguro para él.

Esperamos durante algunos minutos, pero finalmente detectamos el movimiento en una sección de la base. Los camiones de Babel salen rugiendo del subsuelo. La luz del sol se refleja en los exteriores cromo-negro.

—Tenemos cerca de treinta minutos —dice Gander—. Es ahora o nunca.

—¿Y la base está vacía? —pregunta Greenlaw.

—No está vacía. Kit definitivamente está aquí y tal vez uno o dos soldados fuera de servicio. Pero si están fuera de servicio, estarán dormidos en alguna de las colmenas. Está tan vacío como pueden imaginarlo.

Greenlaw vuelve a mirar la base.

—Es momento de tu plan, Emmett. ¿Estás convencido de que es seguro?

Asiento con la cabeza.

—Para mí, lo es. No para ustedes. Vamos, señor Gander.

Después de tomar una inhalación profunda, empiezo a caminar. Gander anda con precaución a mi lado. Sé que es un riesgo permitirle que se acerque tanto a las barreras de la base y a Kit sin que un imago esté sobre él, por la amenaza que representan. Así que mientras caminamos, le recuerdo la verdad.

—Si está pensando en salir huyendo, no lo haga. Ésa sería una buena manera de hacer que maten a Kit. Cientos de imago ya se han lanzado en este momento. Babel ya eligió a quién enviaría para retomar las naves. Para cuando usted llegue a otra estación, aborde otra nave y se lance al espacio, la batalla ya estará decidida. Babel gana y usted es el traidor que abandonó su puesto. Los imago ganan y usted podría estar lanzándose a una estación espacial hostil. Su mejor oportunidad está con nosotros.

Deja escapar un suspiro.

—Lo sé.

—Arme un lío y nos lanzamos sin él.

Gander camina en silencio a mi lado después de eso. No sé cuándo realmente activamos el sistema, pero Kit no tarda mucho en salir de la torre de observación. Un par de cañones de la torreta se despliegan desde lugares ocultos a nuestra derecha e izquierda. No abren fuego, pero el sistema está activo y la amenaza se cierne sobre nosotros. Esto será como todo lo que ha sucedido desde el comienzo de este experimento tan terrible: sólo se necesita un paso en falso para que todo salga mal.

Kit se acerca a nuestro encuentro y, a juzgar por la expresión de su rostro, somos la pareja más improbable que haya visto en toda su vida. Mis ojos se mueven brevemente hacia el guante de su mano derecha. Sé que controla toda la base con él. No he olvidado la noche en que los hondas vinieron por nosotros, cuando Kit usó los poderes que Babel le había dado como si estuviera en medio de un videojuego.

—¿Papá? ¿Emmett? ¿Qué está pasando? Escuché tu llamada de auxilio. La ubicación que señalaste…

—Era una ubicación falsa, para distraerlos —responde Gander—. Nos vamos. Juntos.

Pero esa respuesta sólo hace que Kit se vea más confundido. Su mano enguantada se contrae un poco mientras sopesa todo. A la larga, sus ojos se mueven en mi dirección.

—Pensé que los equipos de Génesis se habían rebelado. ¿Cómo llegaste hasta aquí?

—Es una larga historia —respondo—. Te contaremos todo durante el lanzamiento.

Sin embargo, Kit no se mueve.

—Tengo órdenes, Emmett. No puedo lanzarme al espacio.

—¿Órdenes de morir aquí abajo? —señalo hacia las lunas. La luz del día hace que la escena se vea un poco menos devastadora, pero el fuego aún arde en el centro de la implosión. Ambas lunas continúan a la deriva. Claramente los escombros ya han comenzado a golpear la superficie. ¿Cuánto tiempo pasará antes de que caigan los trozos más grandes? ¿Cuánto falta para que el polvo se acumule y ahogue la atmósfera?—. Las lunas colisionaron, Kit. Hay una batalla en el espacio ahora mismo. Cualquiera que se quede aquí abajo morirá.

Kit pasa una mano por su cabello. Ya lo había visto hacer eso cada vez que se ponía nervioso. Sus ojos se mueven hacia su papá.

—Pero órdenes son órdenes. ¿Cierto, papá?

Mi estómago se tensa. Kit está oponiendo una resistencia inesperada. Él siempre ha tenido una imagen más alta de Babel que nosotros, pero supuse que en el momento en que a su padre se le ocurriera un nuevo plan, Kit estaría a bordo.

—Sé que me has escuchado decir eso —responde Gander—, sí, las órdenes son órdenes. Pero también te he enseñado sobre la confianza, Kit. Seguimos las órdenes porque confiamos y respetamos a las personas que las dan. Babel acaba de perder esa confianza. Planeaban dejarte aquí, y eso es imperdonable.

Es el tipo de cosas que diría papá, pero Kit apenas parpadea.

—¿Dónde está tu arma? —finalmente nota las fundas vacías y el cinturón utilitario vacío. Su padre no tiene ni un poco de nyxia en él. Nos aseguramos de ello.

—Entregué mis armas.

—Por supuesto —Kit junta todas las piezas—. Eres su prisionero —una vez más, la mano de Kit tiembla con el movimiento. Su padre está desarmado, pero Kit tiene a su disposición todo el arsenal de la Fundidora. Un chasquido de sus dedos podría dejar caer toda la lluvia. Sus ojos se mueven más allá de nosotros.

—Emmett no pudo haberte capturado solo —dice—. ¿Quién más está aquí?

Intercambio una mirada con el padre de Kit antes de hacer una señal hacia atrás, al bosque. Hay un susurro distante, y luego los ojos de Kit se abren cuando nuestro grupo emerge. Greenlaw avanza con determinación. Supongo que él recuerda a Jazzy, y no es difícil darse cuenta de que Bilal es uno de los nuestros. Diallo y Craft siguen a los demás. Kit hace un ruido incrédulo cuando los ve.

—Trajiste a los adamitas aquí.

—Están con nosotros —le digo—. Vamos a lanzarnos juntos, Kit.

Se retira unos pasos y siento que estamos perdiendo nuestro control sobre él.

—Esto es como la tercera temporada, episodio ocho —murmura—. Cuando esa especie alienígena secuestró al capitán Revere y le lavó el cerebro. Eso es lo que te hicieron…

—¿Lavado de cerebro? Kit, eso es sólo un programa. Es sólo una estúpida serie.

Pero recuerdo lo conectado que estaba Kit a esa serie, está esperando que lo que vio allí se desarrolle aquí. Ha reemplazado su realidad. Mientras los demás se nos acercan, Kit levanta su mano enguantada. La interfaz familiar parpadea. Sé que sólo hay una manera de luchar contra este tipo de lógica.

—No es la mejor comparación —le digo—. Revere estuvo con los alienígenas por casi dos años, hombre, y nosotros nos topamos con tu padre hace una hora. ¿En verdad crees que podríamos lavarle el cerebro de esa manera?

Kit duda. Puedo ver el pequeño símbolo que debe representar el sistema de la torreta. Su dedo flota en el aire junto a él mientras espera que yo explique más.

—Estoy pensando que es más como en la segunda temporada. ¿Te acuerdas de la Conspiración del Verdugo?

Apenas respira, pero asiente.

—Me encantó esa trama secundaria.

Lo tengo ahora.

—Y entonces el Verdugo estaba con los Illuminauts, era uno de los tipos buenos. Pero luego resultó que él estaba detrás del negocio clandestino de esclavos que se hacía en esas dos lunas.

—Ku y Nareen.

—Correcto, Ku y Nareen. El Verdugo hizo todas estas cosas buenas que la gente podía ver, pero era para poder esconder todas las cosas malas que la gente no podía ver. Babel es el Verdugo, Kit. Los imago son como los nativos de esas dos lunas, si los nativos hubieran tenido este plan agresivo para derrocar al Verdugo.

Kit está asintiendo.

—Lo cual nos convierte…

—En los Illuminauts que descubrieron lo que estaba pasando y encerraron al Verdugo para siempre.

—Jodidamente genial —se acerca y toca dos veces las turbinas. Contengo la respiración, pensando que las acaba de activar, pero ambas torretas se desvanecen de nuevo—. Tan jodidamente genial. Yo tengo que ser Lunar Jones. ¡Venga! Pongámonos en marcha.

Y así nada más, da media vuelta y comienza a marchar hacia la base. Gander me mira fijamente, y me encojo de hombros.

—Es muy buena esa serie. Debería verla alguna vez.

Les doy la señal de *Despejado* a los demás, y nos movemos a través de la fortaleza de Babel como invitados bienvenidos. Si hay soldados fuera de servicio, ninguno se muestra.

Kit está recabando nuevas estrategias e ideas de manera tan acelerada que decido asentir por ahora. Cualquier cosa para evitar que salte a bordo con Babel.

—Necesitamos lanzar una nave de carga —le digo—. De la misma manera en que lo hiciste cuando estuvimos aquí.

—Genial, genial —Kit levanta la interfaz mientras camina. Todo el proceso es tan fácil como apuntar y hacer *clic*. Oímos un ligero estruendo a lo lejos—. ¿Qué vamos a enviar?

Mentalmente, estoy repasando los trucos que Morning me enseñó. Si ella no se hubiera tomado el tiempo para enseñarme todo eso, no tendríamos ninguna posibilidad. Es el mismo truco que Anton usó para lanzarse al espacio. Me encuentro rezando para que ellos dos lo hayan logrado. Espero que toda nuestra tripulación haya sobrevivido. Bilal y Jazzy caminan a mi lado. Hombro con hombro.

—Nos vamos a enviar a nosotros mismos —respondo con seguridad—. Nos vamos a lanzar al espacio.

CAPÍTULO 27

MODO SUPERVIVENCIA
Morning Rodriguez

Voy a salvar a Emmett. *Voy a salvar a Emmett. Voy a salvar a Emmett.*

Es un grito de batalla nuevo y dominante. Vibra tan fuerte en mi cabeza que necesito esforzarme para mantener mi concentración. Sé que debemos llegar *vivos* al centro de mando si quiero ayudarlo.

Nuestra tripulación se reúne en el pasillo. Escucho fragmentos de sus conversaciones, pero es como si todo hubiera sido silenciado. Al parecer, experimentaron algún tipo de interrupción de la comunicación mientras atravesábamos el el espacio. Escucho mientras los demás se maravillan por la ruptura del lenguaje, y su repentina restauración, pero mi corazón está corriendo.

Tengo que salvar a Emmett.

No nos dan la bienvenida las tropas de Babel. Parvin comienza a hacer un conteo, pero es bastante claro que estamos bastante lejos del número esperado. Sólo once miembros de Génesis. Emmett no está con nosotros, por supuesto, pero Jazzy y Bilal tampoco lo lograron. Mi ira hacia Babel arde con más fuerza. Cuando Azima se da cuenta de que estoy sola, hace la pregunta obvia.

—¿Qué le pasó a Emmett?

Todo lo que puedo hacer es sacudir la cabeza. El nombre de Beatty sale en un susurro de mis labios como una maldición. Nuestra tripulación se dirige a la cápsula. La culpa trata de escaparse a través de las cercas que he puesto. Lucho contra ella, no hay tiempo para la culpa. Si los demás se sorprenden por lo que han visto en la cápsula, hacen todo lo posible por ocultarlo. Gio se mantiene parado frente a la cápsula de escape mucho después de que los demás regresan al grupo. Mientras está allí, completamente solo, cobro conciencia de que él es el último superviviente del *Génesis 13*. Se vuelve y nuestros ojos se enganchan. Lo reto con una mirada para que me diga una maldita cosa al respecto, pero es más listo que eso. Ha descubierto lo que hizo Beatty para meterse en la nave conmigo, así que se queda callado.

Jacquelyn y Beckway realizan sus propias cuentas. Incluyéndolos, sólo veinte soldados imago están con nosotros. Aproximadamente un tercio del Remanente original y su reina en funciones, Greenlaw, no llegaron al espacio. Hay una breve discusión y puedo sentir la energía nerviosa acumulándose dentro de mí como una tormenta. Soy inútil para Emmett en este pasillo cualquiera.

Necesitamos movernos.

—¿Qué estamos esperando? —espeto finalmente.

Jacquelyn levanta una ceja.

—Que ustedes nos muestren el camino.

Por supuesto. Miro hacia atrás, a nuestro grupo, y agradezco a las estrellas por Parvin. Ella busca dentro de su mochila y saca uno de los exploradores de Babel. Debió haberlo tomado antes de dejar el Conjunto Siete. Esta chica nos ha salvado más veces de las que puedo contar, y lo hace otra vez ahora. Después de unos segundos, accede al mapa menos complicado y comienza a guiarnos a través de la enorme estación espacial.

—Estamos en el segundo piso —explica—. Si seguimos en esta dirección, hay un núcleo central. Tiene alrededor de cinco túneles conectados a él y creo que el centro de comando es uno de ésos. Las naves atracadas están en la dirección opuesta, a unos quinientos metros más o menos.

Sé que debería liderar, comandar, cualquier cosa. Pero lo único que puedo hacer es evitar correr por los pasillos y abrirme paso a través de los soldados de Babel para llegar al centro de comando. Nos adentramos hacia el centro de la estación. La falta de ventanas hace que todo el lugar se sienta claustrofóbico, peligroso.

Nuestra tripulación compone el flanco derecho de la partida de avance. El pasillo es lo suficientemente ancho para que siete marchen en él. Tomo mi lugar en la línea del frente y camino al lado de nuestros mejores guerreros. Azima levanta esa lanza mortal. Holly marcha entre las dos. Ella dobla sus dedos dentro de los familiares guantes de boxeo. Al verlas, Emmett vuelve a mi mente. Aprieto ambas hachas. Un susurro de miedo me recorre ante la idea de volver a usar la nyxia. ¿Qué pasa si reacciona como lo hizo en la cápsula? ¿Y si escapa de mi control? Pero luego recuerdo que he estado usando estas hachas por más de un año. Son mías, de cabo a rabo. Y voy a tener que usarlas lo suficientemente pronto.

Voy por ti, Emmett. Sólo espera. Sobrevive. Por favor.

—¿No hay fiesta de bienvenida? —bromea Katsu—. Es casi como si Babel no nos hubiera echado de menos.

Nadie ríe. Damos vuelta en otra esquina y el pasillo se ensancha hasta que estamos claramente caminando a través

269

del eje central que mencionó Parvin. Es un panal enorme. Salimos de nuestro túnel y nos encontramos mirando cuatro opciones idénticas. Parvin apunta a nuestra derecha.

—El centro de comando es en esa dirección —dice ella—. Las naves de Génesis están a la izquierda.

La voz de Noor resuena en nuestras filas posteriores.

—Vamos a las naves, ¿correcto?

—El centro de comando controla todo. Deberíamos ir allí primero —respondo rápidamente. No menciono el hecho de que también es nuestra mejor manera de descubrir qué está sucediendo en el planeta. Mi mejor oportunidad de salvar a Emmett.

—Tenemos que encontrar a Anton —agrega Alex—. El centro de comando es la mejor manera de hacerlo.

Miro a Parvin tragarse su primera respuesta. Me doy cuenta de que todos sus motores lógicos se están disparando. Ella quiere acabar con esa idea, pero perder a Omar le ha dado una nueva perspectiva. Entiende por qué Alex quiere encontrar a Anton, incluso si ésta no puede ser una prioridad para nuestro grupo. Por eso no le he rogado a nadie que me ayude a salvar a Emmett. Tengo que hacerles pensar que primero está lo mejor para el grupo.

—Sería genial tener ojos en todo —admite Parvin—. Pero si no nos movemos hacia las naves diseñadas para llevarnos a casa, Babel podría cerrarnos el paso. Si abordamos una de ellas primero, podremos garantizar que no nos quedaremos varados aquí en el espacio.

Todo el grupo se dispersa a medida que la discusión continúa. Puedo ver a los imago inquietarse. Incluso nuestra propia tripulación ha roto filas y comenzado a vagar por el núcleo.

Necesitamos seguir moviéndonos.

—¿Por qué no...?

Un sonido corta mi sugerencia. Todos escuchamos el traqueteo. Un objeto rebota por el túnel central y comienza a rodar. Metal sobre metal. La cosa se detiene a unos cinco metros del sitio hasta donde Roathy se había alejado, hastiado. Él mira hacia atrás, casi en cámara lenta, y sus ojos palpitan abiertos al máximo. Isadora grita.

Sé que va a morir y no hay nada que pueda hacer para salvarlo.

—¡Granada! ¡Todos al *suelo*! —grita Alex.

Alrededor de la mitad de nosotros caemos sobre la cubierta. Una figura se difumina desde la derecha. Se está moviendo tan rápido que apenas reconozco que es Ida. Ha estado tan callada desde que murió Loche. En realidad, no puedo recordar la última vez que la vi dejar el lado de Isadora, pero lo hace ahora. Esas pálidas manos lo alcanzan. Empuja a Roathy de cabeza a su izquierda, a salvo de la zona de explosión.

Y eso la deja expuesta.

Una explosión desgarra el aire. Nuestro mundo se silencia por un momento. Los escombros se dispersan. Echo una mirada a través del humo y veo a Ida inmóvil. Mi corazón está latiendo con fuerza.

—No, no, no...

Roathy regresa tosiendo con nosotros. Isadora está llorando cuando nuestras filas se abren para dejarlo pasar. Me obligo a volver mi mirada a lo que está por venir. Alguien tiró esa granada. Hay un agujero en uno de los túneles laterales. Un fuego breve arroja el humo que ensombrece todo frente a nosotros. Ya nos estamos preparando cuando las sombras avanzan a través de la niebla.

Observo mientras un grupo de marines de Babel se acerca a nosotros.

—¡Armas! —ordena Beckway—. ¡Formación compacta!

Su orden me despierta.

—¡Hombro con hombro! ¡Conmigo, Génesis!

Están lo suficientemente cerca como para ver sus rostros ahora. Babel aprendió su lección. Ninguna de las filas que se acercan maneja armas de fuego. Han sido demasiados enfrentamientos indefensos contra los imago para que vuelvan a cometer ese error. El equipo que se aproxima está constituido para un cuerpo a cuerpo. Y se han dividido en dos unidades claras: la primera línea de los marines lleva una armadura abultada y voluminosa; detrás de ellos, veo a un grupo de soldados con más movilidad, todos con lanzas de largo alcance.

Pongo mis ojos en el primer objetivo. Lo analizo en menos de un aliento. Su armadura es gruesa e incluso las juntas están selladas. No hay un punto débil hasta donde puedo ver, pero tampoco hay armas. Mientras bajan sus hombros para la ofensiva, entiendo su plan: romper las líneas y debilitarnos, exponer blancos fáciles para el segundo grupo. Así que me agacho y agito un hacha hacia la rodilla izquierda del marine.

El golpe barre sus piernas, y el impulso lo envía volando. Escucho al miembro de Génesis detrás de mí gritar sorprendido, pero ya estoy avanzando. El segundo soldado sostiene levantada una lanza, y estoy segura de que esperaba un objetivo distante, pero le traigo la pelea mucho más cerca de lo que él habría querido.

Una zancada y un golpe fallido con mi izquierda. Él levanta su lanza instintivamente, y mi hacha derecha se entierra en su cadera. Llevo la izquierda un segundo después. Uno menos.

Giro para alejarme de un golpe a mi derecha y entierro mi hacha en el desprevenido marine a mi izquierda. Sus filas reaccionan rápidamente. Retrocedo, con las armas levantadas, mientras las lanzas son disparadas desde todos los lados. Azima castiga a uno de los impacientes ofensores con un golpe perfecto. El guardia cae.

Pero los corpulentos soldados están haciendo daño. Nuestras líneas del frente están conmocionadas, en una media luna que se va desmoronando. Hay un grito cuando Holly cae. Me empujo contra la marea de cuerpos y encuentro mi próximo objetivo. Uno de los marines más corpulentos está en lo profundo de nuestras filas, causando caos. Está enfrentándose con Alex y un impresionante Roathy, y grita insultos mientras evade sus golpes con los antebrazos reforzados. Cuando ataca de nuevo, veo por fin la brecha en su armadura, justo en la parte posterior del cuello.

Un soldado más ligero ha seguido al guardia que ha abierto el camino y parece listo para aplastar a Alex. Lo empujo con el hombro para sacarlo de rumbo y con mi hacha golpeo el área expuesta del otro guardia. Aúlla antes de desplomarse.

Alex grita una advertencia, pero el ataque me ha dejado vulnerable. Me doy vuelta y recibo un golpe blindado en el pecho que me manda volando y me estrella con fuerza contra la pared lateral. Conmocionada, lo único que puedo hacer es mirar hacia arriba mientras se acerca el gran traje color cromo. Mi cabeza está girando mientras el marine da un paso al frente para asestar otro golpe. Unas manos me agarran y me alejan en el último segundo.

El marine aplasta la pared donde estaba mi cabeza. Gio está allí, tirando del cuello de mi traje y arrastrándome lejos.

Alex golpea nuevamente al marine blindado y uno de los imago se le une. Ambos atacan las zonas de articulaciones más débiles hasta que el marine cede. Gio me empuja para incorporarme otra vez.

—¿Estás bien?

—¡Bien! —grito en respuesta—. ¡Estoy bien!

Excepto que mi cabeza todavía está girando. Él se apresura para llenar el vacío en nuestras filas. Lucho por mantener el equilibrio mientras contemplo toda la escena. Holly está en el piso, pero sigue intentando golpear las piernas expuestas. Katsu tiene una gran herida en la mejilla y el antebrazo. Eso no le impide girar y balancearse.

Mientras nuestro lado de la habitación ha cedido un poco, los imago están avanzando con una precisión brutal. Beckway y Azima luchan juntos. Están rodeados de marines caídos.

Incluso entre el humo flotando pesadamente en el aire, puedo ver que las filas de Babel están fallando. Una nueva ola de vértigo casi me hace caer. Isadora está ahí, sin embargo, y ella me sostiene y me arrastra de regreso a un lugar seguro. Bordeamos a los soldados caídos mientras Noor se apresura hacia el frente para cubrir mi retirada.

—Tómalo con calma —dice Isadora—. Tienes una herida desagradable. Déjame echar un vistazo.

Sus manos tiemblan. La miro fijamente mientras la pelea continúa. Las líneas del frente están intercambiando golpes. Frunzo el ceño cuando cae uno de los soldados en la parte posterior de la formación de Babel.

Hay un grito. Cae el segundo.

Estoy escudriñando entre el humo cuando los soldados de Babel giran confundidos. Es suficiente para poner fin a la lucha.

Los imago avanzan por la izquierda y nuestra tripulación los acorrala por la derecha.

Toma otros diez segundos para que caiga el último marine. Todavía estoy mirando cuando una figura avanza a través del humo.

—Ya era hora de que aparecieran, idiotas.

Anton nos sonríe mientras Alex corre hacia él. Levanta al ruso en un abrazo aplastante. Ambos intercambian susurros feroces, seguidos por un beso aún más feroz. Mi corazón se rompe por Ida, pero late con un salvaje alivio al ver a Anton. Hemos perdido tanto, todavía hay tanto por perder. Pero mi amigo está vivo. Cuando él y Alex finalmente se separan, grito por encima del ruido.

—Pensé que se suponía que debías tomar el control de la nave.

Él me muestra el dedo medio.

—*Tomé* el control de la nave, pero lo perdí hace como una hora. ¡Y no gracias a ti!

—¿Quién tiene el control ahora? —pregunta Jacquelyn.

La respuesta de Anton es ahogada por las alarmas. Tres fuertes chillidos son seguidos por luces rojas intermitentes. Todos los ojos se abren cuando las entradas a los túneles circundantes comienzan a cerrarse. Sellos de vidrio se extienden hacia abajo desde el techo. La comprensión nos golpea: vamos a quedar atrapados.

—¡Pongan a todos en pie! —grito—. ¡Debemos *movernos*!

Isadora me ayuda a avanzar. Me dirijo directamente hacia el túnel que conduce al centro de comando. Todo es un caos. Todos nos estamos moviendo y empujando y luchando por pasar por debajo de la entrada que ha comenzado a cerrarse. Nos tropezamos con los marines muertos, y en medio de todo el pánico, me toma un segundo darme cuenta de que la mitad de nuestro grupo salió por el camino equivocado.

Parvin los condujo hacia las naves y la mayoría de los imago la siguieron también. Isadora me empuja por debajo de la puerta casi cerrada. Todos miramos impotentes al otro lado del claro. Parvin grita algo, pero el vidrio apaga el sonido. Noor y Holly decidieron seguirla.

—Anton —golpeo un puño en el vidrio—. ¿Cómo conseguimos que esto se abra?

Él sacude la cabeza.

—No podemos. Erone reactivó el sistema de control.

La cabeza de Jacquelyn se levanta.

—¿Erone? ¿Dijiste Erone?

Él asiente. Después de unos segundos de impotencia, Parvin ondea la mano para llamar nuestra atención. Cuando está segura de que la tiene, hace una señal. Levanta ambos dedos índices una y otra vez. Todo lo que puedo hacer es asentir. Su señal es clara. Levanto mis propios dedos índices en respuesta y asiento firmemente.

—*Génesis 11* —explico—. Quiere que nos reunamos de nuevo en el *Génesis 11*.

—La dejamos —las palabras vienen de Isadora. Está arrodillada en el extremo derecho de la barrera de vidrio. Ella me ayudó a ponerme a salvo, y dejamos a Ida en el proceso—. No está bien.

—¿Quieres honrarla? —pregunto en voz baja—. Sobrevive. Vive.

Anton asiente.

—Necesitamos movernos antes de que Erone cierre más secciones de la nave.

—¿Puedes llevarme con él? —pregunta Jacquelyn.

—No hay una maldita manera de que yo regrese allí —responde Anton—. No sé quién eres tú, pero sé lo que yo vi. Erone acaba de abandonar toda una nave llena de imago, le dio el control de la nave a Babel y mató a nuestra técnica más leal. No voy a ir a ninguna parte donde él esté. Tenemos que llegar a las naves y marcharnos.

—Dime cómo llegar allí —exige Jacquelyn.

—¿Escuchaste una palabra de lo que te dije? Yo soy el que liberó a Erone, para empezar, y él se volvió contra mí. ¿Qué te hace pensar que puedes hacerlo cambiar de opinión?

—Que soy su esposa.

La boca de Anton se cierra con fuerza.

Doy un paso en silencio.

—Dale instrucciones —le digo—. Pongámonos en marcha.

Una segunda alarma aulla. Más puertas están empezando a cerrarse.

Marchamos por el túnel.

Voy por ti, Emmett.

CAPÍTULO 28

LA TORRE ESPACIAL
Emmett Atwater

Diez minutos. Los últimos diez minutos de la clase me parecían interminables. ¿Pero ahora? Éstos son los más rápidos y aterradores de mi vida. Cada uno de nosotros está sentado dentro de su propio entorno nyxiano conjurado: cubos translúcidos del tamaño de cada persona apilados y atascados en una esquina de la nave de carga. Las paredes aíslan el ambiente dentro de la nyxia. No hay sonido dentro o fuera. Ningún cambio en la temperatura. Es la manera perfecta de conseguir un aventón al espacio.

Greenlaw echó un vistazo a mi primera demostración de la manipulación y asintió.

—Espacios de estabilidad. Por supuesto.

Al parecer, los imago han usado tecnología similar por siglos. Es una práctica de meditación para ellos. Ninguno de los imago tuvo problema para aprender a hacer la manipulación; a los demás les tomó un poco más. El padre de Kit pasó un momento especialmente difícil. Sus esfuerzos evidenciaron esa extraña pieza faltante en la preparación de Babel para apoderarse del planeta. Nosotros fuimos entrenados para saber cómo usar la nyxia hasta que nuestras cabezas terminaron dando vueltas. Tenemos un instinto para ello que les hace falta a los marines. Podría ser un factor decisivo en lo que viene.

Nuestra única vista del mundo exterior es a través de una serie de rendijas de ventilación. Cada una nos ofrece una mirada parcial del paisaje que va cambiando con rapidez. Veo temblar un cielo de azul celeste hasta la medianoche. La nave está golpeando, las ventanas vibran, alcanzo a ver algunos espacios en donde el metal se abolla. Pero ninguno de nosotros siente nada de eso. En cambio, nuestra atención está enfocada en la respiración constante, en no desperdiciar oxígeno.

Sigo mirando a través de la pequeña hendidura mientras aparece un atisbo de espacio. Ese fondo oscuro hace que las lunas destruidas se vuelvan más brillantes; la luz roja todavía arde y flamea en el centro. Los escombros continúan dispersándose en todas direcciones desde el impacto y una enorme nube de humo verdinegro se ha formado en los bordes. Nunca había visto nada igual.

No puedo dejar de pensar en lo que sucederá después. Mi mente vuelve a Speaker. ¿Sobrevivió a su ataque a las tropas de Babel? ¿Qué pasará con el resto de los imago abandonados? Cuanto más pienso en ellos, más difícil me resulta respirar.

Un movimiento atrae mi atención. Del otro lado de la ventana, hay una multitud de puntos azules brillantes. Entrecierro los ojos hacia el exterior. Tiene que ser uno de los otros anillos. Más naves de imago lanzándose al espacio. Rastreo su progreso, sabiendo que están diseñadas para encontrar la Torre Espacial de Babel, pero se dirigen directamente a una reunión de grandes escombros en donde veo la misma nube verdinegra de la que Craft nos alejó cuando estábamos en la superficie. El color se enrosca a través de los fragmentos de la luna destrozada que todavía están flotando en el espacio. Me trago un suspiro cuando las naves se acercan a una pared de objetos que se avecina.

La mitad de las naves la eluden y logran atravesarla. La otra mitad se zambulle directamente en la niebla congregada y la cortina verdinegra se los traga. Todavía estoy mirando, unos quince segundos después, cuando emergen por el otro lado. Alrededor de veinte entraron, sólo catorce salieron.

Y no salen ilesas: la niebla verdinegra sigue el rastro de cada una de ellas.

—¿El infierno?

Echo un vistazo alrededor y recuerdo que estoy separado de los demás. Antes de que pueda llamar su atención, nuestra nave se tambalea en una nueva dirección. Nuestra visión de los cambios espaciales y Gander nos avisan.

Nos estamos acercando a la nave. No hay ningún anuncio ni consolas que parpadeen para resaltar nuestra aproximación, sólo la inminente sombra de la bahía de acoplamiento. Gander sostiene una mano, con la palma extendida y los dedos estirados. La señal de los imago para *Esperen*. Quiere asegurarse de que nadie desactive su nyxia antes de que nos encontremos en un ambiente seguro y presurizado. Los segundos corren en nuestros ambientes insonorizados. La nave de carga da una sacudida final. Gander aprieta el puño dos veces.

Mis oídos sufren un doloroso estallido cuando vuelvo a manipular la nyxia en una forma más pequeña. Jazzy bosteza como si estuviera lidiando con lo mismo. Kit rompe el silencio.

—Eso fue fácil.

—¿Dónde estamos? —pregunto—. ¿En la Torre Espacial o en una de las naves?

Gander se acerca a la ventana y mira hacia el exterior. Le toma unos segundos orientarse antes de que se vuelva otra vez hacia nosotros.

—Esperaba que llegáramos directamente al *Génesis 11*, pero parece que el centro de carga está lleno y fuimos desviados a la torre. Su depósito de carga está en el piso superior.

—No es algo bueno, ¿cierto? —supongo.

—Hay mucha distancia entre nosotros y las naves que nos pueden llevar a casa. La torre es *de hecho* una torre, por así decirlo: tiene algo así como una gran estructura cilíndrica. Se alimenta y se conecta a lo que solíamos llamar el subsuelo. Babel mantiene todas las cosas vitales en los niveles inferiores. El centro de comando está allí, el espacio para las habitaciones e incluso la Hidrovía en donde ustedes entrenaron.

—¿Y las naves Génesis?

—Vinculadas en el extremo posterior del sótano —responde—. Hay una enorme bahía de carga ahí abajo que se conecta con todos los muelles de las naves individuales. Solíamos bromear sobre que ése era el único lugar en la nave lo suficientemente grande para albergar un juego de futbol completo. Desafortunadamente, eso está tan lejos de donde ahora nos encontramos sin estar flotando en el espacio.

—Genial. Entonces, ¿cuál es nuestro primer movimiento? —pregunto.

Está pensando en las opciones cuando la puerta trasera de la habitación se abre. La luz brillante irrumpe en el área de carga, y todos nos giramos para enfrentar a los intrusos.

Al *intruso*.

Un solo técnico se encuentra a unos cinco metros de distancia. Tiene su mano sujetando un botón negro, y está mirando en otra dirección con los auriculares colocados sobre su cabeza.

Craft se desliza hacia el frente con una facilidad mortal. En el último segundo, el técnico siente *algo*. Su cuello se pone rígido y comienza a dar la vuelta, pero es demasiado tarde. Un solo golpe lo hace caer girando al suelo. Craft avanza para terminar el trabajo, pero Bilal grita:

—Ya está abatido. Déjalo.

Craft mira hacia atrás y puedo ver el hambre en sus ojos. Él está haciendo el movimiento requerido. Las batallas nos esperan, marines que nos apuntarán a matar. Bilal necesita entenderlo.

Me sorprende un poco ver que Greenlaw asiente.

—Átenlo. Las batallas más grandes están esperando.

Craft frunce el ceño, pero manipula un pedazo más pequeño de nyxia y se dispone a cumplir con la tarea. Gander camina hacia la consola central de la habitación. Todos lo observamos escanear una tarjeta de identificación y luego revisar las lecturas convocadas. Kit está a su lado, parloteando animadamente.

Jalo a Bilal y Jazzy hacia un lado mientras ellos trabajan.

—¿Qué piensan ustedes? ¿Directo a las naves?

Jazzy asiente.

—El *Génesis 11* nos trajo aquí, nos puede llevar a casa.

Bilal suspira.

—Casa.

—Casa —coincido—. Todavía tenemos un largo camino por recorrer, ¿entendido? Bilal, podría ser necesario que peleemos.

Él me devuelve la mirada.

—Sólo haré aquello que sea necesario, Emmett. ¿Ese hombre de allá? Él no significa nada para nosotros. Se dedica a descargar cajas y escuchar música. No olvidaré a nuestros verdaderos enemigos.

—Y si él le envía nuestra ubicación a Defoe, ¿es nuestro enemigo, entonces?

—Estoy haciendo mi mejor esfuerzo para no matar lo que vale la pena salvar, incluso en mí mismo.

No estoy realmente seguro de cómo discutir con ese tipo de lógica. Bilal siempre ha hecho esto a su manera. Yo también tengo que hacer mi mejor esfuerzo. Deslizo ambas manos dentro de mis manoplas de boxeo y asiento con la cabeza.

—Me parece justo.

La espera es brutal. A Gander le lleva casi quince minutos reunir toda la información necesaria. Kit vuelve con nosotros, zumbando por el entusiasmo.

—Esto es como el episodio veintisiete —dice—. Es tan genial.

—Tuvimos suerte —añade Gander—. Hay un elevador de carga en la parte posterior de la habitación que baja hasta el piso principal. No estoy seguro de si ustedes lo recuerdan, pero hay un pasillo que conduce a través de la mitad inferior de la nave. Esa ruta nos llevará a la zona de carga principal que alberga a las naves de Génesis vinculadas. Si queremos escapar, ése es nuestro mejor plan.

—Quiero encontrar al Remanente —responde Greenlaw—. Y estoy segura de que ustedes querrán encontrar a los otros miembros de Génesis. ¿Creen que ir directo a las naves es la mejor manera de lograrlo?

Sacudo la cabeza.

—No tengo la menor idea. Si son inteligentes, se dirigirán directo a las naves. Si Babel las toma, ya no tendremos manera de regresar a casa. La estación es sólo un centro, ¿verdad? No puede volver a la Tierra.

Gander confirma mi suposición.

—Está diseñada para orbitar y alojar, no va a ninguna parte.

—¿Y entonces bajamos allá? —Jazzy chasquea los dedos—. ¿Así nada más?

—Los sistemas que se ejecutan en esa consola están diseñados por Babel —responde Gander—. Sé a ciencia cierta que Babel lanzó una tonelada de marines al espacio. Tenemos que asumir que ellos tienen el control de la nave.

Siento que mi corazón se hunde un poco. Estaba casi esperando llegar aquí y encontrar a Morning y compañía a cargo, o incluso a Anton. No es una buena señal que Babel todavía tenga las riendas. Y si es así, nuestra compañía complicará las cosas.

Echo un vistazo a Greenlaw y los dos hermanos: todos notarán a los imago.

—Entonces no podemos bajar como si nada con ellos.

Kit interviene en la conversación.

—¡Podemos hacer la artimaña de los prisioneros! Es *perfecta*. Aquí... —manipula un pedazo de nyxia en esposas y se acerca a Greenlaw—. Sólo pondré esto en tus muñecas y... —Greenlaw le ofrece a Kit una mirada afilada como un cuchillo—. O puedes ponértelas tú misma.

—No estaré atada —responde ella.

Craft camina hacia el frente de manera agresiva. La tensión llena el aire por un instante, pero me parece que me está gustando el plan de Kit. Es de ese tipo de cosas tan ridículas que pueden funcionar.

—En realidad no estarías atada —le digo—. Usaremos nyxia y podrías manipularla en cualquier cosa que quieras en menos de un segundo. Es sólo una trampa, Greenlaw. Pretendemos que estamos bajando prisioneros para ver a Defoe. Cualquier marine de Babel que los vea caminando sin esposas va a intervenir y no sabemos cuántos hay. Ésta podría ser nuestra mejor apuesta para llegar a las naves sin tener que pelear.

Bilal interviene.

—Me gusta este plan. Es mejor que abrirnos paso a través de los soldados de Babel.

Greenlaw finalmente asiente.

—Bien, pero nosotros controlaremos la nyxia alrededor de nuestras muñecas. Si hay incluso el más mínimo indicio de traición, iré por ti primero.

Ella señala a Gander, y su rostro palidece.

—Por supuesto. Sí. Nada de qué preocuparse.

Nos lleva alrededor de cinco minutos decidir quién debería hacer qué. Los tres imago son elecciones obvias, pero Gander sugiere que yo también me ponga unas esposas.

—Les diremos a todos los que nos encontremos que los altos mandos quieren verte —dice—. Pensarán que es extraño si estamos entregando a unos pocos imago. ¿Pero un miembro rebelde de *Génesis 11*?

Me muevo con incomodidad. Una cosa era discutir el plan cuando Greenlaw era quien tendría esposas. He pasado la mayor parte de mi vida haciendo todo lo posible para evitar la sensación del hierro alrededor de mis muñecas. Pero estamos al final ahora y se requieren medidas desesperadas. Manipulo un par de esposas que coinciden con las de ellos y las cierro alrededor de mis muñecas.

—Hagámoslo.

Nuestra tripulación se reúne en la parte posterior de la sala. Kit pone una mano en el hombro de Diallo. Gander está detrás de Craft, y Jazzy se mueve detrás de Greenlaw. Bilal será mi guardián. Todos vemos a Gander deslizar su tarjeta de identificación y presionar el botón. Una energía nerviosa pulsa a través de nosotros.

—No hay manera de que esto salga mal —susurro.

Se escucha un suave sonido metálico. La puerta se abre. Una luz azul brilla dentro del enorme ascensor. Gander nos dirige hacia el lado derecho y nos acomoda en un orden creíble, antes de presionar el botón del piso más bajo. Todo el espacio se tambalea cuando se pone en movimiento. Casi puedo escuchar los corazones de todos latiendo acelerados.

Bajamos un piso. Otro.

Y luego el sonido metálico de la puerta vuelve a escucharse. El elevador se detiene. Estamos a unos cinco pisos de nuestro objetivo y alguien está a punto de unirse a nosotros.

—Bueno, eso no está bien —susurra Kit.

La puerta se desliza en la parte superior y escucho a Bilal jadear en mi oído. Observamos un hangar lleno. Alrededor de siete naves pequeñas han atracado y hay literalmente *cientos* de marines moviéndose por el área, ladrando órdenes, organizándose en escuadrones. Un capitán robusto da un paso al frente e irrumpe en nuestra visión. Nos mira a todos antes de llevar a sus soldados al interior. La mano de Bilal se hunde en mi hombro. Mi mandíbula se aprieta mientras hago el conteo. Doce marines de Babel abordan con nosotros.

No les toma mucho tiempo percatarse de a quién se están uniendo. El rostro del capitán se ilumina al ver a los tres imago con nosotros.

—¡No, mierda! ¡Miren esto! ¡Adamitas!

Los soldados rompen filas por un instante para echar un vistazo. Gander asiente respetuosamente hacia el capitán.

—Los atrapé en el área de envío —se acerca y me golpea el hombro con fuerza—. Este idiota les estaba ayudando a subir a la Torre. Los superiores quieren verlos de inmediato.

El capitán se acerca y pulsa el botón 3. Puedo verlo darles vueltas a las palabras de Gander hasta que frunce el ceño.

—¿No está la mayoría en el hangar?

Gander no duda.

—No *los* superiores.

—¿Directo con Defoe? —el capitán se ve impresionado—. Debe tener algo personal en contra de ellos si está rompiendo el protocolo sólo para traerlos.

Mi corazón se detiene cuando el capitán se acerca y aprieta la mandíbula de Greenlaw. Se mueve para quedar justo frente a ella.

—¿Qué hiciste, eh? ¿Algo horrible?

Ríe. Los otros marines se unen a él. Craft lo está matando con la mirada. El tipo no tiene idea de que está maltratando a una reina. Intento estabilizar mi respiración mientras espero a que suceda lo inevitable. No le tomaría mucho a Greenlaw cortarlo de pies a cabeza, pero estamos en un lugar estrecho y totalmente sobrepasados en número. Lo destaza, y los demás no saldremos vivos.

En cambio, ella fija sus ojos en las puertas. El timbre anuncia su parada.

El capitán vuelve a reírse y asiente hacia Gander.

—Ésta es la nuestra. Hubo brechas en el nivel tres. No deben haber tenido tiempo de extenderse, pero en caso de que no los matemos a todos, estén atentos, ¿de acuerdo? ¡Que se diviertan!

Gander asiente con rigidez. El resto miramos mientras las puertas se abren. El primer par de marines se desliza fuera con las armas levantadas y los ojos escudriñando sus alrededores. Nuestra vista no ofrece mucho: una pared gris con los circuitos habituales debajo del vidrio. Los soldados se mueven en impecable formación. El capitán es el último, al otro lado. Se vuelve para decir algo, pero un grito lo interrumpe. Comienza el tiroteo. Mis ojos se abren enormes cuando un soldado es lanzado a través de la habitación.

Formas negras se deslizan con gracia mortal a través de sus filas.

Casi los confundo con imago, pero esto...

... esto es algo completamente distinto. La palabra que viene a mi mente es *corrupción*. Las criaturas atacan, y cada golpe llena el aire con el familiar humo verdinegro. Los marines gritan. Su piel hace *erupción*. Sus ojos se vuelven negros. Brazos más afilados que espadas atraviesan sus pechos. Puedo ver la constitución y la forma de los imago por debajo, pero un líquido negro cubre sus rostros y la parte superior de sus cuerpos.

Es la misma niebla que vi en el espacio. La misma que rodeaba el fragmento de meteorito caído. Craft dijo que era un veneno que controla la mente, pero esto parece... mucho más que eso. Todavía estoy mirando cómo una de las criaturas levanta al repugnante capitán en el aire. Él grita mientras es llevado hacia un oscuro abrazo. La niebla verde florece. La sangre salpica el piso.

Jazzy nos salva.

Ella respira hondo y se lanza a través de nuestras filas petrificadas. Las puertas no se han cerrado, porque uno de los marines retrocedió y, apoyado hacia atrás, cubre el hueco. Jazzy aterriza una patada en su espalda baja. El marine cae en el caos, y Jazzy presiona el botón para cerrar la puerta. Todo el ascensor se estremece con el movimiento.

El humo verdinegro inunda el claro. Comienza a enfilarse hacia nosotros. Una de las criaturas se vuelve en nuestra dirección y deja escapar un grito escalofriante. Pero se lanza un segundo demasiado tarde.

Las puertas del elevador se cierran de golpe.

Casi me desplomo de rodillas cuando éste empieza a moverse.

La voz de Kit tiembla.

—No es mi episodio favorito hasta el momento.

—¿Qué demonios fue *eso*? —pregunto.

Por primera vez, los tres imago lucen aterrorizados. Craft sacude la cabeza.

—Eso fue algo más. He visto lo que la sustancia puede hacer en nuestro planeta, pero nunca fue tan definitivo. Podías liberar a alguien de su efecto. Pero esto...

—Si vamos a regresar a su mundo —dice Greenlaw calladamente—, sugiero que no llevemos nada de eso con nosotros. Tendremos que movernos rápido, necesitamos dejarlos atrás a toda costa.

Su reacción triplica mis propios miedos. Cobro conciencia de que estoy conteniendo la respiración, como si todavía me preocupara que la sustancia esté flotando en el aire que nos rodea. Nadie más habla mientras nuestro descenso continúa.

CAPÍTULO 29

LA COSA MÁS SILENCIOSA
Longwei Yu

Sigo a Defoe al centro de mando. Explora el lugar breve- mente, pero está claro que ya esperaba que se encontrara vacío. Nuestra marcha a través de los corredores no representó ningún desafío. Las puertas se abrieron con menos de un mo- vimiento de la mano de Defoe. Tan en control como parece estar, hay un cierto apuro en sus movimientos. Ha ganado alguna ventaja y está ansioso por mantenerla.

Nos movemos hacia la consola principal en la sala, pero a medida que nuestra vista en ángulo del espacio cambia, los dos olvidamos por un instante por qué estamos aquí. Las ven- tanas panorámicas nos ofrecen una vista que no podemos re- sistir. Allá afuera, las consecuencias de una colisión.

Me doy cuenta de que ambos somos atraídos por dife- rentes razones. Yo estoy observando el cumplimiento de lo que sabía que sucedería. Defoe, sin embargo, ve la pieza final de su rompecabezas sin resolver. Ambas lunas se han hecho añicos y sus fragmentos oscuros se dispersan en todas direc- ciones. En el punto de impacto, todavía hay un poco de luz de las explosiones moribundas. A contraluz de las llamas, la destrucción parece aún más definitiva. Noto una extraña nie- bla verde que se enrosca entre los restos de la colisión.

Algo en la vista hace que un escalofrío baje por mi espalda. Mis ojos siguen un rastro de escombros que avanza de manera constante hacia Magnia. La gravedad los atrae lentamente hacia abajo.

El mundo se acabará.

Defoe habla.

—Estaban escapando. Ellos *sabían* de las lunas.

Me sobresalto con el sonido de su voz. Sus palabras se traducen de nuevo. Se vuelve hacia mí, desconfiado ante mi reacción.

—Puedo entenderle —explico—. Está funcionando otra vez.

Defoe frunce el ceño. Puedo verlo intentando comprender todos los enigmas, pero es lo suficientemente inteligente para percatarse de que no tenemos tiempo para los pequeños detalles.

—Aseguremos la nave.

Lo sigo. Estamos solos, y de nuevo me encuentro preguntándome si ahora es el momento. Defoe me da la espalda y se inclina sobre la consola central. Él no cree que yo pueda hacerle daño, piensa que todavía estoy sosteniendo la espada mellada que me dio en el planeta. Tomo mi lugar junto a él y sopeso mis opciones. No puedo matarlo hasta que sepa cuál es la situación...

—Brechas —reflexiona Defoe—. Las marcas rojas son brechas.

Un golpe de su mano hace que el esquema vuele en el aire. En el extremo izquierdo, está la torre real. Seis niveles separados, todos apilados uno encima del otro. Un piso está completamente encendido de luces azules por el movimiento, ¿pero abajo, en el tercer piso? Todas las luces parpadean en rojo.

—El azul es para nuestras tropas —explica Defoe—. Ellos han seguido el protocolo a la perfección. Tenemos al menos trescientos marines a bordo en este momento. El único problema...

Él no tiene que terminar esa frase. Puedo ver el problema. Las marcas rojas han aparecido por todas partes. Defoe hace girar las lecturas digitales, y es como un cuerpo que está demasiado infestado y enfermo como para que se pueda salvar. Hay brechas en el tercer piso, y aparecen marcas coincidentes en el *Génesis 13*, además de un puñado de marcas en el *Génesis 14*. Encuentro nuestra ubicación en el plano, un pequeño círculo dorado, y puedo ver que estamos situados de manera segura en una de las secciones más bajas de la Torre Espacial.

Pero sólo dos pisos por debajo de nosotros, más puntos rojos están floreciendo.

—Hay adamitas por todas partes —concluye Defoe.

¿Mis amigos están con ellos? Una nueva esperanza crece en mi corazón. Tal vez lo lograron, finalmente. O tal vez éstas son las naves de los otros anillos. Sólo hay una forma de averiguarlo.

—¿Podemos mostrar las cámaras? —pregunto, recordando que la seguridad a bordo de la nave era sólida—. De esa manera podríamos tener una mejor idea sobre los números que estamos enfrentando.

Defoe sacude la cabeza.

—Abrir ese sistema les dará a los técnicos una herramienta más para evitar mi bloqueo. Además, conocemos los números. La estación de lanzamiento de los imago que destruimos tenía treinta naves. Las inspeccioné yo mismo. Cada una era biplaza. Sesenta imago por estación. Si cada uno de los anillos tenía una vía de escape...

Su voz se desvanece. Tal vez por primera vez se da cuenta de que no hubo una verdadera victoria ese día. Al final, no fue él quien destruyó el Conjunto Siete. Ahora ve que sólo puede reclamar lo que los imago le entregaron libremente. Y esto trae una sonrisa a su rostro, de hecho.

—Astutos bastardos —dice—. Estuvieron *tan* cerca de ganar también.

Digo lo único que se me ocurre.

—¿Qué hacemos ahora?

Revisa las lecturas de nuevo.

—La estación está perdida, es tiempo de amputar. Computadora, resalta nuestra mejor ruta hacia la bahía de carga de Génesis. Crea dos rutas. Una desde nuestra ubicación actual, y otra desde la bahía auxiliar en el quinto piso. Vamos a cerrar el resto de la torre. Quiero un bloqueo completo, no sólo la red de emergencia. No hay acceso para nadie que no sea Babel. Y extiende el control total a mi dispositivo móvil. Tenemos que movernos.

La computadora procesa antes de responder: "Afirmativo".

Defoe evalúa el familiar panel de datos. Observo cómo se ilumina un camino seguro hacia la bahía de acoplamiento a la que llegamos después de nuestro tiempo a bordo del *Génesis 11*. Es la misma sala inmensa donde conocimos a los miembros de *Génesis 12*. El plan de Defoe está claro. Él usó la palabra *amputar*, y justo de eso se trata. En lugar de luchar contra los imago en toda la nave, está cortando una extremidad y reduciendo la batalla a la única cosa que importa: las naves que pueden ir a casa. Y de todas las naves reunidas sólo una no muestra signos de brechas.

—¿Así que vamos a tomar el *Génesis 11*?

Defoe asiente una vez.

—Estado de la nave, por favor.

Las estadísticas brillan. *Génesis 12* no reporta datos; algo malo le debe haber pasado, pero no estoy seguro por qué. *Génesis 11* y *13* muestran números positivos. Por último, noto un punto rojo que gira alrededor de la *Génesis 14*.

—¿Qué significa eso? —pregunto.

—Nunca fue reabastecida.

En la esquina de la pantalla, un mensaje urgente. Defoe se estira y toca dos veces el cuadro. Éste se expande y muestra la transmisión en vivo de un reluciente general de Babel.

—¿Cuáles son nuestras órdenes, señor?

—Protocolo de evacuación —responde Defoe. Puedo ver la sorpresa en el rostro del general—. He seccionado toda la torre. No mantendrá a los adamitas para siempre, pero la ruta de ustedes es clara y la de ellos no. Quiero que todas las tropas se dirijan a la bahía de carga de Génesis ahora. Estoy subiendo una lista actualizada de los lugares en donde se abrieron brechas y de las áreas de contención para ustedes. Procedan con precaución. Oídos abiertos para cualquier cambio de órdenes.

El general vacila.

—Seguimos el protocolo en cuanto llegaron. Todos nuestros muchachos se prepararon, y localizamos el primer punto de ruptura. Envié un equipo al tercer piso, pero perdimos contacto con ellos. No hemos recibido ninguna respuesta. ¿Quiere que enviemos otro?

Defoe sacude la cabeza.

—Negativo. Evite el contacto con los adamitas. Quiero que aseguremos la bahía de acoplamiento antes de que siquiera pensemos en enfrentarlos. ¿Entendido?

—Afirmativo.

Ellos intercambian un asentimiento antes de que Defoe golpee la pantalla.

Él se vuelve hacia mí. Es sutil, pero sus ojos se mueven brevemente hacia mi espada. Un segundo después, fija su atención en las lunas destrozadas fuera del centro de comando. Me pregunto si está considerando los riesgos de dejarme sin armas. Si nos encontráramos con los imago, la espada que me dio originalmente sería inútil y no podría ayudarlo. Defoe decide confiar en sus propias habilidades.

Da un último vistazo por la ventana y asiente con la cabeza hacia mí.

—Pongámonos en marcha.

Sigo al rey de Babel por los pasillos. Mi espada rebota contra mi espalda a cada paso. Puedo sentir que el momento se aproxima en lo más profundo de mi corazón. Las batallas están esperando a lo lejos. Intento mantener mis manos firmes. Mi momento se acerca. Daré un golpe que hará eco.

Por ahora, marcho tranquilamente tras mi desconocido objetivo.

Todos los que nos encontremos verán a Defoe primero.

Soy lo más silencioso a bordo de la nave.

CAPÍTULO 30

VIEJOS TRUCOS
Emmett Atwater

El ascensor se abre de nuevo, pero esta vez los pasillos están vacíos. Nadie nos espera para darnos la bienvenida. Gander sugiere que conservemos un ritmo normal y avancemos lentamente hacia el corredor principal. Mantenemos la farsa. Nadie dice tanto como una palabra.

Se siente como el día que terminamos nuestra competencia. Ese día caminé hacia las cápsulas de escape y era como si los pasillos estuvieran llenos de fantasmas. La tarjeta de Gander nos lleva hasta el corredor principal. Cada vez que la pasa, se ve tan sorprendido como nosotros de que esté funcionando.

Cuando finalmente llegamos, me doy cuenta de que sí recuerdo el pasillo principal. Es el camino que tomábamos todos los días para llegar a la Hidrovía. Hay algunas entradas aleatorias a nuestra derecha; supongo que deben ser los puentes que Requin y Defoe usaban para observar nuestro progreso.

Damos vuelta en otra esquina, y reconozco esta sección de la nave.

Nuestras habitaciones están a la derecha. El lugar donde conocí a Morning. Los pequeños miedos vuelven a la vida.

¿Dónde está ella? ¿Dónde están los otros? ¿Sobrevivieron? ¿Fueron capturados?

Esos pensamientos todavía me están martillando cuando Bilal se detiene de manera abrupta. Todo nuestro grupo vacila cuando vemos a los intrusos a unos cincuenta metros más adelante. Se ven tan sorprendidos de vernos como nosotros. Una maldición sisea a través de mis labios.

—Defoe.

Sobrevivió a su vuelo por el bosque. Noto la gruesa almohadilla alrededor de la base de su brazo izquierdo, donde Morning le cercenó la mano con un golpe limpio. Pero la verdadera sorpresa es la persona que viene caminando a su lado: Longwei. Lo consiguió. Se infiltró en las filas de Babel.

Sus reacciones lo dicen todo. Los ojos de Longwei se abren ampliamente, mientras los de Defoe se entrecierran.

Él observa nuestro grupo, sus ojos trazan los detalles en menos de unos segundos. Miro a Longwei y espero una señal. Si alguna vez ha habido un momento para que mi amigo actúe, es éste. Puedo ver la espada colgando de su espalda; su mano se levanta hacia la empuñadura. Siento que apenas estoy respirando. Todo pende de un hilo en este instante.

—Trajiste prisioneros —dice Defoe.

Lo conozco lo suficientemente bien ahora. Es una frase de sondeo, pero Gander no se da cuenta.

—Los atrapamos en una de las naves de carga —dice.

—¿Y los trajiste aquí?

Gander asiente.

—Éste es de *Génesis 11*. Pensé que usted querría verlo de inmediato.

—¿Desafiando directamente las órdenes que di en toda la nave?

Defoe se estira para alcanzar su dispositivo móvil. Sus ojos se fijan en nosotros mientras pasa el dedo por él. Hay una explosión de ruido en el corredor circundante. Las puertas sisean cuando se desprenden; una corta el corredor en dos y nos separa de Longwei y Defoe, las otras obstruyen nuestro acceso a las habitaciones y los pasillos a nuestra derecha.

Estamos atrapados.

Defoe vuelve a pasar el dedo. Su voz resuena en el aire mientras se proyecta en toda la nave.

—General High, necesito que envíe dos unidades a la zona cero. Tendrán acceso a través de la nave de carga. He bloqueado todas las entradas. Nuestros objetivos están atrapados en el ala sureste del corredor central. Son ocho. Elimine el acceso de las credenciales de Kit y Holden Gander. Proceda con precaución.

Los ojos de Longwei pasan de Defoe a nosotros. Tiene la ventaja. Además, Defoe ya no es tan fuerte como solía ser. Todo lo que se necesita es que él golpee. Se lame los labios una vez. Defoe gira y susurra algo antes de marchar por un túnel adyacente.

—¡Longwei! —grito.

Pero sigue a Defoe. Casi no puedo creer lo que estoy viendo. Se está salvando a sí mismo. Supongo que nunca cambió en absoluto. Miro otra vez a nuestra tripulación. Los Gander caminan por el pasillo exterior y prueban todas las entradas. Sin embargo, está claro que sus tarjetas ya no funcionan. Jazzy retrocede en la dirección por la que veníamos, pero regresa unos segundos más tarde.

—Hay una barrera como ésta —dice—. Estamos atrapados.

Greenlaw transforma su nyxia en una espada enorme. Ajusta su agarre y clava la punta en la barrera de vidrio. Sin embargo, antes de que pueda llegar siquiera a la superficie, la atraviesa un destello negro. La punta de su espada se detiene a un suspiro antes de alcanzar la pared.

—Qué listos —dice, luego se vuelve hacia nosotros—. ¿Ahora qué?

Todavía estoy procesando la traición de Longwei cuando advierto que Bilal no está con nosotros.

—¿Bilal? —y entonces me encuentro gritando—. ¡Bilal!

Se escucha un golpe a nuestra derecha. Mi corazón se detiene cuando Bilal atraviesa una puerta batiente que yo no había notado y la mantiene abierta como un empleado de hotel.

—Nuestra ruta de escape.

El resto del grupo cruza hacia donde él está parado. La puerta conduce a una habitación en penumbras. El vidrio corre a lo largo de la única pared que podemos ver desde donde estamos parados.

—Aquí es desde donde los observaba a todos —dice Bilal— cuando me lesioné y no pude participar en las primeras semanas de duelos. Venía aquí y los miraba, los animaba. Por alguna razón, recordé que las puertas eran... viejas. No parecen ser como todo lo demás, ¿cierto? No se necesita un código de seguridad para entrar.

Él las balancea para abrirlas más y todos entramos.

—El Salvavidas, Bilal —le digo, dándole una palmada en el hombro mientras pasamos.

Las luces de emergencia brillan a lo largo de las cenefas. Esta parte de la estación la han dejado sin energía eléctrica, pero aún puedo ver el más leve reflejo de la luz que corre sobre la superficie del agua bajo nosotros. Cuando todos estamos dentro, Bilal cierra la puerta.

—Hay una escalera de caracol tras la puerta opuesta que lleva hasta la Hidrovía. Yo nunca la usé, pero Requin y Defoe llegaron por ahí varias veces.

Jazzy abre la puerta. Una escalera sin iluminación espera.

—Sigamos moviéndonos —sugiere Gander—. Las unidades estarán aquí en cinco minutos. Voy a encontrar el mejor punto de salida. La Hidrovía es su propio sistema. Tal vez podamos hallar la salida correcta antes de que bloqueen todo. Bilal, ¿hay otros puentes? Tendremos que volver a cruzar una vez que lleguemos al lugar correcto.

Escucho un ligero *clic*. La luz se agita en los hombros de Jazzy. Nos conduce por la escalera mientras Bilal responde:

—Había otro puente. En el lado opuesto.

—Podría estar demasiado lejos —dice Gander—. ¿Hay otras salidas?

Bilal asiente.

—A lo largo del borde exterior de la Hidrovía.

—Así que sólo tenemos que cruzar de alguna manera…

Nuestro avance nos hace pasar de nuevo a través de un par de puertas dobles. Una repentina corriente de viento golpea al grupo. Todos miramos hacia la sala cavernosa que alberga la Hidrovía. La luz del hombro de Jazzy se refleja directamente en un par de barcos que flotan en el agua justo frente a nosotros.

—Gander, averigua adónde debemos ir —le ordeno—. Todos los demás, llevemos el barco al agua. Jazzy, tú estás de guardia. Kit y Bilal, tomen las estaciones defensivas, las traseras. Si nos están persiguiendo, ahí es donde los necesitaremos. Craft y Diallo, ¿pueden conducir ustedes dos?

—Por supuesto que podemos conducir —responde Craft de manera tajante—. Aun cuando el barco parece… anticuado.

Me vuelvo y me doy cuenta de que la única persona a la que no le he asignado una tarea es a Greenlaw. Y luego tomo conciencia de que, en el pánico de la fuga, simplemente actué como el capitán mientras caminaba junto a una reina. Le lanzo una mirada torpe, pero ella no le da importancia.

—Eres el capitán del barco. Éste es tu territorio. Tomaré la posición de poder en la parte posterior. Éste no es momento para pretensiones.

Le devuelvo la sonrisa cuando abordamos el barco. Se necesita un poco de esfuerzo apartarlo del barandal y desenredarlo de las amarras, pero en poco tiempo nos estamos alejando. Tomo el asiento del capitán y siento que las conexiones cobran vida. Greenlaw dirige su energía hacia el motor. Se escucha un breve rugido antes de que el sonido se apague por completo. Levanto una ceja y susurro a través de nuestro enlace.

—¿Cómo estás haciendo eso?

—Es el mismo truco que usé con el rifle afuera del Refugio del Barranco —responde ella—. Puse a un lado un trozo de nyxia, y estoy encauzando todo el ruido.

—Perfecto —le contesto—. De acuerdo, Jazzy, escanea cada treinta segundos. Manejemos esto como una misión nocturna: absoluto silencio, cubre nuestra señal, todas esas cosas. Gander, ¿adónde vamos?

—B-34 —responde—. Es una de las entradas de emergencia que usaban los buzos para entrar y salir durante nuestros entrenamientos. Hay una escotilla que conduce al área de carga para todas las naves del Génesis. Estamos bajo el puente H.

Se percibe ruido por encima de nosotros. Una breve intensidad en la sala del puente. Soldados llegan y buscan.

—Paz y tranquilidad —susurro—. Pongámonos en marcha.

El barco pasa por los muelles. El silencio se rompe sólo por los ocasionales susurros de Jazzy. Ella dirige a Diallo y Craft a través de los obstáculos que abandonamos en nuestro último desafío en la Hidrovía. No recuerdo esa ocasión en particular porque al comienzo salté por la borda y tiré a Morning al agua. Cuando rodeamos la primera curva, miro hacia atrás. Sólo puedo distinguir el movimiento en el puente de mando. ¿Cuánto tiempo pasará hasta que descubran adónde fuimos?

—Emmett... —Jazzy vacila—. Creo que hay algo... delante de nosotros...

Mis ojos buscan en la oscuridad. Es difícil distinguir algo en las sombras inquietas.

—¿Está en el radar?

Puedo verla levantarse un poco para ver mejor por encima de la barandilla.

—No. Es... Habría jurado...

La colisión se produce sin previo aviso. Hay un fuerte chasquido de madera triturando madera. El impacto me lanza tambaleante fuera de la silla del capitán. Jazzy sólo logró volver a su puesto en el último segundo.

—¿Qué demonios golpeamos? —pregunto en un susurro.

Una sombra se eleva. Mi mente vuelve a las criaturas corrompidas que vimos en el tercer piso cuando ésta salta a bordo. Comienzo a estirarme para tomar mis manoplas de boxeo cuando la sombra habla.

—Supongo que tendré que aceptar el hecho de que voy a llegar antes que tú a *dondequiera* que vayamos.

Me levanto a tiempo para ser aplastado por el abrazo de Morning. Ella me entierra contra las tablas del piso mientras el resto de la tripulación intenta procesar lo que está sucediendo. La voz de Katsu resuena más allá del agua.

—¡Aprende a conducir, Jazzy!

Ella ríe en respuesta.

—*Tú* te lanzaste hacia *nosotros*.

El alivio me traspasa. Morning entierra su cara en mi pecho. Me permito sentirme seguro y completo casi un respiro. Sé que nada de esto ha terminado; ni siquiera estamos cerca. Todavía hay una buena posibilidad de que muramos aquí, pero ahora el final de la historia es algo que escribiremos juntos.

—No iría a casa sin ti. Gracias por ahorrarme algunos problemas —susurra ella en mi cuello.

Sonríe antes de ayudarme a incorporarme otra vez. Cuando mis ojos se adaptan a la distancia y la oscuridad, veo a su tripulación: Azima. Katsu. Isadora. Roathy. Gio. Beckway. Alex...

—¿... Anton? ¿Estás vivo?

Él asiente.

—Todo el mundo suena demasiado sorprendido.

Es difícil no darse cuenta de los miembros de Génesis que faltan.

—¿Dónde están los demás?

—Nos dividimos —dice Morning—. Se dirigieron hacia el *Génesis 11*. Nosotros estábamos tratando de regresar al centro de comando, pero ahora que están aquí, podremos reunirnos todos con ellos. ¿Saben adónde van?

—La salida es B-34 —respondo—. El padre de Kit nos ayudó con la ubicación.

Ella entrecierra los ojos a través de la oscuridad.

—¿Kit está aquí? ¡Así es como llegaste a la nave! ¡Fuiste a la Fundidora! ¡Eso es tan inteligente!

Greenlaw finalmente se asoma.

—¡Hey! Estamos siendo *perseguidos*. Una reunión podría ser agradable, pero encarecidamente les sugiero que la tengamos después de que Babel sea derrotada. ¡Muévanse!

Morning asiente con la cabeza.

—Te dije que me agradaba. Nuestro barco sufrió un daño mayor en esa colisión. Hagamos que todos suban acá y pongámonos en movimiento.

Su tripulación tarda unos treinta segundos en subir con nosotros. Anton es el último. Cuando advierte que es Bilal quien lo está ayudando a cruzar la brecha, envuelve a mi amigo en un inesperado abrazo.

—Estás vivo. Gracias a Dios, estás vivo.

Había olvidado la historia entre ellos. Bilal y Anton fueron ubicados en la misma habitación al final de nuestro entrenamiento y Babel les dijo que sólo uno podría sobrevivir. Anton también se responsabilizó de lo que sucedió, aunque sabíamos que era culpa de Babel. Bilal le da palmadas en su espalda.

—Te dije que estaría bien, ¿no? Me alegro de verte, Anton.

La tripulación se agolpa sana y salva a bordo. Los escudos todavía están en la parte trasera de nuestro barco. Estoy a punto de ordenar que avancemos cuando las luces se ciernen por encima de nosotros, como si alguien hubiera encendido el interruptor para toda el área. Entrecerramos los ojos y escucho el eco del sonido de vidrios rotos proveniente de todas las direcciones a la vez.

Los marines de Babel hacen a un lado todas las esquirlas, colocan sus armas en las cornisas y apuntan.

CAPÍTULO 31

LOS TRAIDORES
Emmett Atwater

—¡Escudos arriba! —grito—. ¡Motores, Greenlaw! Los disparos estallan desde arriba, pero nuestras estaciones nyxianas responden. Los escudos negros cubren el barco mientras avanzamos sobre el río artificial. Hay otro fuerte roce cuando pasamos junto al barco abandonado. Greenlaw no se molesta en silenciar los motores ahora. Ella los acelera y pone más fuerza en ello de la que puedo recordar que jamás haya sentido de Longwei. Vuelve a través de las estaciones conectadas y, cuando nos alejamos de la barrera principal, advierto que es lo único que mantiene intactos los escudos.

Tomamos un nuevo giro, y Gander grita a través del comunicador.

—Estamos pasando por la sección C. La B-34 debe estar a la derecha, inmediatamente después de la siguiente recta.

Craft y Diallo nos guían hacia ese lado de la Hidrovía. Unos cuantos disparos más resuenan sobre nuestro grupo, pero lentamente ponemos distancia entre nosotros y las dos unidades que nos persiguen cuando doblamos una esquina. Estoy pensando que ya estamos fuera de peligro, cuando Bilal apunta más allá de nosotros. Rodeando en la dirección opuesta, justo al doblar la curva, está un barco liderado por Babel. Los marines están preparados en las estaciones delanteras.

—¡Cañones, Bilal! —grito.

Él no duda. Tal vez sea sólo el instinto de todos esos ejercicios de las prácticas. Convierte su cañón, y Azima aparta a Kit para hacer lo mismo en la estación opuesta. Ambos apuntan mientras el barco de Babel sale de su giro.

—¡Fuego cuando estén listos!

Morning está parada a mi lado, contando en voz baja.

—B-40, B-39, B-38... ¡Baja la velocidad, Greenlaw! La salida se acerca.

Espero que los motores se apaguen, como solíamos hacerlo en el entrenamiento. En cambio, ella simplemente redirige la energía reunida. Nuestro impulso se ralentiza, y el estallido de los cañones de Bilal y Azima casi se triplica en tamaño. La explosión sacude toda nuestra nave y satura el aire con luz brillante. Todos miramos fijamente mientras los marines de Babel giran con brusquedad. La ráfaga de energía brilla justo al pasar a un costado de su nave.

Y naufraga otro barco a la vuelta de la esquina.

Nuestra tripulación deja escapar un rugido mientras nuestro propio flanco patina contra los costados inclinados de la Hidrovía. Morning me aprieta el hombro.

—Estuviste genial, pero yo me hago cargo a partir de este momento —se transforma otra vez en la capitana—. Mantengan sus escudos en caso de que nos disparen desde arriba. Bilal y Azima, sigan disparando a la nave que se aproxima. Ustedes serán los últimos en abandonar el barco. *¡Muévanse!*

Greenlaw permanece en su estación, bombeando energía al barco, pero el resto del grupo salta por la borda. A lo lejos, el barco de Babel brilla con luz azul. Ellos envían su propia descarga, y me estremezco cuando caen las ráfagas por encima de nosotros. La mayor parte de la tripulación de Génesis ya desembarcó. Morning me empuja hacia la barandilla, y yo salto por la borda y me giro para ayudarla. Pero siempre es la capitana y obliga a Greenlaw y a los demás a ponerse a salvo antes de saltar ella.

Se forma otra bola de luz azul. El barco de Babel se está acercando a nuestra ubicación. Morning y yo corremos juntos hacia la salida B-34 que nos espera. La luz azul balancea por completo la proa de nuestro barco. Algunos tableros se rompen y una explosión nos lanza volando hacia el frente.

Gander cierra de golpe la puerta.

—¡Están justo detrás de nosotros! —grita—. ¡Suban!

Nadie necesita escuchar la orden dos veces. Hay una sola escalera que conduce a una salida en medio de las sombras. Jazzy es la primera en subir, y escala con facilidad. Isadora va detrás de ella. Es claro que se trata de un ascenso incómodo, pero Roathy pone una mano en su espalda baja por si acaso. Es como viajar en el tiempo, correr a través del desafío físico de Babel, empujándonos hasta el límite. Miro hacia atrás y veo a Gander trabajando para sellar la puerta. Kit se encuentra cerca, y los dos intercambian palabras acaloradas. Sólo puedo imaginar con qué episodio está comparando Kit este momento.

Morning me empuja hacia delante cuando llega mi turno.

—Vamos. Disfrutaré la vista.

Sacudo la cabeza y empiezo a subir. Ella está justo detrás de mí. En lo alto, Jazzy tiene la escotilla abierta. Estoy medio esperando otro ataque; hasta ahora, se siente como si apareciera algo desagradable en cada esquina. Tardo alrededor de treinta segundos en subir la escalera. Bilal está parado cerca del borde con Katsu, ayudando a todos a ponerse en pie. Sin embargo, Morning tira de mi tobillo antes de llegar con ellos.

—¿Qué están haciendo? —cuestiona ella.

Su pregunta atrae mi mirada hacia abajo. Kit y Gander no han comenzado a subir. Estoy a punto de gritarles, decirles que se muevan y dejen de perder el tiempo, cuando advierto que subir no está entre sus planes. Kit está gritando y tratando de llegar a la escalera, pero es un chico muy delgado. Gander es lo suficientemente fuerte para contener a su hijo mientras sacude la cabeza. No es difícil darse cuenta de lo que está sucediendo: su papá cree que las mareas están cambiando de nuevo.

Gander está jugando sus cartas a favor de Babel.

—Están cambiando de equipo —murmuro—. Vamos.

Bilal me empuja por la entrada. Morning está muy cerca, detrás de mí. Apenas puedo escuchar a Kit gritando algo abajo.

—Cierren la escotilla —ordeno—. Atráquenla si pueden. Ellos no van a venir con nosotros.

Mientras Bilal y Katsu siguen mi orden, paso por delante de ellos. Nos encontramos en un pasillo de techo bajo. Un cuadrado perfecto de luz blanca espera a lo lejos. Jazzy se encuentra a mitad del camino por el pasillo, con una mano levantada para proteger sus ojos del brillo. Nuestro grupo se reúne y restablecemos nuestras filas. Morning y yo caminamos al frente, flanqueados por nuestros mejores luchadores: Azima, Anton y Katsu. Los imago también toman sus puestos en la delantera. Greenlaw avanza al lado de Craft, quien está haciendo todo lo posible por empujar a Diallo detrás de nuestra línea frontal. Roathy e Isadora se alinean detrás de nosotros.

Nos movemos por el pasillo como una unidad. Jazzy asiente cuando la alcanzamos. Su vista se dirige hacia un amplio muelle de carga. Gander lo mencionó antes, dijo que era lo suficientemente grande como para que se organizara un partido de futbol. Tenía razón, los techos son tres veces más altos que los de los otros pasillos. Está claro que la enorme sala estaba llena de suministros y naves antes de que Babel enviara a todas sus tropas a la superficie. Está casi vacía ahora.

—Creí haber visto movimiento —dice Jazzy—. Pero no hay nada ahora. Pienso que debemos actuar rápido. Gander delatará nuestra posición. Ellos sabrán que salimos de la Hidrovía y Defoe no tardará mucho en enviar más tropas en esta dirección.

—¿Dónde están todos los imago? —pregunta Katsu—. ¿No se lanzaron las otras estaciones?

—Defoe tiene el control de la nave —le recuerdo—. Él podría haberlos puesto en cuarentena también a ellos.

Morning asiente.

—Vamos a movernos. Todos juntos. Estén preparados para correr o luchar. O para ambas cosas.

Ella nos conduce hacia la luz. Se necesita un segundo para darse cuenta de que éste es el mismo compartimento de carga donde Babel entregó su primera gran sorpresa, donde nos enteramos de que existía otro conjunto de diez concursantes. Estamos cruzando la misma bahía de carga enorme en donde *Génesis 12* esperaba ese día. A lo lejos podemos ver una serie de aberturas circulares que se conectan a la pared exterior de la Torre Espacial. Mis ojos revisan la habitación. Cada abertura representa una nave.

Génesis 11 espera en el extremo izquierdo. El lugar en donde *Génesis 12* debería estar acoplado ha sido sellado. Luce como una herida oscura. Bajo mi voz a un susurro.

—Una de las naves ya se ha ido.

Y luego está *Génesis 13*. Le lanzo una mirada a Gio. Apenas le había prestado atención al chico. Se queda callado, pero avanza como si ahora fuera uno de los nuestros. La supervivencia de Morning significó la caída de Beatty. No le pregunté nada a ella al respecto, pero ahora cobro conciencia de que eso convierte a Gio en el último de su equipo. Una verdad fría. Finalmente, en el extremo derecho hay otra nave. Una que sin duda entregó a otra tripulación.

—¿Hay un *Génesis 14*? —pregunta Morning—. ¿En serio?

Anton asiente.

—Están sueltos en algún lugar de la nave. Los conocí. No son exactamente amigables.

—¿Y el grupo de Parvin está en el *Génesis 11*? —pregunto.

—Esperemos que así sea —responde Morning.

Ya avanzamos la mitad del camino a través de la enorme bahía de carga, cuando detectamos movimiento más delante. Un solo marine aparece en la entrada del *Génesis 13*. Morning está a punto de lanzar una orden, cuando otro marine aparece en la entrada del *Génesis 14*, y otro en la del *Génesis 11*. Los tres guardias toman posiciones defensivas.

—¿En serio? —ríe Katsu—. ¿Es lo mejor que pueden hacer?

Pero el movimiento se agita en la sombra de cada abertura. Las figuras emergen, una por una, y avanzan en formación. Todos miramos mientras los números continúan creciendo. Diez, quince, veinte...

Demasiados para contarlos, demasiados para enfrentarlos. Un batallón completo se ubica frente a la entrada de cada nave. Miro a la izquierda y a la derecha. Los soldados están apareciendo allí también. Las salidas que llevan de regreso a la Torre están siendo bloqueadas. Los marines se despliegan y lentamente giran hasta que estamos rodeados. El grupo que vimos en el quinto piso llegó aquí antes que nosotros. El miedo y la adrenalina corren a través de mí.

—Escudos —ordena Morning, pero incluso yo puedo escuchar la conmoción en su aliento. Ella ha sido capaz de encontrar una posibilidad desde el principio. Siempre sobrevivimos, y casi siempre lo logramos gracias a su liderazgo. Esta vez es diferente, no hay un interruptor mágico al cual acudir para salir de ésta—. Tomemos nuestras posiciones *aquí*. Tomemos nuestras posiciones *ahora*.

Nuestra tripulación forma un círculo en el centro de la enorme habitación. Nos paramos, hombro con hombro, listos para enfrentar a nuestro enemigo por última vez. Sólo Isadora se posiciona dentro de nuestro anillo. Puedo ver el miedo en sus ojos; no es por Roathy o por ella misma, es por su bebé. Todos los demás toman sus posiciones de combate. Greenlaw se separa del grupo para pararse en el centro también.

—He entrenado para esto toda mi vida. Si quieren sobrevivir, déjame tomar el control.

Morning no vacila.

—¿Qué hacemos?

Las fuerzas de Babel continúan extendiéndose y rodeándonos. Ninguno de ellos se acerca. Es claro que su primer objetivo es cerrarnos el paso, eliminar las rutas de escape. La mayor parte de nuestro grupo ha convocado sus escudos. Recuerdo que ésta es la especialidad de Greenlaw: puede tomar nuestra nyxia y mejorarla con una manipulación forjada.

—Escudos arriba —ordena—. Voy a tejer las manipulaciones en un solo escudo.

Mientras todos obedecemos su orden, trato de aferrarme a la esperanza. Quiero creer que podemos desafiar las probabilidades una vez más. Pero cuando miro alrededor del círculo, veo más miedo que lucha, más preocupación que valor. ¿Cuántas veces podemos ser empujados hasta el precipicio y volar?

Greenlaw teje meticulosamente nuestros escudos, los estira y los moldea, antes de volverse hacia nosotros.

—¿Saben cómo hacer que la sustancia orbite? —pregunta, mirando a su alrededor. Todos asentimos—. Bueno, conserven eso en el fondo de su mente, pero concéntrense en la lucha y mantengan las filas pase lo que pase. Trabajen juntos. Pero en el fondo de su mente, sigan empujando esa energía alrededor. Voy a usar el escudo durante toda la pelea. Conserven el anillo interior despejado. ¿Entienden?

Asentimientos alrededor. Morning respira hondo.

Se asegura de mirar a todos los que están en nuestro círculo.

—Hombro con hombro. Hasta el final.

Todo el grupo responde con un grito que resuena. Morning se para a mi lado. Coloca su hombro intencionalmente pegado al mío y me dice en un murmullo:

—Te amo. Por si acaso. Te amo.

Nuestros ojos están fijos en los rostros de las tropas reunidas.

—Yo también te amo —susurro.

Hay un disturbio en las filas cerca de la entrada oeste de la Torre. Los soldados se separan del camino y los miro esperanzado. ¿Tal vez los imago vinieron a salvarnos?

Pero no es una partida de rescate. Defoe avanza hacia el frente y Longwei camina a su sombra. A través del enlace compartido de nyxia, puedo sentir el pulso de la ira que experimenta nuestro grupo al verlos. Defoe se detiene a una distancia prudente y calculada. Los marines esperan su señal.

312

—Bienvenidos a casa —dice—. Hablamos por última vez en el Edén. Les ofrecí la oportunidad de elegir: rendirse y venir con nosotros o luchar y morir con *ellos*. Ustedes tomaron la decisión equivocada, y hay consecuencias por eso. Para la mayoría de ustedes. Haré una oferta final. Necesitamos... portavoces. Estamos dispuestos a perdonar a los primeros tres voluntarios, considérenlo como una última ofrenda de paz. Vengan con nosotros, regresen con nuestra historia a la tierra, y les permitiremos vivir.

Mis ojos encuentran a Longwei. Su rostro está controlado. Él mira nuestra muerte venidera con absoluta calma. Mis ojos se clavan en él y espero abrirme paso, con la esperanza de recordarle la promesa que me hizo, pero mi amigo no está allí. Parece haber olvidado todo eso.

—Longwei ha reclamado el primer lugar —dice Defoe con un gesto—. ¿Quién se unirá a él?

El escudo translúcido que nos rodea se flexiona con más energía. Echamos un vistazo alrededor de nuestro círculo, y ni un solo rostro muestra un rastro de duda. Ni siquiera Gio le dedica un segundo pensamiento a la oferta. Moriremos aquí juntos antes de que cualquiera de nosotros cruce esa línea. Esta familia ha sido esculpida con sangre. Llevamos con nosotros los fantasmas de los que hemos perdido. Somos la promesa del hogar y los corazones palpitantes de nuestras familias. Somos más de lo que Babel ha tratado de hacer de nosotros.

Defoe ve nuestro desafío. Sonríe.

—Admirable —dice antes de levantar la voz—. Perdonen a los últimos, maten al resto.

Su orden resuena. Cientos de marines comienzan a avanzar. El hombro de Morning se presiona contra el mío. Levanta sus dos hachas, y hay una promesa en sus ojos: intentará acabar con tantos soldados de Babel como pueda. Bilal está al otro lado. Puedo ver que comprende la situación en su rostro: la muerte se acerca. Está en pie y es claro que no tiene miedo de enfrentarla.

Tomo valor de los dos. Morning la guerrera, Bilal el sanador.

Mis manos se flexionan dentro de mis manoplas.

Estoy listo para la última batalla.

Cuando las filas de Babel comienzan a avanzar, veo a Longwei estirarse por su espada. Defoe no lo ve, está demasiado ocupado saboreando nuestra destrucción. La espada se desliza de las correas de Longwei como un poema. Atrapa y arroja la luz en un arco brillante cuando la hunde en la espalda de Defoe.

CAPÍTULO 32

EL ÚLTIMO ENFRENTAMIENTO
Emmett Atwater

Todos vemos cómo la punta de la espada atraviesa el estómago de Defoe.

La oleada de marines de Babel que se aproxima se tambalea hasta detenerse mientras su líder respira con dificultad. Un círculo de sangre se extiende por la parte delantera del perfecto traje de Defoe. Longwei desliza la hoja hacia atrás y puedo ver una mezcla de victoria, conmoción y miedo. Defoe lo mira a los ojos, y el traje de nyxia que lleva puesto *pulsa*. La sustancia golpea en línea recta a Longwei en el pecho y lo tumba.

Defoe cae sobre una rodilla.

No está muerto. Todavía no ha terminado.

Rompo nuestras filas. Morning grita y se estira para jalarme, pero me libero de su agarre y me abro paso a través de nuestro escudo. Y entonces estoy corriendo. No puedo dejar morir a Longwei.

Defoe se levanta. Su respiración es laboriosa pero tiene el suficiente poder para convocar la espada de Longwei hasta su mano derecha. Incluso herido, atraviesa la distancia con cruel determinación. Los marines todavía están congelados, tan sorprendidos por la traición como por el hecho de que Defoe haya sobrevivido a ella.

Él levanta la espada de Longwei en el aire. Es claro que el movimiento le causa dolor, pero canaliza todo eso en un grito de rabia. Comienza a llevar la hoja hacia abajo justo en el segundo exacto en que estrello mi hombro contra su cadera. Me tropiezo con el golpe y apenas logro mantenerme en pie. Defoe suelta la espada mientras se desliza hacia la fila de marines. Los ojos de Longwei se abren conmocionados.

—¡Vamos! —grito.

Agarro la parte delantera de su traje y lo jalo. Longwei se pone en pie, y los dos corremos. La marejada de marines vuelve a estallar. Puedo escuchar a Defoe gritando. Algo golpea contra mi espalda y me hace tropezar, pero los pies de Longwei están firmes: me endereza y seguimos corriendo juntos.

Detrás, los marines se acercan. Advierto que no vamos a lograr regresar hasta los escudos. Morning también se da cuenta. Ella corre hacia el frente.

—¡Abajo! ¡*Al piso*, Emmett!

La nyxia se levanta a su alrededor como una tormenta invocada. Siete piezas diferentes se forjan en una, y ella las manipula en una nueva forma. Golpeo obedientemente una mano sobre el hombro de Longwei y nos meto a ambos en un tobogán. La nyxia de Morning se extiende por encima de nosotros en un arco de cuchillas afiladas. El metal canta contra el metal. Me vuelvo apenas a tiempo para ver caer a cuatro marines, así de simple.

Nos agachamos para entrar de nuevo en el escudo. Morning da marcha atrás para unirse a nosotros, y su grito resuena dentro del espacio confinado.

—Mantengan filas. Si Defoe puede sangrar, ellos también pueden. ¡Los abatiremos, ahora!

Longwei cae sobre una rodilla, agarrando su pecho. El golpe de Defoe todavía debe estar haciendo daño.

—¡Bilal! —grito—. ¡Ayúdalo! Yo tomaré tu lugar.

Mi amigo mira las tropas que se aproximan y hace el cambio con gusto. Me deslizo en su lugar y levanto ambas manoplas.

—¡Firmes! —grito—. ¡No dejen huecos en la fila!

Morning está pegada a la derecha de mi cadera; Jazzy escucha el llamado y se mueve para cerrar el hueco. Los soldados se acercan en su propia formación escalonada. Entrecierro los ojos para ver a través del escudo translúcido. La línea de soldados del frente lleva una armadura voluminosa, gruesa. Nunca había visto nada igual fuera de los videojuegos.

—¡Ya nos enfrentamos a un grupo como éste! —grita Morning—. Los de los trajes más grandes intentarán atravesar nuestras filas. Los soldados que vienen detrás tratarán de pasar a través de los espacios que ellos abran.

Greenlaw responde.

—Estoy ajustando el escudo. Esto deberá ralentizarlos.

Los marines están a quince metros, diez, cinco… Noto los hilos negros que se tejen a través de nuestro escudo; también puedo sentirlos. La sustancia se tensa, se enlaza y se enrosca cuando Greenlaw la ajusta. Somos una unidad inseparable. Me aferro a ese pensamiento cuando la primera línea de marines entra en contacto con nuestro campo de fuerza.

Y atravesar el escudo hace que se tambaleen.

Es como estrellarse contra una pared. El marine frente a mí parpadea como si acabara de ser golpeado. Todos se tambalean sobre sus talones, vulnerables.

—¡Golpéenlos con fuerza! —grita Morning.

Todos estábamos preparados para el impacto. Ahora tomamos la ofensiva. Los brazos de mi marine sobresalen mientras trata de recuperar el equilibrio. Avanzo y aterrizo dos ganchos con mi mano libre. El primer golpe pasa de largo, pero el segundo aplasta su nariz desprotegida. Su cabeza se tambalea hacia atrás, y veo la estrecha brecha entre el casco y la coraza. Traigo mis manoplas enganchadas, y las entierro a un lado de su cuello. La sangre salpica cuando cae al suelo.

Una mirada me hace ver que Morning ya ha derribado a sus dos marines. Retrocedo, con la mirada dirigida hacia la izquierda, y veo que Jazzy todavía está intercambiando golpes con su oponente. Ella sostiene un escudo abollado en una mano, una espada corta en la otra. Me deslizo en esa dirección cuando el marine golpea un brazo reforzado contra su escudo. Ella tropieza y él se lanza al frente. No me ve venir. Meto mis manoplas en el hueco debajo de su axila.

Un grito. Se deja caer sobre una rodilla, y Jazzy se recupera lo suficiente para lanzar una patada que lo hace girar fuera de nuestro círculo. A nuestro alrededor hay gritos. Metal contra metal. Planto mis pies y reajusto mi posición a tiempo para la segunda oleada de soldados.

—Estoy cambiando la manipulación —anuncia Greenlaw—. Tomen ventaja de eso.

Me instalo en mi sitio cuando llega el siguiente grupo. Son lo suficientemente inteligentes como para aprender de los errores de los otros. La primera manipulación de Greenlaw utilizó el impulso del grupo en contra de ellos. El segundo conjunto se acerca con cautela, casi de puntillas.

Nada sucede al principio.

Mi siguiente marine tiene un trío de cicatrices que le recoren por el rostro. Lanza un grito de guerra y carga hacia el frente, luego se congela. Mi primer gancho se queda corto. Los dos nos miramos confundidos hasta que me percato de la nyxia. Enredaderas se entretejen a través de sus hombros y serpentean bajo sus brazos. Se retuerce, pero la red de Greenlaw se contrae y se tensa. Apenas puede moverse. Hace que mi trabajo resulte demasiado fácil. Golpeo dos veces, y el marine se desploma. Cuando Morning termina con el suyo, grita de nuevo:

—¡Sigue así, Greenlaw! Todos sigan hablando. Si están heridos o necesitan ayuda, ¡pídanla!

Una mirada muestra que Bilal ya logró poner a Longwei en pie otra vez. El resto de la tripulación se ha mantenido firme. No tenemos bajas y hemos derribado al menos a veinte soldados de Babel. Es la tercera línea la que hace mella. Tengo mis puños alzados cuando se acercan, pero mi marine corta por la derecha. Es el tipo de movimiento que un defensa haría para llegar hasta el mariscal de campo. Un ardid.

Desaparece alrededor del soldado de Jazzy y yo miro fijamente el espacio vacío por un segundo. Mi reacción llega un suspiro demasiado tarde. El marine de Jazzy la obliga a retroceder y mi marine llega corriendo por el hueco que se abre en ese lado. Me lanzo por él y fallo, ya está dentro de nuestro círculo. Isadora grita mientras se agacha para quedar fuera de su alcance.

Esto deja a Greenlaw como su próximo objetivo. El marine se dirige hacia ella con un ataque frontal, y nuestra barrera parpadea por un instante y luego deja de existir. Grito desde el suelo:

—¡Ayúdenla! ¡Vamos, que alguien la ayude!

Longwei y Bilal se reúnen a su lado. Me pongo en pie justo a tiempo para girarme y enfrentar el repentino ataque de los marines. Sienten la debilidad; huelen la sangre. Una lanza me golpea en la garganta. Paro el golpe, pero otra me apuñala desde la izquierda. Los soldados avanzan con ansias hacia el frente. Es un caos.

Hay un grito a mis espaldas, pero estoy demasiado ocupado agachándome y girando para hacer una maldita cosa al respecto. Un paso en falso me tiene preparado para ser castigado por el marine que está a mi derecha. Morning apenas me rescata con un barrido lateral de su hacha. Ella danza más allá de ese soldado caído y acaba con el siguiente. Un giro la hace volver de golpe a mi lado.

El escudo de Greenlaw parpadea un segundo después. Ella está en pie y su furia pulsa en el escudo ahora. La energía estalla hacia fuera con luz cegadora. Es una manipulación que la había visto usar antes, en el Refugio del Barranco. Los soldados que se aproximan quedan temporalmente ciegos. A medida que su acercamiento se detiene, nos centramos en los soldados que ya habían irrumpido en nuestras filas.

Anton y Alex han adoptado el método de Babel. Alex sostiene un enorme escudo nyxiano y sufre los golpes de un marine blindado. Anton espera y espera antes de agacharse y encontrar el lugar adecuado para atascar su cuchillo. La lanza de Azima es un borrón, ella golpea y golpea, distrayendo a dos marines, mientras Beckway y Gio trabajan para impedir que los ataquen por detrás. Katsu ríe mientras balancea su enorme hacha hacia el peso más cercano.

Me doy cuenta de que Craft ha abandonado su lugar en el círculo para luchar contra los soldados de Diallo. Su nyxia los envuelve, apretando con fuerza, antes de que él los arrastre para terminar con ellos. Cae el último marine, y tenemos exactamente tres segundos para recuperarnos. Se siente como una eternidad.

—Gravedad más ligera. ¡Todos salten! —grita Greenlaw.

Nos da un momento para que captemos la orden. Morning y yo nos volvemos para enfrentar el siguiente ataque antes de plantar nuestros pies y saltar. La gravedad más ligera nos lleva hacia arriba. Estamos flotando hasta la parte superior de nuestro escudo abovedado, al menos dos metros en el aire, cuando Greenlaw grita de nuevo.

—¡Voy a dejarlos caer justo encima de ellos!

Los marines saltan a través de la barrera. El mío me sonríe como si fuera el objetivo más fácil que hubiera visto. Sus pies comienzan a levantarse del suelo en el momento exacto en que Greenlaw acciona el interruptor y la gravedad más pesada nos golpea a todos. En su voluminosa armadura, los marines son quienes más la sufren. Cada uno cae de rodillas, y nosotros descendemos sobre ellos como semidioses. No tienen una sola oportunidad. Cuando estamos libres de nuevo, Morning grita.

—¡Podemos con esto, Génesis! ¡Hombro con hombro!

Babel intenta una táctica distinta. La nueva fila delantera de sus tropas pone una rodilla en el piso. Comienza el tiroteo. Puedo ver las balas enterradas en el costado del escudo. Todo el asunto se mantiene, pero comienzan a formarse pequeñas grietas.

—¡Necesito un poco de ayuda! —grita Greenlaw—. ¡Enfóquense en el escudo por un momento!

Nuestro grupo responde. Puedo sentir nuestro esfuerzo combinado cayendo sobre la sustancia. Se flexiona contra las balas que vienen. Todas las grietas y agujeros comienzan a desaparecer. Greenlaw empieza a gritar otra orden, cuando una figura estalla a través del costado de nuestro escudo. Entra a través de la brecha que Craft dejó atrás. Parece un hombre poseído. Ambos puños están apretados...

—¡Granadas! —grito—. ¡Todos *abajo*!

El hombre se pone de rodillas en el centro de nuestro círculo. Sus ojos se cierran con fuerza, y cobro conciencia de que todos vamos a morir. Una imagen permanente de cada reacción se incendia en mi mente. Roathy se mueve al frente para interponerse entre Isadora y el soldado. Sus manos se extienden, como si eso fuera suficiente para evitar que la explosión reclame a las dos personas que más ama.

El brazo de Azima se ha inclinado hacia atrás, con la lanza firme, mientras se prepara para arrojársela al hombre. Anton jala a Alex por el cuello. El rostro de Jazzy es la imagen perfecta de la calma. La sonrisa de Katsu es el peor chiste que él jamás haya escuchado. La mayor parte de nuestro círculo se aleja, en una reacción natural.

Pero cuatro nos movemos *hacia* el hombre.

El hombro de Morning golpea con el mío. Ambos tuvimos la misma idea: lanzarnos al frente, cubrir la explosión, salvar a los demás. Esto nos hace perder la ventaja. Los otros dos están más cerca por unos cuantos pasos.

Grito mientras Bilal y Longwei corren hacia el soldado.

CAPÍTULO 33

PRIMER LUGAR
Longwei Yu

Es una segunda naturaleza en ellos. La forma en que Morning coloca su pie hacia atrás en preparación para el arranque. Cómo los hombros de Emmett giran para enfrentar el peligro. El esfuerzo por llegar de las manos extendidas de Bilal. La muerte toca a nuestra puerta, y el sonido obliga a los tres a actuar con una promesa tácita, un contrato que cada uno de ellos mantiene en la tranquilidad de sus propios corazones.

Los tres cambiarían sus vidas por cualquiera de las nuestras.

El sacrificio nunca me ha parecido natural, pero se puede aprender cualquier cosa y soy un excelente alumno. Tomo mi propia posición defensiva. Cada músculo se contrae cuando cuadro mis hombros y me lanzo a la acción.

Mi mente trabaja en perfecta armonía con mi cuerpo. Mentalmente arranco la nyxia de las manos de Greenlaw. Puedo sentir su sorpresa. Ella no esperaba resistencia dentro de nuestro círculo. Una vez que tengo un agarre firme de la sustancia, dar forma a mis necesidades requiere menos que un pensamiento.

Bilal tiene la ventaja sobre mí. Está un paso más cerca, pero sujeto su cadera con mi mano extendida. El movimiento lo jala hacia atrás y a mí me impulsa hacia delante. Hay un borrón negro cuando el escudo nyxiano se ajusta a mi alrededor. Me lanzo al frente, engancho al marine y cierro los ojos. Pensé que tendría miedo, pero el miedo nunca llega.

No hay espacio para él.

El orgullo ruge a través de mí como un río, se precipita sobre mis heridas más antiguas y lava los recuerdos más inquietantes. Recorre todas las cicatrices que me empujaron a dejar a mi familia y lanzarme al espacio. Un orgullo más brillante que el sol. Orgullo por el hecho de que puedo ser quien salve a mis hermanos y hermanas de Génesis. Orgullo de saber que ellos nunca olvidarán mi nombre.

Y orgullo al saber, incluso al final, que soy el que llegó primero.

CAPÍTULO 34

CAÍDO
Emmett Atwater

Todo sucede en menos de un segundo.

Hay una onda pulsante, pero no es por las granadas: nuestro escudo nyxiano se succiona hacia el interior. El material fantasma atraviesa mi cuerpo y envía un escalofrío por mi espalda. Estoy pensando que Greenlaw está a punto de hacer algo milagroso, cuando el material vuelve a tomar forma en torno a Longwei en su lugar. Hay pura determinación en sus ojos cuando pasa junto a Bilal y se lanza contra el soldado suicida.

El escudo los traga a ambos. Una explosión sacude el suelo.

—¡Longwei! —grito—. ¡Longwei!

Él nos salva a todos de nuevo. Miro el pozo negro donde estaba parado y trato de tomar esperanza de su sacrificio. Todos nos giramos y nos enfrentamos a las próximas olas. Nuestro escudo se ha ido. Los marines de Babel están fluyendo a mares hacia el frente, ola tras ola. Defoe escapó a través de las filas de Babel. La adrenalina corre en todos nosotros, y Longwei es la única razón por la que nos mantenemos en pie.

Pero ni siquiera eso es suficiente.

Nuestras líneas empiezan a desmoronarse. Craft rompe nuestro círculo, desesperado, y corre hacia el corazón de las líneas de Babel. Los soldados sorprendidos caen a izquierda y derecha. Él corta a través de sus filas, causando que todo el grupo gire y observe, pero son demasiados. Todavía se está balanceando de manera imprudente cuando alguien lo paraliza por la espalda. Se tropieza, y las brechas se cierran. La imagen que tenemos de él se pierde cuando los marines de Babel arremeten por encima de él.

Bilal tiene que impedir que Diallo siga a su hermano. *Longwei está muerto. Craft está muerto. Todos vamos a morir.* Mi corazón está palpitando. Miro alrededor, toda nuestra tripulación está luchando por recuperar el aliento. Mis manos caen a mis lados. La adrenalina se está desvaneciendo. Podremos estar ensangrentados y magullados, pero lucharemos hasta el final.

La próxima oleada de soldados de Babel prepara su acercamiento. Morning levanta sus hachas y gira.

—¡Por Longwei! —grita—. ¡Hombro con hombro! ¡Mantengan filas!

Hacemos eco de su grito, pero esta vez las palabras no son suficientes. Apenas levanto mis manoplas y mis pies cuando el primer marine de Babel se lanza sobre mí. Soy arrancado del piso, giro y doy vueltas de extremo a extremo. Me aparto rodando de él y veo el caos sin fin que nos rodea. La mitad de nuestro círculo se ha abollado hacia su interior. La mayoría ha caído. Morning sigue golpeando y gritando con sus hachas. Un puñado de marines la rodean. Intento levantarme, sólo para atrapar otro revés de un soldado al azar. Me hace caer sobre una rodilla.

Esto es el fin. Para todos.

Y entonces escuchamos los alaridos; por lo menos, así suenan al principio. Me tardo un segundo en percatarme de que en realidad se trata de gritos de guerra.

—¡Por el Sexto! ¡Peleamos por el Sexto!

Otro grito responde:

—¡El Séptimo vive para morir!

Llega la caballería. Las tropas de imago se vierten desde cada entrada. Los soldados de Babel intentan volverse y enfrentarlos, sólo para ser aplastados. Cambio al modo defensivo, rechazo los golpes y observo cómo sucede lo imposible: Babel está cayendo. Incluso a esta distancia, puedo darme cuenta de qué guerreros son de qué anillo. Los del Sexto se conducen a través del corazón de todo como un punzón. Advierto que su grito de guerra no es acerca de luchar por sí mismos, sino por *nosotros*. Somos sus miembros de honor. Nosotros también somos el Sexto Anillo.

El Séptimo se ve mucho más disciplinado. Escucho a una general ladrando órdenes. Ella tiene a sus tropas cerrando las posibles rutas de escape de Babel. Otro grupo de imago sale de la entrada del *Génesis 13*. Veo incluso a Vandemeer liderando nuestro grupo de leales hasta esta locura.

No es difícil sacar cuentas: esto va a ser una derrota de Babel, nosotros vamos a ganar. Longwei nos salvó, y lo único que tenemos que hacer ahora es *sobrevivir*. Los soldados que nos rodean vuelven a la vida, aunque ahora puedo ver la desesperación. Sus ojos se mueven nerviosamente por la habitación. Las mareas están cambiando.

Me pongo en pie. Un soldado se aproxima, y yo giro más allá de él. Un pensamiento late a través de mí: tengo que mantener a Morning con vida. Ella está rodeada, esquivando golpes, retrocediendo. Uno de sus atacantes lleva un hacha al hombro, pero otro lleva su espada hasta la pierna de Morning y el golpe corta profundamente. Morning grita, y los soldados se agolpan al frente.

Ninguno me ve venir.

Mi hombro lanza al primer marine fuera. Traigo un gancho derecho listo para el segundo. Las tres garras de mi manopla rastrillan su pecho. Aterrizo el primero de los dos golpes y esquivo su floja respuesta. Un gancho al mentón termina con él. Morning todavía está en el suelo cuando el tercero pasa a su lado para golpearme. Morning usa la distracción para llevar su hacha hasta los pies del hombre. Él tropieza hacia atrás y cae en la línea de visión de Azima.

Ella empuja su lanza para acabar con él.

—¡Génesis! ¡A mí, Génesis! —Morning está en el piso, pero sigue gritando órdenes.

Nuestro equipo se comprime firmemente. Hay tanto caos y destrucción. Los soldados imago siguen llegando, y las tropas de Babel se están rompiendo. Nos quedamos aquí, sin aliento, y observamos mientras todo sucede. Un marine o dos intentan pasar por los bordes de nuestro grupo, pero estamos muy juntos. Nadie entra, nadie sale. Un grupo de marines de Babel se abre camino hasta llegar al *Génesis 14*. Los imago los persiguen.

El resto de ellos se rinde.

Se acabó, en menos de unos cuantos minutos.

Vandemeer forma una fila para nosotros. Trae médicos con él. Le toma a su grupo algunos intentos para que nuestra tripulación baje las armas. Es difícil aceptar la ayuda a la que habíamos renunciado, es difícil apagar el instinto de lucha. Todavía nos estamos recuperando de los ataques, la sangre, la muerte cercana.

Pero en el momento en que bajamos nuestras armas, es como si estuviéramos demasiado débiles para permanecer en pie. Casi todos se derrumban. Sólo Bilal sigue moviéndose; puedo ver el dolor en su rostro. Se suponía que sería él quien se sacrificaría para salvarnos. Sigue trabajando, vendando heridas y pasando cantimploras, como si ya estuviera tratando de ganarse esa segunda oportunidad que el sacrificio de Longwei nos dio a todos. Echo un vistazo y descubro a Jazzy sobre su espalda, llorando. Tengo ganas de hacer lo mismo. Mis ojos vuelven a las marcas de quemaduras negras en el suelo. No quiero creer que Longwei se ha ido, pero de no haber sido por él, sé que todos habríamos muerto.

Vandemeer despacha a un par de sus médicos antes de caminar en dirección a mí.

Se deja caer sobre una rodilla y me envuelve en un abrazo.

—¡Sobreviviste!

Intento sonreír.

—Te dije que te volvería a ver. Hazme un favor y échale un vistazo a Morning, está herida.

Él asiente y se desliza más allá de mí. Ella trata de convencerlo de que ayude a los demás primero, pero él la ignora. Greenlaw no descansa. Al igual que Morning, está lista para comenzar a dar órdenes nuevamente. Un puñado de soldados imago viene por Diallo. Él está llorando tanto como cualquiera. Lo jalan hacia ellos y lo calman mientras trata de culparse a sí mismo por lo que le pasó a su hermano.

Supervivientes. Eso es lo que somos ahora.

Y los supervivientes tienen cicatrices.

Nuestro grupo está pasando las cantimploras alrededor, tratando de luchar con la idea de que todo podría haber terminado, cuando Jacquelyn sale de la entrada occidental de la Torre. Erone la sigue. Aunque estoy cansado y conmocionado, mi estómago se revuelve incómodamente. Siempre lo asociaré con la muerte de Kaya. No soy el único que lo advierte. Anton se incorpora y levanta el dedo medio en dirección a él.

—Él no debería estar aquí, Jacquelyn. No viste lo que pasó en la sala de control. Mató a personas que nos eran leales. Lanzó a cincuenta imago flotando hacia el espacio...

Jacquelyn sacude la cabeza.

—No era él. Defoe usó algún tipo de dispositivo para controlarlo. Erone fue usado para experimentar con él, ¿lo recuerdas? Eso era parte del experimento.

Anton se muestra escéptico. Erone da un paso al frente.

—Intenté decírtelo. Era como si estuviera atrapado en un rincón de mi propia mente. Él tomó el control sobre *todo*. Él mató a Aguilar. Él... —un temblor sacude a Erone—. Me usó para matar a mi propia gente. Hubo un momento en que me tambaleé. Y él se había ido. Así nada más. Intenté decírtelo, pero seguiste corriendo. Jacquelyn me encontró. Trabajamos juntos para liberar el control de Defoe sobre la nave. Lo siento, nos tomó demasiado tiempo llegar aquí.

Anton se ve horrorizado ahora.

—No entiendo. Estabas hablando otro idioma.

—Eso nos pasó a nosotros también —le digo—. Fue un eco de la colisión de las lunas.

Cuando Jacquelyn está satisfecha de que el conflicto se haya resuelto, asiente.

—Tenemos que seguir moviéndonos.

Katsu habla.

—¿En serio? ¿Puedes ver cómo estamos? ¿Cuál es la prisa?

—Corrompidos —responde Jacquelyn—. Es una versión que se extiende más rápido de lo que los imago están acostumbrados en el planeta. Corrompe todo lo que toca, y funciona rápido. Erone y yo tuvimos que anular el sistema de Defoe y abrir las puertas para que nuestra gente los alcanzara a ustedes. Intentamos poner en cuarentena a los corrompidos al mismo tiempo, pero ya habían comenzado a extenderse por la Torre. Tenemos que abordar estas naves y separarnos de la base principal lo antes posible.

Recuerdo nuestro breve vistazo del tercer piso: los imago que habían sido tomados, el humo verdinegro que se arremolinaba en el aire y olía como la muerte, el mismo color que flotaba en la oscuridad del espacio.

—Vimos a los corrompidos en el camino hacia acá —le digo—. Si Jazzy no hubiera estado allí, dudo que hubiéramos salido con vida.

—Entonces, ¿cuál es el plan? —pregunta Morning—. ¿Quién va en cuáles naves?

—*Génesis 12* está perdido —responde Jacquelyn—. Nuestra gente ha tomado *Génesis 13*. ¿Tenemos el personal suficiente para volar las tres naves restantes a la Tierra?

Vandemeer da un paso al frente.

—Tenemos astronautas leales, pero no son muchos. Yo sugeriría tomar dos de las naves. Tratar de tripular las tres nos obligaría a confiar en el personal que se mantuvo leal a Babel hasta el final y además dispersaría nuestros recursos.

—Y el *Génesis 14* no vale la pena —agrega Anton—. Nunca lo reabastecimos.

Todos miran fijamente hacia esa entrada. Un escuadrón de tropas de imago se destaca, claramente del Séptimo Anillo, a la espera de recibir órdenes para perseguir al pequeño grupo de marines de Babel que escaparon a bordo del *Génesis 14*.

—Retira a nuestra gente —sugiere Beckway—. Que los supervivientes de Babel pierdan su tiempo. ¿Estás seguro de que no podrán volver a la Tierra?

Vandemeer asiente.

—¿Sin combustible? Es imposible que lleguen a casa.

—Así que tomamos el *11* y el *13* —digo—. Suena bien para mí.

—Nuestra tripulación aborda el *Génesis 11* —dice Morning con firmeza—. El resto de nuestro equipo ya debe estar allí. El Remanente está con ellos también.

—Greenlaw va con ustedes —dice Jacquelyn—. Beckway tomará el mando temporal de *Génesis 13*. Odio separarme de Erone otra vez, pero acordamos que sería lo mejor. Nuestra experiencia técnica es más útil si se divide entre las dos naves —hace una pausa el tiempo suficiente para observar al resto de nuestro grupo—. También me sentiría más cómoda si parte de su equipo aceptara ir al *Génesis 13*.

Morning sacude la cabeza.

—No más separaciones. Permanecemos juntos.

—¿Y si hay un accidente? —pregunta Jacquelyn—. ¿Si Babel tiene una trampa esperándonos? ¿Si nos reciben de regreso en la Tierra con medidas ofensivas? Necesitamos emisarios que hablen en nombre nuestro.

Gio se levanta.

—Yo iré. Soy el último del *Génesis 13*, eso me dará la oportunidad de despedirme.

Después de un segundo, Morning asiente.

—¿Eso funcionará?

—Sería mejor si fueran más, pero funcionará —responde Jacquelyn—. Iré a preparar un equipo de imago también. Me gustaría que los acompañaran a bordo del *Génesis 11*. Aumenta nuestras posibilidades. Creo que será mejor que yo aborde el *13*. Un humano más con ellos. Y necesitaré encuestar a los supervivientes —mira a Vandemeer—. ¿Pueden comunicarse las naves entre sí?

—Así es —responde él—. Seguiremos adelante y pondremos en funcionamiento los enlaces.

De vuelta en las entrañas de la estación, un grito espeluznante resuena. Un escalofrío recorre mi espalda. Es el mismo ruido inhumano que escuchamos en el tercer piso. Todo el compartimento de carga se detiene para escuchar. Cuando el grito se desvanece, todos comienzan a moverse un poco más rápido. Nadie quiere arriesgarse a dejar que el virus se propague al grupo principal. Y Jacquelyn dejó claro que las monstruosidades se están acercando. Es tiempo de moverse.

Jacquelyn se vuelve hacia nosotros.

—Abordemos las naves. Hay que sellarlas. Hablaremos después de que volvamos a la Tierra. Génesis, por favor, sepan que lo que acaban de hacer... no hay nada que no puedan pedirnos.

Ella ofrece la más ligera reverencia antes de alejarse. La observo mientras se toma un momento para susurrarle algo a Erone. Casi había olvidado que eran amantes. Es dolorosamente evidente ahora que presionan sus frentes juntas, mientras ella apoya una mano en su pecho, mientras él respira a la mujer que pensó que nunca volvería a ver. Un segundo después, se da media vuelta y vuelve a las órdenes.

—¡Reúnan a los prisioneros! ¡Vámonos!

Sigue más caos. Es todo lo que nuestro grupo puede hacer para incorporarse. Morning se levanta y no se queja cuando deslizo su brazo sobre mi hombro. Caminamos juntos, y el resto de nuestra tripulación nos sigue. Vandemeer está revisando a algunos de los conversos de Babel; todos han atado pañuelos rojos alrededor de sus brazos. Es un grupo pequeño, pero son los que se unieron a nosotros antes de que Babel cayera. En quienes sabemos que podemos confiar. Casi llegamos a la entrada, cuando Vandemeer nos detiene.

—Hay un pequeño problema.

Lo miro de reojo.

—¿Cómo podría ser de otra manera?

—Defoe... —responde— no se encuentra entre las bajas.

—Así que abordó el *Génesis 14*. Bien por él. Se merece una muerte fría en el espacio.

Vandemeer sacude la cabeza.

—Defoe llegó antes que tú, Emmett. Restauró los sistemas de seguridad de Babel y tuvo acceso completo a nuestra información. ¿Crees que es lo suficientemente tonto como para abordar la única nave que no puede llegar a casa?

No, por supuesto que no es ningún tonto. Nuestra tripulación superviviente está escuchando con atención.

—Informa a los imago —le digo—, en caso de que haya abordado el *13*, aunque tengo la impresión de que no está allí. Probablemente ya se fue a casa, de vuelta al lugar donde se siente más cómodo: el *Génesis 11*.

—Ése era mi temor —responde Vandemeer.

Algo se arma de valor dentro de mí. Quiero que todo esto termine. Quiero volver a aterrizar en la Tierra, abrazar a mamá y a papá, darme una ducha caliente que dure para siempre. Sin embargo, siempre hay una cosa más a la vuelta de la esquina. Me prometo silenciosamente que ésta es la última esquina, la última cosa. Tenemos un capítulo más por escribir, y éste termina con Defoe. Siempre fue así.

Esta vez, hay soldados imago con nosotros. Los antiguos técnicos y astronautas de Babel están abordando, y ahora son leales a nosotros. Defoe está superado en números, herido y prófugo. Pero toda la lógica del mundo no puede eliminar la energía nerviosa que se anuda en mi estómago.

Éste es Defoe.

Un rey caído en su última batalla.

—Vamos a terminar lo que Longwei comenzó —digo—. Vamos a buscar al bastardo.

CAPÍTULO 35

GÉNESIS 11
Emmett Atwater

Nos movemos con cautela a través del *Génesis 11*. Los recuerdos nos esperan a cada paso. Pasamos por las habitaciones que Kaya y yo compartimos. Caminamos por los mismos pasillos que tomábamos cada mañana para llegar al desayuno. Nos detenemos en la pasarela donde conocí a Bilal. Todo se siente como si le hubiera pasado a alguien más. Nuestra tripulación parece decidida a terminar este juego, de una vez por todas.

—Debemos dirigirnos al centro de control —dice Vandemeer—. Defoe debe de haber ido allí primero —asiento y permito que nos escolte, de la misma manera que lo ha hecho desde que lo conocí. Morning se esfuerza por bajar las escaleras, pero cuando le sugiero que se dirija a la unidad médica, casi me corta en dos con la mirada que me lanza como respuesta.

Un grupo de alrededor de quince imago nos sigue. Greenlaw los lidera con seguridad, mientras Erone se arrastra como un fantasma. No es difícil ver cuán deliberada fue Jacquelyn en su selección. Hay una mezcla de supervivientes de cada anillo con nosotros. Camino con más confianza con ellos detrás, es un recordatorio de que no tenemos que enfrentarnos a Defoe solos.

Nuestro avance nos conduce en dirección a la Sala de Contacto. Recuerdo las veces que Vandy me llevó allí para que hablara con mis padres. La sala adyacente siempre estaba llena de técnicos.

Nos detiene delante de la misma puerta ahora.

—El centro de control.

—Es una barricada —señala Morning—. Miren el marco de la puerta.

Tiene razón. Debería haber pequeñas aberturas, pero es claro que alguien la selló con nyxia del otro lado. Mis puños se aprietan instintivamente dentro de mis manoplas de boxeo.

—¿Defoe? —pregunto.

—Quienesquiera que sean, ya saben que estamos aquí —Vandemeer asiente a la cámara del techo más cercana—. Así que vamos a averiguarlo.

Da dos pasos hacia delante y toca.

Levanto una ceja.

—¿En serio? ¿Crees que él simplemente va a abrir la puerta?

Un chasquido estático corta el aire. Nuestro grupo se estremece cuando las luces superiores se encienden ruidosamente.

—¿Contraseña, por favor?

Reconocemos la voz. Morning ríe.

—¿Parvin? Sabía que lo lograrías —dice—. Nunca pasó la duda por mi mente.

—¡Espero que me hayas traído a alguien que sepa cómo volar esta maldita nave!

Morning mueve sus pulgares hacia atrás, a los empleados de Babel que Vandemeer reclutó.

—Tenemos pilotos, médicos, ingenieros. Puedes elegir.

El chasquido estático se corta y es seguido por un jadeo cuando la puerta se abre. Uno de los supervivientes del Remanente retira su barrera de Nyxia convocada. Parvin nos sonríe.

—Los tomaré a todos —dice mientras envuelve a Morning en un abrazo.

Los otros salen amontonados. Noor está sonriendo de oreja a oreja. Holly ofrece un silencioso asentimiento, como si esto fuera sólo otro día en la oficina. Mis ojos se mueven más allá de ellos, hasta un conjunto de rostros desconocidos. Una chica de piel oscura destaca sobre los demás; su cabello es rizado y casi dorado.

Me sorprende cuando Anton la saluda.

—¡Ah! ¡Mis nuevos amigos!

Parvin hace un ademán.

—Hey, todos, ella es Estelle. Su tripulación estaba a bordo del *Génesis 14*. Los encontramos aquí, en la Sala de Contacto, tratando de enviar un mensaje de emergencia a casa. Al principio hubo algo de tensión, pero como pueden ver, resolvimos todo.

Estelle sonríe ante su presentación antes de asentir hacia Anton.

—Lo siento por esa llave de cabeza.

—¡Ohhhh! Una *llave de cabeza* —Anton sonríe—. ¿Así que le llamas a eso una llave de cabeza?

Ella pone los ojos en blanco.

—Tú peleaste sucio.

—Siempre lo hago —Anton dispara de regreso—. Y eso me recuerda que cuando todo esto haya terminado, estoy realmente interesado en escuchar la historia de cómo escaparon de la contención.

—Trato hecho.

Algo sobre el intercambio me pone nervioso. Desearía poder reírme, sonreír o bromear, pero hay un peso en la boca de mi estómago. Sabemos que esto aún no ha terminado.

—Estamos buscando a Defoe —digo, y las palabras apagan cada sonrisa.

Parvin asiente.

—Él también vino a tocar, pero lo rechazamos. Todas las áreas vitales de la nave están selladas. Repasé los planos de la nave sólo para asegurarme. Estelle y yo acordamos ubicar guardias en todos los puntos de entrada posibles por si acaso. Además honestamente, se veía como el infierno. Yo tenía la esperanza de que se arrastrara hasta algún rincón y muriera.

—¿Estaba solo? —pregunto.

Ella asiente de nuevo.

—Discutimos sobre si debíamos salir y terminar con él, pero es Defoe. Nos imaginamos que podía ser una especie de trampa. Nuestras cámaras lo rastrearon durante un rato, pero desactivó toda una cadena en el ala este. Supongo que él está ahí abajo. Vivo o muerto, no estoy segura.

—El ala este —repito—. Vandemeer, ¿quieres supervisar la preparación del lanzamiento?

Sacude la cabeza.

—Confío en nuestros reclutas, ellos supervisarán todo. Yo voy contigo.

Inclino la cabeza para mostrar otra vez mi respeto hacia él. Se siente bien de alguna manera. Siempre me imaginé un enfrentamiento final con Defoe pero, por alguna razón, me había imaginado luchando yo solo contra él y estoy agradecido de que no sea así como termine. Tendré a mi familia conmigo, y también a los imago.

—Entonces, un equipo va tras Defoe —dice Morning— y otro se queda aquí para supervisar el lanzamiento. Todos necesitan mantener los ojos abiertos por si acaso.

A sus órdenes, nuestro grupo cambia e intercambia lugares. Greenlaw selecciona a diez soldados para que se unan a nuestro destacamento. Estoy casi esperando que parte de nuestro equipo se niegue a la exploración final. No los culparía: ya hemos pasado lo suficiente como para que nos dure la vida entera. Pero sólo Isadora se adentra en el centro de control. Miro cómo ella y Roathy sostienen una larga discusión en murmullos.

La vista de ellos me hace mirar de reojo a Morning. Su herida está vendada, pero sé que no hay manera de que pueda apoyar su pie o girar o correr. Los instintos protectores entran en acción.

—Ya sabes, siempre está la opción de que te quedes...

Ella me mira fijamente.

—Deja de hablar, niño.

—... de que te quedes con nosotros. Podrías quedarte con nosotros. Eso es lo que estaba diciendo.

—¿Y necesito tu permiso? —pone los ojos en blanco—. Claro que voy a ir.

Finalmente, Roathy se separa de Isadora y se reúne con nosotros. Ella no se ve muy feliz. Él mantiene su voz baja, y puedo escuchar la determinación en ella.

—Después de lo que nos hizo, quiero asegurarme de que muera.

Extiende un puño y lo choca con el mío.

—Vamos, en marcha.

Nuestro grupo, con alrededor de veinte elementos, comienza a descender por las entrañas del *Génesis 11*. Estoy pensando en que la nave era enorme, según recuerdo, y lo difícil que resultará encontrar a Defoe, cuando Morning descubre la sangre: el rastro que nos conducirá a él. El túnel se curva hacia una habitación más amplia que reconozco. Veo la mesa en la que nos sentábamos entre cada competencia, donde los amigos forzados se convirtieron en hermanos y hermanas. Aquí fue en donde me medí con Longwei, discutí con Jaime y me reí con Kaya, mucho antes de que se convirtieran en mi familia. Antes de que Babel nos los arrebatara.

Aquí es donde comenzó todo.

Nuestros pasos resuenan.

A lo lejos, Defoe espera.

CAPÍTULO 36

REYES Y REINAS
Emmett Atwater

Los paneles desechos en las ventanas panorámicas han sido levantados. Fue a través de estas ventanas que descubrimos que nos encontrábamos en el espacio. Defoe nos mostró esa famosa vista de la Tierra que sólo unas cuantas personas en la historia han podido ver.

Ahora nos ofrece una visión diferente.

La destrucción de Magness y Glacius. El campo de escombros se ha extendido a través del espacio. Todo ese fuego rojo se ha desvanecido, pero en su lugar ha crecido la nube de escombros verdinegra. Puedo distinguir fragmentos más grandes de la luna flotando, pero también contaminados remolinos fantasma entre y alrededor de ellos. Hay un rastro definido a medida que algunos de los escombros se arrastran atraídos por la atmósfera del planeta. Un impacto podría no haber importado, ¿pero miles? Los continentes serán sacudidos, las mareas volverán imposible la vida, el ambiente se ahogará: todo llegará a su fin.

Defoe está de espaldas a nosotros. Mientras bajábamos, me estuve diciendo a mí mismo que no debía subestimarlo, sin importar lo débil que se viera o lo cerca que estuviera de la puerta de la muerte. Sin embargo, nos acercamos y es difícil sentir miedo. Tiene una mano presionada contra el vidrio reforzado, y es lo único que le impide derrumbarse. Hay charcos de sangre a sus pies.

Estoy seguro de que nos escucha, pero no se vuelve.

Nuestro grupo se extiende en media luna. Cerramos todas las rutas de escape posibles. Algo en cada expresión y cada postura dice que esto es el final. O él muere o nosotros lo hacemos. Cuando miro a Morning, ella asiente con la cabeza hacia mí. Si se tratara de Requin, ella sería la que tendría que hablar, pero Defoe es nuestro, él nos guio a través de nuestro viaje en el *Génesis 11*, reservó sus más oscuros pecados y sus peores mentiras para nosotros.

Camino hacia el frente y lo llamo.

—Defoe.

Con la mano aún presionada contra el vidrio, tiene dificultades para mirar hacia atrás. El movimiento clava sus garras en él. No luce como el rey que nos llevó al espacio con promesas de oro. El sudor corre por su frente y sus ojos están inyectados de sangre por el esfuerzo. Incluso la postura perfecta se ha perdido.

—Señor Atwater —responde—. Así que llegamos al lugar donde empezamos.

Me detengo a medio camino entre él y los demás. En este ángulo, queda enmarcado por el apocalipsis que se está desplegando: grandes fragmentos y gases venenosos y luz destrozada. Casi parece que está listo para tragarlo por completo. Pero él nos pertenece. Dirijo una de mis manoplas nyxianas hacia él.

—El juego ha terminado. Perdió, Defoe.

Él mira hacia atrás por la ventana y asiente.

—Así que eso tenemos. Pensé que mi supervivencia dependería de quién manejara las negociaciones. Parece como

343

si tuviera un empate justo, Emmett Atwater. ¿Qué dices? ¿Debo ser un prisionero? ¿Me mostrarás esa sorprendente misericordia?

—Nah. Usted no puede volver a la Tierra. El viaje termina aquí, hombre.

Puedo ver en el reflejo del vidrio que está sonriendo.

—Ya me lo imaginaba, no hay piedad para el rey. Si su imperio cae, él debe caer más bajo. Es un deber tan sagrado como las coronas y los cetros y esas cosas.

El silencio sigue. Nuestro grupo está mirando y esperando. Lo sobrepasamos en número. No puede librarse hablando. Esto termina en garras y sangre, y él lo sabe.

—Usted nos entrenó —le digo—, nos convirtió en armas. Ése fue su mayor error.

Defoe se vuelve, se esfuerza por hacerlo. Tiene que mantener una mano sobre el vidrio para apoyarse, pero se gira lo suficiente para dejar que sus ojos recorran las filas. Somos las personas que él reclutó. Luchamos más allá de sus mentiras y sus traiciones, esquivamos balas y derribamos bases, pero no creo que ninguno le agradezca lo agudos y mortales que hemos llegado a ser.

—Todos ustedes saben por qué están aquí —dice, y las palabras se remontan al inicio de todo esto—. ¿O no es así? No estoy seguro de que hayan entendido cuáles eran nuestras intenciones con respecto a ustedes. Vinimos aquí para comenzar un segundo mundo. Una nueva civilización guiada por nuevos principios. En el mejor de los casos para nosotros, ustedes habrían sido los pilares de ese nuevo mundo. Nuestros padres fundadores, por así decirlo. Traicionados o no, creímos que eventualmente habrían dicho que sí, habrían sido el Génesis, los creadores de la historia.

Sus palabras trituran mi interior. Puedo sentir cómo crece mi ira mientras él intenta reclamar el camino correcto en todo esto. Cuanto más habla, más animado se pone.

—Cada uno de ustedes fue elegido porque encarna alguna característica que queríamos en nuestro mundo. No son sólo eso, pero eso es lo *principal* que el mundo ve y experimenta en ustedes. A ti te elegimos, Emmett, por tu *perseverancia*.

—Me eligieron —repito—. Y luego me mintieron, y luego trataron de matarme. Más de una vez.

Defoe ignora mis palabras. Sus ojos se mueven alrededor de los demás.

—A Jazzy por su autocontrol. A Roathy por su resistencia. Por la perspectiva de Katsu —su voz se eleva, y veo lo mismo que vi en él ya desde el primer día: un hombre tratando de interpretar a Dios—. A Azima por su curiosidad. A Morning por su capacidad de liderazgo. Por la amabilidad de Bilal. La lealtad de Alex. El ingenio de Anton. Longwei por su determinación. A Kaya por su...

—¡Hey! —grito—. Mantenga sus nombres lejos de su boca.

Defoe calla, con la mirada persistente sobre nosotros. Casi puedo escuchar el ritmo cardiaco acelerado, el sonido de los puños apretados. Podemos sentirnos orgullosos de quienes somos sin el sello de aprobación de Babel. Fue su invitación la que nos transformó. Nos hemos convertido en más de lo que podríamos haber imaginado en la Tierra, pero lo hemos logrado a pesar de ellos.

Babel vino a nosotros como conquistadores, y los hemos dejado en ruinas.

—¿Nos equivocamos? —pregunta—. Mírense. ¿No elegimos a los fundadores adecuados? ¿No habría sido este grupo el comienzo de un brillante nuevo mundo? Las personas de

345

la Tierra se habrían unido lentamente, y ustedes los habrían gobernado como reyes y reinas. Teníamos razón.

Sacudo la cabeza.

—Nah. Eso tampoco funciona para mí, ustedes no pueden reclamar el crédito de *esto*. ¿Sabe de qué sí pueden? De los marines abandonados en Magnia, del número de muertos en la Torre: ustedes pueden tomar el crédito de *esas* cosas. Usted pasará a la historia como el tipo que perdió su estación espacial frente un grupo de chicos *punk*. ¿Pero *esto*? —echo un vistazo alrededor, miro las caras de mis hermanos y hermanas—. *Nosotros* construimos esto, ésta es nuestra familia, y usted no puede atribuirse ningún mérito al respecto.

Hay un entendimiento en sus ojos. Él sabe lo que viene después.

—Aquí termina esto —dice.

—Ya terminó —lanzo de nuevo—. Nosotros ganamos su juego. Cometió demasiados errores, Defoe. Ésta es sólo la parte en la que tachamos su nombre del marcador.

Sonríe.

—Se cometieron errores, tienes razón. Nunca reclamé la perfección. Pero parece que usted ha olvidado la primera lección que le enseñé, señor Atwater. No tienes que ser perfecto, sólo necesitas ser mejor que el otro tipo. Pese a todo su progreso, sigo siendo el más *fuerte*.

Defoe se vuelve por completo para encararnos. Todo el frente de su traje está cubierto de sangre. Deja caer ambas manos, y me estremezco. Un escudo de nyxia florece delante de mí; no necesito mirar atrás para saber que Morning lo conjuró. Me quedo allí, esperando que algo suceda.

Pasa un segundo. Otro. El rostro de Defoe está claramente tenso; todo su cuerpo se contrae con el esfuerzo de lo que está haciendo, pero no sucede nada. Su traje nyxiano no se transforma y ninguna de sus armas habituales aparece. ¿Podría ser realmente así de impotente?

Casi me permito una sonrisa.

Y entonces los veo. Siete enormes fragmentos de luna se aproximan a la ventana. En todo el caos exterior, era imposible descubrir un patrón. Todo parecía estar a la deriva, pero estas piedras están siguiendo una línea antinatural hacia el *Génesis 11*. Un rastro de humo verde destaca su ruta.

Mis ojos se abren enormemente. Los fragmentos no sólo apuntan hacia la nave, sino que se dirigen directo a la ventana detrás de Defoe y entonces me doy cuenta de que la mano que mantuvo presionada no era para apoyarse.

Él los estaba convocando.

—Adiós, señor Atwater —dice Defoe.

—¡Escudos arriba! —grita Morning—. ¡Emmett!

Ella está un paso por delante de mí. Observo cómo su propio escudo se expande y corre hacia la pared derecha para sellar esa sección. No es difícil ver lo que ella quiere que haga. Enfoque, pensamiento, transformación. Mi propia nyxia se eleva en el aire. La empujo hacia delante, con cuidado de unir los bordes al escudo de Morning primero, y luego la canalizo hacia el extremo opuesto de la habitación.

Detrás de mí, los demás están gritando. Puedo sentir cómo florecen otros escudos nyxianos, pero sé que no me alcanzarán a tiempo. Si nos llega ese humo verdinegro…

Los siete fragmentos golpean simultáneamente.

Mi escudo está todavía a algunos metros de la pared cuando la ventana reforzada se rompe. Levanto la mirada y atrapo la sonrisa final de Defoe. Hay nubes de humo verde a su alrededor como una explosión, él no lucha contra ellas. Un viento presurizado azota la habitación antes de arrastrarlo al espacio. Una de las piedras verdinegras rebota contra la ventana antes de arrastrarlo al vacío.

El frío nos golpea primero. Se arrastra por el aire y casi roba el aliento de mis pulmones. Un segundo después, mi escudo alcanza la pared del fondo y la sella. Los aullidos del viento mueren. El frío todavía cuelga en el aire y clava sus garras en la piel expuesta, pero no lo suficiente como para matarnos. El humo verde empaña el espacio sellado.

Tres piedras se alojan en la ventana, mientras otros dos fragmentos rebotan y se alejan. Mis ojos se agrandan cuando veo las últimas dos, que vienen chillando y raspando nuestros escudos. Levanto mis manos y trato de concentrarme en mantener mi escudo *fuerte*. La sustancia pulsa en respuesta.

Y la primera piedra golpea de mi lado.

Estoy esperando que el impacto me haga retroceder un paso, pero eso no sucede.

En cambio, hay una explosión de polvo verde y se forma un círculo en el centro de mi escudo. Miro sin poder hacer nada mientras la nyxia corrompida se ramifica como el comienzo de una telaraña: se extiende y se multiplica y crece como un ser vivo.

Sigue creciendo hasta que escucho un ruido familiar. Esa grieta de advertencia que el hielo congelado produce justo antes de que estás a punto de hundirte bajo su superficie.

—¡Se va a romper!

Me doy vuelta y casi me estrello con Azima. Ella y Katsu están un paso detrás de mí. Los observo manipular sus bandas nyxianas y anillos en el aire. Se escuchan los susurros habituales a medida que sus sustancias se transforman en el aire y forman una capa sobre mi escudo. Casi demasiado tarde.

Mi escudo se rompe. Cae en un montón de humo, y la nyxia corrompida salta al siguiente objetivo. Todos vemos cómo se repite el proceso en el escudo de Katsu y Azima. Jacquelyn tenía razón, es como un virus que se propaga a través de la nyxia.

—¡Más capas! —grito—. ¡El escudo tiene que ser más grueso!

Convoco mis manoplas en una nueva forma. Jazzy aparece a mi lado. A Morning se unieron Alex, Anton y Roathy para trabajar de su lado. Armas y chamarras y botas se mueven como fantasmas en el aire. Cada trozo de nyxia del que podemos prescindir se une para formar nuevas capas. Todavía se siente como si estuviéramos perdiendo. Puedo ver la nube verde volverse cada vez más espesa y más fuerte. Cuanta más nyxia agregamos, más rápido parece propagarse la neblina.

Hasta que los imago caminan al frente.

Cuidadosamente se introducen en nuestras filas y un imago se para entre cada uno de nosotros. Puedo sentir mis brazos temblando por la tensión de sostener el escudo actual. Greenlaw toma el control para ellos. Tan pronto como están en posición, hay una oleada de energía. La presión sube. Una fuerza más allá de lo que alguna vez he sentido retumba. Mi agarre de la nyxia se desliza, pero no se siente como si hubiera dejado caer algo, sino como si yo mismo hubiera caído en la corriente de un río. La sorpresa destella en los rostros de todos los miembros de Génesis reunidos. Nos quedamos impresionados cuando los imago nos quitan el control de la barrera que nos esforzamos en mantener, y ésta se fortalece.

Greenlaw los lleva hacia el frente. Puedo ver sus guantes extendidos, ajustando la manipulación a medida que el virus continúa reaccionando. La niebla verde busca una abertura, cualquier debilidad, pero los imago son demasiado fuertes. La barrera continúa su avance, y los imago avanzan con ella. Paso por paso, con cuidado, empujan el gas corrompido de regreso al espacio. Los bordes de nuestro escudo se compactan hasta que encajan perfectamente con los marcos de la ventana panorámica que Defoe rompió.

En el exterior, el humo verde se aferra y rasguña sin éxito. Con los pies aún en posición y los brazos extendidos, los imago toman una respiración sincrónica. Sus cabezas se inclinan mientras consideran qué hacer a continuación.

—La sustancia no se va a alejar sola —dice Greenlaw.

—Buscará una debilidad, se aferrará a la nyxia hasta que la encuentre. Y entonces, avanzará hasta contaminarlo todo —responde otro imago.

Se intercambian más miradas. El grupo de los imago parece llegar a un acuerdo tácito. Uno de los miembros más jóvenes sale de la fila.

—Yo iré —dice—. Envíame.

Una voz resuena detrás de nosotros.

—Retírense.

El sobresalto ondula a través de las filas mientras Erone camina al frente. Se suponía que debería estar preparando la nave. Un escalofrío familiar recorre mi columna. No puedo evitar imaginar cómo estaba la primera vez que nos encontramos: atado y torturado y buscando el collar de Kaya. La imagen va y viene. Él avanza ahora con un claro propósito en mente.

—Yo iré.

Frunzo el ceño. Ya lo han dicho dos veces. ¿Ir adónde?

—Hay un equilibrio en esto —dice Erone—: perdí una nave, pero salvaré a otra. Retírense.

Se quita una espada de aspecto épico de su espalda. En menos de un pensamiento, se mueve sigilosamente en el aire y se vuelve a formar a su alrededor como una capa oscura. Ajusta su cuello mientras marcha hacia el escudo. Advierto que se ha puesto un sudario, como si se estuviera vistiendo para un funeral...

—Díganle a Jacquelyn quién fui yo al final.

Morning grita que alguien lo detenga, pero los imago reunidos se separan para que Erone avance al frente. No titubea cuando se lanza de cabeza a través del escudo aglutinado y lo vemos desaparecer en la nube de la nyxia corrompida. Me toma un segundo entender sus intenciones.

La sustancia no encontró debilidad en la pared, ningún lugar para asirse y corromper.

Ahora tiene un nuevo objetivo que perseguir.

Erone se lanza hacia el espacio, y la niebla se libera de nuestra barrera. El cambio es sutil al principio. La nube verde se transforma lentamente en una cola giratoria. Nadie en la habitación hace un solo sonido. Todos estamos contando silenciosamente los segundos, y sabemos que Erone ya podría estar muerto.

Pero incluso en la muerte, muestra su fuerza. Todos dejamos escapar un suspiro colectivo cuando el último zarcillo verde se libera de la barrera. Nuestro grupo camina tambaleante hacia el frente. Formamos una guardia de honor y observamos solemnemente cómo Erone sacrifica su vida por nosotros. Me acerco a un lado de Morning, que ya estaba demasiado cansada o lastimada para mantenerse en pie. Me dejo caer al suelo y envuelvo un brazo alrededor de ella; los dos presentamos nuestros silenciosos respetos.

El progreso de Erone traza una línea brillante de regreso a Magnia.

Por unas cuantas horas más, será el mundo que siempre ha sido. Speaker ya podría estar muerto, pero trato de imaginarlo sobreviviendo a esa primera pelea y llevando al resto de los soldados leales hasta la siguiente base de Babel. Casi puedo verlo en la proa de algún barco, rodeado de otros guerreros condenados, persiguiendo a su enemigo hasta el final.

Todo me golpea a la vez.

Todo lo que hemos perdido. Los fantasmas que llevaremos a casa con nosotros: Kaya y Speaker y Longwei y el resto. La culpa por seguir vivo mientras miles de imago fueron abandonados allá abajo. El alivio de que no habrá más enfrentamientos esperando a la vuelta de la esquina. Morning se inclina y me besa en la mejilla; entrecruza una mano con la mía cuando las lágrimas llegan. Durante un largo rato, nadie dice una palabra.

Una imago es la primera en moverse. Nunca la había visto. Es joven y resulta evidente que es una de los Remanentes. Todos la vemos mientras se acerca a la barrera y pone una mano firme contra la sustancia. Toda la pared parpadea en blanco y el brillo se apaga lentamente hasta un tono negro. Nuestra vista del planeta se desvanece. Me pregunto si tal vez resultaba demasiado para ellos mirar el final de su mundo, quizá no podían soportar la visión por más tiempo.

Pero entonces los colores vuelven a la vida. Observamos cómo aparecen miles de pinceladas que colorean la barrera en menos de un minuto. En el extremo derecho, ambas lunas destrozadas. Una imagen de Erone aparece como una racha distante y brillante en medio. La pintura también captura a Magnia, en todo su misterio intachable. Cuando la pintura está terminada, la imago da una vuelta alrededor.

—Para que siempre recordemos nuestro mundo como alguna vez fue.

Greenlaw da un paso al frente y lanza un grito de guerra.

—Ahora tenemos los ojos puestos en un mundo nuevo —dice—. ¿Quién vendrá conmigo?

PARTE 4

DE REGRESO A CASA

CAPÍTULO 37

EL NUEVO ANILLO
Morning Rodriguez

Pasa un solo día.

Duermo sin las manos apoyadas en mis hachas. Sin pensar en cómo le caerá la comida a mi estómago si soy perseguida a través de un bosque. Emmett y yo nos tomamos de la mano, no porque el mundo esté a punto de terminar o porque estemos a punto de morir, sino simplemente porque queremos hacerlo. Nuestra tripulación va y viene en la mesa del desayuno. Bilal tiene a varios jugando a las cartas. Katsu cuenta chistes como... Bueno, como Katsu.

Durante veinticuatro horas, el mundo nos permite fingir que somos personas normales.

Pero al segundo día, me levanto y me piden que vuelva a ser la capitana. Los representantes son elegidos de entre todos los grupos respectivos. Parvin podría haber ido en nuestro nombre, pero fue lo suficientemente amable para pedirme que me uniera a ella como su segunda capitana. El *Génesis 11* elige a Emmett. Greenlaw toma su lugar en nombre del Remanente. Sorprendemos a Vandemeer pidiéndole que él represente a los escuadrones conversos de Babel. Finalmente, Estelle se une a nosotros por el *Génesis 14*.

Los seis nos reunimos en el pasillo principal y nos dirigimos hacia las habitaciones privadas de Marcus Defoe. Es como entrar en una biblioteca: hay un escritorio central rodeado de pulidos libreros. Trato de no sentir al fantasma de Defoe en el lugar mientras reunimos las sillas suficientes para sentarnos alrededor del escritorio.

La Sala de Contacto que utilizábamos había sido diseñada para que nos comunicáramos con nuestros hogares. Nuestros técnicos están trabajando para restablecer esos canales, pero hasta entonces nos apuntan hacia una mejor alternativa: la oficina de Defoe tiene un enlace directo con las otras naves. Vemos una consola desplegarse desde el suelo y las pantallas de video se llenan con encuadres de las cámaras y tomas de vigilancia. Cobran vida sólo por un instante antes de ser reemplazados por una llamada saliente.

Jacquelyn Requin aparece en la pantalla. Ya sabe lo que le sucedió a Erone, y es evidente. Nunca la he visto parecer más abrumada, y aún sigue avanzando para completar las tareas necesarias para su gente. Es la marca número mil de coraje, valentía y persistencia que he contado a su favor. En mi opinión, ella simboliza lo que un verdadero héroe debe ser.

Nuestro encuadre se aleja y vislumbramos otra oficina interior. Jacquelyn está flanqueada por otros representantes. Cuento uno por cada anillo del Conjunto Siete. Beckway representa al Séptimo. La mujer que representa al Sexto me parece familiar, pero los otros son rostros de cualquier imago para mí. Las almas afortunadas que fueron elegidas por la lotería para lanzarse al espacio.

Gio está allí también. Es triste pensar que el único superviviente del *Génesis 13* está presente sólo para representarse a sí mismo. Aun así, se sienta con la espalda recta y asiente con respeto cuando nos ve.

Una vez que todos están acomodados, Jacquelyn comienza.

—Ninguno de nosotros quiere pararse a pensar en lo que ha sucedido —dice—, así que trataré de hacer esto lo más eficiente posible. He organizado una serie de elementos necesarios para nuestra agenda. Espero que perdonen cualquier falta de sensibilidad. Quiero tener un enfoque funcional, así que lo mejor será dejar las emociones de lado por un momento a medida que tomamos decisiones sobre lo que sucederá a continuación. ¿De acuerdo?

Nuestro equipo asiente en respuesta.

—Primer asunto a tratar: prisioneros.

Un suspiro roto se me escapa. Emmett pone una mano firme en mi pierna como si lo entendiera. Todos queremos que esto termine. Jacquelyn nos brinda pacientemente los nombres y rostros de todos los miembros supervivientes de Babel, los marines que fueron lo suficientemente sabios para deponer sus armas y que tuvieron la suerte de evitar el ataque de los imago al final.

El objetivo es darles un orden de prioridad a los presos, un sistema de clasificación de algún tipo. Nuestras naves podrían estar completamente cargadas, pero los suministros de ración no estaban destinados a sostener tantos cuerpos adicionales, y la verdad es que no pensamos en eso cuando abordamos. La nave de Jacquelyn tiene a casi todos los prisioneros. A medida que avanzamos en la lista, Vandemeer es el participante más franco. Señala a un comandante particularmente cruel, pero también a un capitán que mantuvo a su batallón fuera de los combates al final.

De los cuarenta y cuatro supervivientes, nosotros sólo reconocemos a dos: los Gander.

Emmett se endereza cuando aparece el rostro de Kit en la pantalla.

—Kit. Él nos ayudó a lanzarnos al espacio y no quería volver a Babel al final, pero su papá lo obligó. Greenlaw puede confirmar eso.

Ella lo confirma.

—Yo no estaría aquí sin él. Ambos hicieron las suposiciones incorrectas al final. Creo que el padre estaba tratando de salvar al hijo y pensó que Babel era su mejor oportunidad.

Jacquelyn asiente antes de marcar sus archivos. Se tarda un poco más para pasar al resto de los nombres. Me revuelve el estómago ver los rostros sonrientes. ¿Qué tan cerca estuvieron de matarnos algunos de ellos? Por la única razón de que ésas eran sus órdenes, lo que tenían que hacer.

—Siguiente asunto a tratar: el *Génesis 12*.

Ella nos recuerda que la nave fue lanzada al espacio por Erone cuando él se encontraba bajo el control de Defoe. Todos están de acuerdo en que Erone será honrado y no demonizado, así que Jacquelyn tiene mucho cuidado en explicar su papel desde el principio, el propósito por el que fue capturado y el breve y crucial momento en que tuvo el control de la estación. No hay ninguna discusión al respecto por parte nuestra. Todos vimos quién fue Erone al final. Nuestras dos tripulaciones registraron cada rincón y grieta de nuestras naves. Buscamos rastros de la nyxia corrompida, y la única razón por la que esas exploraciones encontraron todo despejado es porque él sacrificó su vida por la nuestra. Todos en nuestra nave han visitado el mural. Terminó su historia como un héroe.

—Enviamos varios mensajes —nos recuerda Jacquelyn—, y no recibimos respuesta en un inicio. Como ustedes saben, todos los supervivientes eran del Tercer Anillo, así que ninguno sabía cómo manejar la tecnología. Estábamos preocupados porque se hubieran perdido, hasta que recibimos una señal urgente hace apenas una hora.

Todos en nuestra mesa nos enderezamos.

Jacquelyn sonríe.

—Al parecer, uno de los técnicos de Babel estaba realizando mantenimiento de rutina en la nave cuando se separó de la Estación —mira sus notas—. Una mujer de nombre Lilja Gudmundsson. ¡Descubrió que la nave se había separado, se puso en contacto con los imago y la nave ha estado en comunicación con nosotros durante toda esta mañana!

Hay un pequeño rugido de nuestra tripulación. Necesitamos todas las buenas noticias que podamos tener.

—Tomará tiempo y esfuerzo —dice Jacquelyn—. Nuestros pilotos están tratando de simplificar todos los sistemas para que ella pueda guiar a los imago en su navegación a casa. Nada es seguro, pero creemos que llegarán a la Tierra después de todo. Nuestra gente necesitaba esta noticia.

Un poco más de celebración estalla cuando Jacquelyn intenta pasarnos al siguiente tema. Puedo ver cómo nuestro equipo se pone un poco inquieto. Todo esto es necesario, pero es difícil no sentir que estamos caminando a través de las profundas heridas de nuestra larga batalla con Babel.

Hablamos brevemente del *Génesis 14*. Después de que Jacquelyn dio la orden, los soldados imago desactivaron la esclusa de aire que los conectaba con la Torre. Nuestras tripulaciones abordaron inmediatamente el *Génesis 11* y el *Génesis 13*. Un pequeño contingente de soldados de Babel se había refugiado en el *Génesis 14* antes de que desconectáramos la nave, así que hay supervivientes de Babel, pero abordaron la única nave que no había sido reabastecida, de manera que todos ellos morirán en el espacio.

—Y ahora vamos a hablar del conteo de los imago...

Jacquelyn comienza con los números de cada anillo. Ya sabemos que el Segundo no tuvo supervivientes, y que Defoe mandó a flotar a los del Tercero. Pero escuchar los números sigue siendo devastador. El espacio, y toda la nyxia corrompida, fueron crueles con los otros anillos.

—Cuarenta y seis supervivientes del Primero, cero del Segundo, dieciocho del Tercero, cincuenta y cuatro del Cuarto, catorce del Quinto, treinta y seis del Sexto, treinta y ocho del Séptimo. Doscientos seis supervivientes en total... —hace una pausa significativa—, de los posibles cuatrocientos cincuenta.

—Los Remanentes cuentan dieciocho más —agrega Greenlaw—, pero me gustaría tomarme un momento para hacer un cambio. Estamos dejando atrás al Conjunto Siete y resulta vital eliminar los límites que existen entre nosotros cuando vamos a un mundo nuevo. Nuestra gente debe ser vista por este mundo como una unidad inseparable; si queremos sobrevivir y prosperar, debemos aceptar la idea de que somos un solo pueblo con un objetivo común.

Jacquelyn lo considera.

—¿Qué tienes en mente?

—Un título compartido —explica Greenlaw—. Es algo que establecimos entre nosotros en el Remanente tan sólo unas semanas después de que supimos la razón por la que habíamos sido elegidos, cuando Feoria nos informó del plan para cruzar el universo y sobrevivir como especie. No importaba entonces que yo fuera del Tercer Anillo o que Bally fuera del Quinto, lo que en realidad importaba era hacia dónde íbamos.

"Yo establecería un nuevo título para los imago restantes. Les pediría que dejaran atrás sus viejos títulos y se presentaran de una manera nueva. Nos llamaremos el Nuevo Anillo.

Jacquelyn mira a las filas reunidas.

—¿Todos a favor?

Sonrío un poco al ver al representante del Primer Anillo dudar, pero los demás no tienen ningún problema al respecto. Sus manos se levantan, y está claro que éste es el primer voto a favor de su nueva reina, el primer paso hacia un mundo completamente nuevo. El imago del Primero levanta su mano después de unos segundos y el asunto está resuelto.

—También es mi deber —continúa Greenlaw— leer el sello que me fue entregado por nuestras reinas: Ashling y Feoria, como uno de los últimos deberes oficiales que asumieron. Mientras leo, les pido que sopesen las palabras de las dos mujeres que se sacrificaron por nosotros. Una representa a Magness, la otra a Glacius. Fue su último deber nombrarme como la líder de los imago en el mundo por venir. No tomemos a la ligera su última orden.

Me echo hacia atrás ahora que comienzan las negociaciones. Dejo que mi mano se pose en la de Emmett, e intercambiamos una sonrisa. Todavía hay más para discutir, decidir y debatir, pero por ahora me permitiré la breve satisfacción de saber que las responsabilidades actuales le pertenecen a alguien más.

Unas horas más tarde, la reunión finalmente termina.

Emmett me sonríe.

—Vamos, tengo una sorpresa para ti.

He conquistado imperios y he luchado al lado de reinas, pero sus palabras tienen a mi estómago dando saltos mortales. Le devuelvo la sonrisa mientras él me conduce por los pasillos de la nave.

—Sorpresas. ¿Cómo sabes siquiera si me gustan las *sorpresas*?

Sonríe más ampliamente.

—Ésta te gustará.

Este chico. Entrelaza sus dedos con los míos y me permito ser esa chica por unos minutos. Descarto los pensamientos y preguntas sobre el hogar. ¿Qué pasa allí? ¿Quiénes somos ahora? ¿Cómo volveremos en algún momento a la normalidad? En cambio, me concentro en ese labio inferior y en la forma en que su mano se ajusta a la mía y en la serena confianza que he admirado en él desde el primer día.

Nos lleva hasta al interior del centro de mando. Parvin está allí monitoreando las operaciones y nos saluda brevemente ondeando la mano antes de inclinarse de regreso sobre su consola. Emmett se dirige a la Sala de Contacto. Cuando levanto una ceja, él me guía a una silla cómoda y luego se acerca a la suya.

Los dos miramos fijamente una pantalla en blanco.

—¿Ésta es tu idea de llevarme al cine? —pregunto finalmente—. Prometiste que habría palomitas de maíz.

Sonríe.

—Algo así.

La pantalla tarda unos segundos en cargarse. Nuestras comunicaciones terrenales han estado fuera de línea, y todos han estado preguntando cuándo podrán llamar a casa, por lo que es una sorpresa ver a dos personas aparecer en la pantalla. Una mujer se sienta a la izquierda, tiene una sonrisa rápida y sus ojos brillan con orgullo. El hombre a su lado se parece tanto a Emmett que me roba el aliento.

—Bueno, Morning, con ellos es con quien comparto la casa: Jeremiah y Hope.

Puedo sentir el rubor arrastrándose por mi cuello. Si ellos no estuvieran mirando tan de cerca, le daría un golpe en la cabeza por no advertirme que estaría hablando con sus padres.

Su papá ríe.

—¿Compartes la casa? El chico firma algunos cheques y ya se cree que es el propietario.

—Y sabes que es mejor que no me llames así —dice su madre—. Soy tu madre, niño.

Emmett sólo sonríe.

—Muy bien, mamá y papá. Ésta es Morning.

Me las arreglo para sonreír, torpemente. Una sonrisa muy muy torpe.

—No es muy platicadora —señala el señor Atwater.

—Dios, él no te lo dijo, ¿cierto?

Respondo con un rígido asentimiento de cabeza.

—Dijo que era una sorpresa.

Su mamá cae sobre su papá. Cada palabra que pronuncia viene marcada por un golpe en el hombro.

—Ustedes. Siempre. Con. Las. Sorpresas. Nunca. Le. Preguntan. A. ¡Nadie!

No puedo evitar reír cuando él usa su sombrero como escudo.

—¿Por qué me pegas? Yo ni siquiera hice nada, ¡fue Emmett!

—¿Y me pregunto de dónde habrá sacado esa idea? —ella abandona su ataque y vuelve a mirarme—. Morning, es un placer. Encantada de conocerte. Hemos oído mucho sobre ti.

—¿Sí? —pregunta el señor Atwater—. ¿Cuándo?

Emmett entierra su cabeza en sus manos.

—Ustedes me están matando en este momento.

—Yo sólo decía —continúa el señor Atwater—. No te he visto más de un segundo, así que estoy tratando de averiguar cuándo tuvo tu madre todas estas comunicaciones subrepticias sobre tu vida amorosa...

Ella le lanza una mirada que lo corta a media frase. Sonrío un poco más, porque ésa es una mirada que yo también tengo en mi arsenal.

—Encantada de conocerlos. Emmett me ha hablado de ustedes dos. Dijo que me va a llevar a Detroit a comer hamburguesas. Y también me dijo que tuviera cuidado con el tío Larry.

La señora Atwater se echa a reír. Su papá sólo sacude la cabeza.

—¿Cómo le haces algo así al tío Larry, Emmett? Él no es tan malo.

—¿No es tan malo? —las cejas de Emmett golpean el techo—. De acuerdo, la próxima vez que tengamos una fiesta en casa, será mejor que te vea soportando su conversación sobre los grillos o lo que sea.

La señora Atwater se dobla otra vez por la risa.

—¡Había olvidado lo de los grillos!

—Esto no está bien —el señor Atwater vuelve a sacudir la cabeza, y está claro que está buscando un nuevo tema. Siento que estoy sonriendo tanto que mi rostro se va a romper—. Y entonces, ¿cómo se conocieron ustedes dos?

Emmett me sonríe.

—Le puse la canción correcta.

—Y luego me empujaste para tirarme de un barco —le recuerdo.

—¿La empujaste? —la señora Atwater casi explota—. ¿Mi hijo te empujó?

—¡Hey, hey, hey! —Emmett interrumpe de nuevo—. Contexto. Necesitas el contexto: estábamos en una competencia. Y déjame explicarte que ella me había dado palizas como cincuenta veces antes de eso.

El señor Atwater se reanima.

—¿Cincuenta? Oh. Ya me cae bien esta chica.

La madre de Emmett pone los ojos en blanco y casi vuelvo a reírme. Miro a Emmett, y no es difícil percibir toda la alegría que hay en su rostro. Está orgulloso de presentarme y emocionado de ver a sus padres otra vez. Toman unos minutos para hacer escándalo, reírse y sonreírse unos a otros.

Quiero que todo esto dure para siempre. Tal vez así será. Emmett y yo no hemos hablado mucho sobre lo que sucederá cuando lleguemos a casa, hemos estado demasiado ocupados disfrutando del aquí y ahora. Pero ya llegamos al placentero entendimiento de que las relaciones a larga distancia son mucho más fáciles cuando acabas de ganar un contrato por millones de dólares. Sólo tendré que acostumbrarme a volar, supongo. Si puedo luchar contra un ejército de marines por él, soportar la falta de espacio para las piernas en la clase turista probablemente no será tan malo.

Por un rato, Emmett hace preguntas sobre su hogar. Sin embargo, no toma mucho tiempo para que sus padres devuelvan a nosotros la conversación. Su papá hace la pregunta que todas nuestras familias a la larga harán.

—Han pasado cinco minutos —dice—, y no hemos oído *nada* acerca de este planeta extraño. Tenemos alrededor de un millón de preguntas. ¿Cómo estuvieron las cosas ahí? ¿La misión fue todo un éxito?

Por supuesto, ellos no saben nada. Han recibido los pagos y Babel les ha enviado algunas actualizaciones. Pero en su mayor parte, nadie en la Tierra tiene idea de que sobrevivimos a un apocalipsis y derrotamos a un imperio, nada de eso. Emmett y yo intercambiamos una mirada significativa. Él voltea a verlos.

—Bueno, ésa es una larga historia...

CAPÍTULO 38

PREPARACIÓN
Morning Rodriguez

Pasan algunas semanas.

La nave encuentra su ritmo. Es bueno despertar algunas mañanas, dar vueltas en la cama y volver a dormir. No hay competencias esperándonos, marcadores ni batallas. No hay apocalipsis aproximándose. La mayoría de los días hay un buen libro para leer, café o té, reír con Emmett hasta que me duela el estómago. Es como volver a aprender el idioma que nos robó Babel.

Sin embargo, las responsabilidades de hoy me tienen recorriendo toda la nave. Por mucho que queramos relajarnos con nuestros pies en alto y retirarnos a la primera playa que encontremos cuando regresemos a casa, todavía necesitamos prepararnos. El equipo de Vandemeer ha hecho la mayor parte del trabajo pesado, pero nuestro grupo de supervivientes quería participar en toda la planificación estratégica. Ya no vamos a permitir que otras personas nos digan lo que tenemos que hacer.

Doy vuelta en una esquina y me encuentro mirando un aula familiar. Ésta es la versión de *Génesis 11*, pero pasé semanas en un escritorio similar, aprendiendo tanto como podía sobre un nuevo planeta. Ahora el aula está llena de los imago: poco a poco les estamos enseñando acerca de nuestro mundo. Pongo mis ojos en blanco cuando descubro quién es el instructor el día de hoy.

—Y resulta que Harry Potter es un mago —dice Katsu—. Y él ha crecido todo el tiempo con los Dursleys, pensando que simplemente está atrapado en esta familia *punk*...

Al frente, Bally levanta la mano.

—Entonces, ¿qué pasa después? ¿Este tipo, Haggard, lo encontró?

—De acuerdo, así que nuestra historia prosigue en donde se había quedado. Harry sube a bordo de la motocicleta...

Me quedo en la parte del fondo y trato de resistir la tentación de interrumpir. Rotamos instructores todos los días. Parvin les enseña todo sobre la historia. Ella en verdad tiene un don para eso, puedo verla como profesora algún día. Emmett me sorprendió cuando les dio una lección sobre las relaciones raciales en Estados Unidos; el chico es tan inteligente como guapo. En realidad, no es justo. Bilal y Jazzy dieron algunas lecciones combinadas sobre cocina.

Los imago realizan sus solicitudes al final de la semana para los temas que desean profundizar más, y nuestro grupo hace todo lo posible por asignar a la persona adecuada para cada uno. Poco a poco, están aprendiendo lo suficiente sobre nuestro planeta como para que se sientan más cómodos con la idea de comenzar una nueva vida allí. Creo que, como cualquiera que haya escapado de una tierra y llegado a otra, todo se tratará de descubrir cómo adaptarse al nuevo entorno mientras conservan la herencia que aprendieron en otra galaxia.

—Así que para entrar al lugar —dice Katsu— tuvieron que embutir su carro directamente contra la pared.

—¡Katsu! —grito desde atrás—. ¿Alguna posibilidad de que llegues al tema asignado hoy? Se suponía que deberías estar dando una lección general sobre deportes.

Lo piensa por un segundo.

—¡El quidditch es un deporte!

Pongo los ojos en blanco otra vez.

—Vamos, Katsu.

Una de los imago más jóvenes sale en su defensa.

—¡Pero él es un buen narrador! Estamos disfrutando mucho esto. Katsu tiene tanta imaginación. Pensar que está inventando esta historia a medida que avanza… —sacude la cabeza—. Nuestros narradores podrían aprender de él.

Frunzo el ceño en dirección a Katsu.

—¿Así que lo inventas a medida que avanzas? ¿No les contaste sobre J. K. Rowling?

Al menos tiene la gracia de sonrojarse.

—Y entonces… ¿quién quiere hablar de futbol?

Salgo riendo de la habitación. No quiero perderme las entrevistas. Sin embargo, me encuentro riendo más y más cada vez, a medida que camino, imaginando a toda una generación de imago pensando que Katsu es el autor de la serie de Harry Potter. Voy hacia la parte trasera de la nave y me dirijo a la Sala de Contacto. El centro de comunicación principal está más lleno de gente de lo que lo había visto nunca. Hoy estamos todos trabajando en lo que podría ser uno de los primeros pasos más importantes. Debatimos el proceso durante semanas. ¿Cómo le decimos al mundo lo que nos pasó?

Hay montañas de evidencia de nuestro lado. Vandemeer y los técnicos han estado ocupados en reunir tantas imágenes de video como sea posible y hemos recopilado testimonios de todos los supervivientes que trazan una línea clara a través de la traición de Babel. Parvin incluso pasó unos días investigando las leyes de salvamento marítimo. Estamos lo más preparados posible para presentar nuestro caso al mundo, pero todo comienza con un apretón de manos, y sabemos que eso es lo que debe suceder de la manera correcta antes de que todo lo demás caiga en su lugar.

Vandemeer movió algunos cables para conectarnos con uno de los centros de contacto más remotos de Babel en Estados Unidos. Primero organizó la llamada a los padres de Emmett, y Parvin lo reprendió severamente por eso. Todo desde entonces ha sido más estratégico y cauto. Tomó casi una semana ponerse en contacto con un reportero de la Tierra en quien pudiéramos confiar.

Y hoy es el día en que contaremos nuestra historia.

Greenlaw está flotando en la entrada de la Sala de Contacto. Lleva un traje de imago muy tradicional. Podrá ser joven, pero se ve lo suficientemente feroz para conquistar imperios. Tomo un lugar junto a ella, y ambas observamos cómo Vandemeer termina su entrevista.

—Cuando me di cuenta de cómo la compañía estaba tratando a sus empleados adolescentes, personas a quienes yo había prometido proteger, tomé la decisión de intervenir. Comencé a socavar las operaciones, pero finalmente me descubrieron —levanta la mano a la que le faltan algunos dedos frente a la cámara—. Babel me torturó para que les diera información, pero lo que me pasó a mí no es nada comparado con lo que Babel estaba planeando para estos chicos. La verdad *tiene* que conocerse.

Mientras el reportero hace otra pregunta, le doy un codazo en el hombro a Greenlaw.

—¿Lista?

Ella asiente.

—¿Esto será visto por tu gente?

—Por miles de millones —confirmo—. Es la primera entrevista que se realiza con una especie extraterrestre.

—¿Crees que les caeremos bien?

Es una pregunta difícil. La humanidad es tan impredecible. Pero hemos tenido cuidado de editar la historia *correcta*. Escogimos a siete personas diferentes para las entrevistas. Jazzy y Bilal de *Génesis 11*, Alex y Parvin de *Génesis 12*. Vandemeer se ofreció como voluntario, y los otros dos son miembros de la tripulación que trabajaron con Babel durante décadas. Ni siquiera tuvimos que venderles la historia en realidad. Todo lo que estamos haciendo es averiguar qué piezas arrojan la luz más brillante sobre la corrupción de Babel. Y esperamos que los imago se conviertan en los favoritos de los fanáticos en el proceso. Necesitamos que el resto del mundo los vea como nosotros: socios desesperados que esperan sobrevivir a la extinción.

—A nuestro mundo le gustan los desamparados —le digo.

Greenlaw respira hondo.

—Esperemos que así sea.

Vandemeer ya ha terminado. Los técnicos revolotean alrededor de la habitación. Les toma un minuto restablecer todo antes de hacerle señales con la mano a Greenlaw para que entre. Ella se sienta, ajusta su postura y sé que estoy mirando a una reina. Cualquier otra persona podría fallar, pero ella guiará a su gente a lo que tal vez sea el momento más extraño de su historia, y lo hará bien.

La entrevista comienza.

—Y entonces, me encuentro ahora con la reina que representa al pueblo imago. Sí, escucharon bien. Por primera vez en la historia vamos a transmitir un diálogo directo con una especie extraterrestre. Éste es el momento que, durante tantos siglos, ha capturado nuestra imaginación. Cada vuelo a la luna, cada misión a Marte. Nuestra gente ha escuchado, buscado y esperado. Finalmente, hay una voz que nos responde. Es un gran honor para mí dar este enorme paso hacia el futuro.

"Greenlaw. Antes que nada, permítame expresar mis condolencias a nombre de todos en la Tierra por lo que le ha sucedido a su mundo. Es inimaginable. Nuestros corazones y pensamientos están con su gente. Claramente, sin embargo, han dado el primer paso necesario hacia la supervivencia. Se dirigen a la Tierra mientras hablamos. Si usted pudiera decirle a nuestra gente algo sobre los imago, ¿qué les diría?

Greenlaw se sienta un poco más derecha en su asiento. Por un segundo, me preocupa que tal vez el foco de atención sea demasiado brillante, que tal vez su edad finalmente se muestre. Pero entonces, ella comienza.

—Somos, ante todo, supervivientes. Les diría que doscientos de nuestro pueblo se dirigen a su mundo, y cada uno de ellos ha tenido que pagar el costo. Hay nombres y rostros que nunca olvidaremos. ¿Cuántos murieron para que nosotros pudiéramos vivir? Cada respiración que tomamos es un regalo, y cada nuevo amanecer también. Así que les diría que no nos dirigimos solos a su mundo, siempre seremos un pueblo que tendrá memoria. Y porque recordamos a aquellos que vinieron antes que nosotros, tenemos la confianza de avanzar hacia el futuro que nos espera.

No puedo evitar sonreír.

Tengo la sensación de que la Tierra va a amar a esta reina.

CAPÍTULO 39

RECOMPENSA
Anton Stepanov

Se siente como Navidad en julio. O en el espacio. Como sea.

No puedo dejar de sonreír cuando todo el equipo de Génesis comienza a reunirse en el lugar y la hora designados. He tenido esta sorpresa en mente desde que abordamos con éxito el *Génesis 11*. No fue exactamente fácil encontrar el momento para una celebración adecuada, con toda la muerte a cuestas, pero siento que las pocas semanas que todavía quedan de nuestro viaje a casa nos darán el tiempo suficiente para el duelo; estos fantasmas nunca nos dejarán del todo. Es hora de dar un paso más, hacia un mundo mejor y más brillante.

Alex bajó conmigo. Estar de vuelta a su lado es ya una recompensa. Si todo lo que obtuve fue un viaje a Bogotá y toda una vida de sentir este honesto confort, ya habría valido la pena. Pero ¿por qué tomar sólo el glaseado cuando puedes tener el pastel también?

Azima es la primera en mostrarse. Ella arrastra a Jazzy junto con ella y lanza una gran sonrisa en dirección a nosotros.

—Rápido —dice—. Antes de que todos lleguen, cuéntanos qué está pasando. Me encanta ser parte del secreto. ¡Así es más divertido!

Le sonrío.

—Tendrás que esperar, como todos los demás.

Hace un gesto de fastidio mientras otro grupo da vuelta a la esquina. Parvin, Noor y Holly vienen caminando juntas. Las tres han tratado de mantenerse ocupadas. Es una forma diferente de manejar el dolor. Manos ocupadas para distraerse de todos los recuerdos y las pérdidas.

Bilal y Roathy doblan la esquina después, e Isadora los sigue un paso atrás. Se está acercando a su fecha de parto y todos estamos empezando a hacer apuestas sobre cuándo sucederá. Emmett y Morning vienen volando. Nuestros intrépidos capitanes han pasado los últimos días jugando juntos como un par de niños, y se lo merecen después de todo lo que han hecho por nosotros.

Es difícil no recordar a las personas que no darán la vuelta a esa esquina. Ida y Longwei. Omar y Jaime. Loche y Brett. Nunca conocí a Kaya, pero cada uno de sus nombres se siente como una herida que no será fácil de sanar. Incluso si hubiéramos perdido a uno solo de ellos, ya habría sido un costo demasiado alto.

El último en llegar es Katsu. Entra bostezando en la habitación.

—¿Dónde están tus zapatos, hombre? —pregunta Emmett.

Él mira hacia abajo, a los calcetines que no hacen juego.

—¿Esta excursión obligatoria requiere zapatos?

Me encojo de hombros.

—Supongo que no. Y tampoco es obligatoria. Pero el grupo tuvo una discusión al respecto y todos estuvieron de acuerdo en que si te excluíamos, pasarías el resto del viaje quejándote.

Katsu asiente.

—Quizás hayan tenido razón.

—De acuerdo —digo—. Ahora, sigan al líder, patitos.

Empiezo a caminar con ellos al piso inferior. Sólo Alex sabe a dónde nos dirigimos. Me aburrí y se lo mostré hace unos días; estuvo de acuerdo en que el resto de la tripulación debía saberlo. Deberán ocurrir algunas discusiones, pero no es por eso que los estoy llevando abajo. Sólo quiero celebrar. Quiero que todos disfrutemos una probada de la razón que nos trajo hasta aquí en primer lugar. Todo el grupo zumba con preguntas.

—Anton, ¿nos llevas a ver tu colección de sellos? —dice Katsu.

Noor ríe.

—Todos sabemos que Anton más bien coleccionaría cuchillos.

—¡O calaveras! —respondo—. ¡Nada como un buen cráneo!

Alex sacude la cabeza, con una pequeña sonrisa jugando en sus labios. Algunos de los otros miembros de la tripulación gruñen, en realidad.

—Lo mejor será que no haya cráneos —dice Noor—. ¿Por qué tienes que hacerlo tan espeluznante?

Damos la vuelta a otra esquina. Deslizo una tarjeta de identificación prestada y la puerta nos lleva a una sala de transición. Espero a que todos entren antes de deslizarla de nuevo. La sala se activa. Cepillos de aire en todos lados barren como si fueran un agente de limpieza. Todos se animan.

—De acuerdo —aplaudo—. Como todos ustedes saben, tuvimos un pequeño acuerdo con Babel. Me atrevo a decir que ellos violaron algunas de sus cláusulas. Pero ahora que les robamos sus naves y eliminamos a sus líderes tiránicos y comenzamos nuestro viaje a casa como todos unos piratas espaciales, pensé que era el momento indicado para contar nuestra recompensa.

Azima se inclina al frente.

—¿Recompensa? ¿Qué recompensa?

—Me alegra que lo hayas preguntado —respondo mientras cruzo la habitación—. En realidad, no es suficiente que Babel cumpla sus contratos. Y además, no estamos seguros de que lo harán. De hecho, sospecho que sus acciones de la bolsa están a punto de caer drásticamente en nuestro mundo. Es difícil equilibrar las cuentas cuando se pierde un planeta, supongo. Dada su precaria situación, creo que tiene sentido comenzar nuestra propia empresa.

Hago una pausa para crear el efecto. Alex me golpea el hombro.

—¡Vamos, hombre! ¡Sólo muéstrales y ya!

Me estiro y deslizo mi tarjeta por la puerta opuesta. Me doy la vuelta y no puedo evitar sonreír salvajemente a las personas que se han convertido en mis amigos, mi familia.

—Soñábamos con volver a casa como reyes y reinas. No señalaré que *groseramente* tuvieron esa divertida discusión sin mí en la Fundidora, pero me gustaría proponer tenerla otra vez. Sobre todo, ahora que esto nos pertenece.

Las puertas se abren. Las luces en el interior se encienden, y la tripulación obtiene su primera visión de la bahía de suministros de Babel. Me tomó un poco de tiempo la búsqueda, pero descubrí que todo nuestro botín había sido almacenado a bordo del *Génesis 11*. Fue una idea de último momento. Estaba más concentrado en la supervivencia, pero incluso en tiempos desesperados, no duele recordar en dónde fue enterrado el oro.

Toda la tripulación se desliza hacia delante como bandidos en una bóveda. Hay algunos jadeos. Sé que subieron a la parte superior del silo para verlo la primera vez, pero sólo pudieron ver la capa inicial. Aquí se guarda pila sobre pila. Es hermosa, son billones de dólares. Y todo nos pertenece.

Los veo, y es casi como una película. Los niños que tropiezan con el tesoro escondido y no están realmente seguros de qué hacer con todo eso. Sin embargo, me gusta pensar que somos más inteligentes que los niños de esas películas. Creo que todos tenemos una buena idea de lo que haríamos.

Lo que *haremos*.

—Hey, Emmett —grito—. Recuérdame, ¿quién perforó el suelo para sacar esto?

Sonríe.

—Nosotros.

—¿Sí? Y, Azima, ¿quién construyó esas cintas transportadoras para sacarlo?

Ella se ve encantada por el juego.

—Estoy bastante segura de que fuimos nosotros.

—Noor, ¿hay alguna posibilidad de saber quién manipuló todas y cada una de estas piezas de nyxia en estas barras perfectas para que pudieran apilarse en estas filas perfectas?

Ella ríe.

—Si no me equivoco, también fuimos nosotros.

Me detengo el tiempo suficiente para hacer contacto visual con cada uno de ellos.

—Cavamos en la tierra. Construimos las cintas. Trabajamos los taladros. Nosotros hicimos esto con nuestras manos en el suelo y nuestras vidas en la raya. Yo diría que todo esto nos pertenece.

Hay un rugido de respuesta de nuestro grupo. La emoción se acumula y se hace eco. No somos los mismos chicos desesperados que éramos al principio, cuando nuestro día de pago dependía de la buena fe de los delincuentes. Ahora controlamos nuestro destino, capitaneamos esta nave.

Y decidimos qué pasa después.

—Hey, Anton —dice Emmett—. No has dicho lo que harás con tu dinero.

Sonrío ampliamente y me encojo de hombros.

—Podría usar unos cuantos cuchillos más.

CAPÍTULO 40

FAMILIA
Emmett Atwater

Comenzamos a usar todas las palabras que teníamos miedo de usar.

Casa.

Familia.

Libertad.

Victoria.

Lleva tiempo sentirse cómodo con la forma en que suenan en nuestros labios. Me resulta difícil convencerme a mí mismo la mayoría de los días de que todo esto realmente ha terminado, o que alguna vez sucedió, en primer lugar. No es difícil darse cuenta de que, cuando regresemos a casa, nadie lo entenderá cabalmente. Contaremos nuestra historia a todos. La verdad enterrará a Babel, por fin y por completo. Pero tenemos cicatrices que el resto del mundo no verá; cicatrices que sólo pueden entender las personas cuyos fantasmas tienen los mismos nombres que los nuestros. Estamos ligados de maneras que ni siquiera podemos comenzar a explicar.

Regresaremos a nuestros rincones en la Tierra. Pero ahora tengo un hogar en Palestina, un departamento en Bogotá y una granja en Rusia. Puedo tomar un vuelo a Memphis o a Nairobi o a San José. Hay casas esperándome en todos esos lugares. Hermanos y hermanas que abrirán sus puertas y me darán un lugar para descansar si lo necesito. Nunca seremos extraños, porque hemos compartido más de lo que incluso la familia de sangre pudiera jactarse.

Comienzo a pasar más tiempo en las comidas. En lugar de volver a meterme en mi habitación, como lo habría hecho al principio, me detengo y hablo con quien esté allí. La mayoría de las noches algunos de los Remanentes se unen a nosotros, son las primeras semillas de la amistad que se llevarán al nuevo mundo. Otras noches, es sólo la tripulación de Génesis, y me descubro con muchas ganas de aprender todo lo que pueda sobre esta familia para siempre. Una pequeña parte de mí sabe que estoy tratando de compensar las cosas que nunca le pregunté a Longwei o Jaime o Kaya.

Alguien robó sillas de una de las cápsulas de confort y las llevó al lugar donde el mural de la imago decora la pared. La cena termina y, esta noche, Bilal decide hacer té. Convoca a los rezagados —Morning, Anton y yo— hasta las sillas robadas. Sonriendo, coloca tazas humeantes en nuestras manos expectantes. Todos nos sentamos, bebemos nuestros tés y honramos en silencio a los muertos. Anton deja su taza a un lado. Ésta se tambalea, y advierto que ya la bebió completa.

Él asiente con la cabeza a Bilal.

—No está tan mal.

Bilal lo mira fijamente.

—¿Te lo terminaste?

—¿Qué? —Anton frunce el ceño—. Eso es un cumplido.

Todavía estoy soplando sobre la mía para tratar de enfriarlo. Morning ríe.

—¿Dónde está Alex?

—Abajo, en la Conejera. Quiere mantenerse en forma.

Morning asiente.

—No es el único. Jazzy ha estado yendo regularmente, y también Noor.

Nuestro grupo se ha vuelto inquieto, y lo entiendo. Nos lanzamos al espacio y ha sido un golpeteo desde entonces. No puedo recordar un periodo de veinticuatro horas sin adrenalina. Algunos de los otros no pueden manejar este silencio y organizan carreras en la Conejera o un partido de futbol iniciado por Alex. Incluso el exitoso control de Noor tiene a todos los equipos horneando en la cocina.

Cualquier cosa para estar ocupados. El único lugar adonde no he visto que nadie vaya es a la arena.

—Me sorprende que él no te haya jalado para que también bajes tú —dice Morning.

Anton sonríe y golpea su sien.

—Me estoy poniendo en forma aquí. Sudando la mente.

Se escuchan pasos detrás de nosotros. Mis ojos descansan en Morning, la manera en que su instinto la lleva a las hachas que ya no cuelgan de su cadera. Me llevó unos días convencerla de que no las usara, de que ahora nos encontrábamos a salvo. Me pregunto si alguna vez escucharemos pasos detrás de nosotros y nos sentiremos seguros de nuevo.

Me vuelvo para ver a Roathy e Isadora caminando hacia nosotros. Ella está en lo más profundo de su tercer trimestre ahora. La bebé nacerá en el espacio. Cuando alguien se lo señaló a Isadora, ella levantó una ceja y dijo:

—Bien. Siempre tendrá un dato divertido que compartir en su primer día de clases.

Sonrío a modo de saludo a los dos.

—¿Vienen por el famoso té de Bilal?

—No —responde Roathy sin rodeos. Isadora le da un codazo y él cobra conciencia de cómo debió haber sonado, así que asiente en señal de disculpa a Bilal—. Estoy seguro de que el té está bien, pero vinimos por ti, Emmett.

Alguna vez esas palabras habrían enviado un escalofrío por mi espalda, pero ahora sólo siento curiosidad.

—Mira, ya te lo dije antes —le digo—. Yo no voy a recibir a la bebé.

Roathy sonríe.

—Sólo estaba bromeando sobre eso.

Isadora sacude la cabeza.

—Ustedes dos parecen *niños*. Vinimos a darte las gracias. Me ha resultado muy difícil tragarme el orgullo y admitir mi error. Te traté horriblemente y, sin embargo, eres tú quien salvó a Roathy y también quien me lo trajo de vuelta. Hemos pasado los últimos días tratando de averiguar cómo decir que lo sentimos, cómo agradecerte lo que has hecho.

Me encojo de hombros, un poco avergonzado.

—No me deben nada.

—Ahí es donde no estamos de acuerdo —dice ella con firmeza—. Y hay muy poco que podamos darte que aún no tengas. ¿Qué te parece el nombre Emmanuelle?

La miro fijamente.

—O sea, es un nombre bonito, supongo.

Morning ríe.

—Sí eres *como* un niño. Piensa: Emmanuelle... ¿Eso te suena familiar? Como... no lo sé... ¿Emmett, tal vez?

—Oh —y entonces mis ojos se abren de par en par—. ¿Espera? ¿Estás hablando en serio?

Isadora se encoge de hombros.

—Es un buen nombre: Ida Emmanuelle.

Roathy me lanza la sonrisa más grande que he visto en él. Morning tiene que estirarse y sacudirme el hombro para que se libere la respuesta de mi boca abierta.

—Es perfecto. Significa mucho para mí.

Hay satisfacción en el rostro de Isadora. Es como si se hubiera pagado una deuda final. Roathy asiente con la cabeza, y los dos caminan de regreso por el pasillo más cercano. Escucho a Isadora decir algo sobre un masaje en los pies a medida que avanzan. Morning pone una mano en la mía. Me vuelvo hacia los demás, todavía aturdido.

—Ésos dos estuvieron a punto de matarme. Varias veces.

—Y ahora le están poniendo tu nombre a su niña —dice Morning.

Sonrío.

—Pequeña Em. Ya nadie puede decirme nada.

Ríe.

—De acuerdo. Es hora de dormir para mí —la observo mientras deja su taza medio vacía en el suelo antes de pararse. Se inclina lo suficiente para besarme en la frente, y susurra mientras lo hace—. Siéntete libre de venir y arroparme —luego les dice a los demás—. Buenas noches, chicos.

Anton se pone en pie.

—El té me tiene zumbando. Voy a buscar a Alex.

Bilal y yo nos despedimos con un movimiento de cabeza. Nos acomodamos en nuestras sillas, y estamos sólo nosotros dos. El tiempo se remonta y hace girar mi memoria al principio. Me puse en pie en las pasarelas y miré hacia abajo. Había una mesa llena de competidores esperando. Recuerdo haberlos evaluado y haber ideado algunas estrategias. Entré en todo esto con los puños cerrados y tanta hambre.

Hambre de probarme a mí mismo, de ser el mejor, de volver a casa convertido en un rey.

Esas cosas se hicieron realidad, pero no de la manera en que había imaginado que serían. Me probé a mí mismo, pero como hermano y compañero de equipo, como superviviente. *Mejor* no fue una etiqueta que haya ganado, pero es una que podría usar para *nosotros* ahora, esta familia inquebrantable. Y me iré a casa como un rey, pero no como la clase de rey que Babel quería. Bilal estuvo allí ese primer día. Se presentó en esa pasarela. Su amabilidad forjó un camino permanente hacia el corazón del competidor despiadado que yo quería ser. Mirando hacia atrás, me doy cuenta de que esa versión mía nunca tuvo una oportunidad.

Levanto la mirada.

—¿En qué estás pensando, hombre? —pregunto.

—Estaba pensando en Longwei.

No he pronunciado su nombre en voz alta, no desde que murió. Nunca tuvimos la oportunidad de hablar con él sobre lo que pasó. Fue detrás de Defoe y la siguiente vez que lo vi ya estaba en el espacio. No hay forma de contar cuánto se sacrificó o cuánto nos dio. No hay forma de saber lo que hizo para equilibrar las mareas. Sólo tengo la imagen de él golpeando a Defoe en el momento exacto, y esa última imagen cuando se lanzó sobre una granada para salvarnos.

—Me pidió que le enseñara —le digo—. Quería que yo le enseñara a ser bueno.

Bilal sonríe.

—Él era bueno. Tomó tiempo, pero nos mostró lo bueno que era su corazón. Sin embargo, no estaba pensando en eso. Estaba pensando, y casi se siente irrespetuoso… pero estaba pensando en lo satisfecho que debe de haberse sentido al final.

Frunzo el ceño.

—¿Satisfecho?

—Piénsalo. Él llegó primero.

La sonrisa de Bilal se extiende hasta una risa, y no puedo evitar sonreír. Él comienza a reír aún más fuerte, y es contagioso. Los dos nos reímos tanto que derramo mi té en una manga. Se siente tan bien reír, tan bien recordar a los perdidos como personas y no como símbolos.

Se recupera lo suficiente para decir:

—Ganó, y nunca olvidaré eso por él. Tal vez tú entiendes más que los demás. Yo estaba tan *cerca*. Estaba dispuesto a morir, si eso significaba salvar a alguno de ustedes. Y ahora es aún más difícil, pienso, sabiendo que me ganó por menos de un segundo. Yo estaba *justo* ahí, Emmett. Vi todo. Ahora es como si Longwei estuviera caminando dentro de mi cabeza. No puedo… no puedo saber si eso es algo malo.

Sonrío y asiento.

—Kaya sigue caminando dentro de la mía. De vez en cuando me contará algo. La escucharé con su voz y todo. Ella posee todas estas estrategias inteligentes y sus instintos siempre tienen la razón. No creo que sea algo malo porque no quiero olvidarla. No quiero olvidar a Jaime, ni a Speaker, ni a Longwei. Los voy a mantener conmigo todo el tiempo que pueda.

Él asiente con decisión, y levanta su taza para un brindis.

—Por el no olvido.

Inclino la mía hacia la suya.

—Por el no olvido.

CAPÍTULO 41

TIERRA
Emmett Atwater

Todavía nos lleva meses llegar a casa, pero es un tiempo que apreciaré por el resto de mi vida. Encontramos rebanadas de paraíso en un lugar que intentó arrastrarnos a través del infierno. En honor a papá, organizo el primer juego de futbol americano intergaláctico. Lo mantenemos a un toque con dos manos, porque a las tres jugadas descubrimos que los imago saben cómo noquear con sus mejores jugadores. Lo último que necesitamos después de haber sobrevivido al apocalipsis es ser eliminados en un juego informal de futbol. En la noticia menos sorprendente de todas, al parecer Morning es capaz de correr como Odell Beckham III.

Alex y Anton comienzan a planificar nuestra futura unión familiar, y la discusión sobre el lugar se calienta tanto como un comité olímpico. Katsu insiste en que ya acordamos una fiesta sexy en el medio del océano. Noor afirma en que no asistirá a *ninguna* de las fiestas que Katsu pueda llamar sexy. A la larga, lo reducimos a Nairobi y Dublín. El argumento de Holly se centra en una lista de bares más larga que casi cualquier lista de supermercado. Azima cuenta con café, narguile y leones.

Dublín gana en la votación.

Alrededor de una semana después, Vandemeer ayuda a dar a luz a la bebé de Isadora. Ida Emmanuelle se convierte en la luz más brillante y esperanzadora a bordo de la nave. Pasamos la mayor parte de esa semana refiriéndonos unos a otros como tío Emmett y tía Jazzy y el padrino (Anton, por supuesto).

Greenlaw ofrece realizar el ritual imago que implantará un patrón de nyxia en la piel de la bebé. Todos estamos sorprendidos cuando Isadora acepta y hace un gesto hacia el tatuaje en la parte posterior de su cuello: el familiar ocho con su corona torcida.

—¿Puedes hacer que se vea así?

Greenlaw sonríe.

—Puedo intentarlo.

Eso levanta algunas cejas curiosas. Por fortuna, siempre podemos contar con Azima para hacer las preguntas que el resto no nos atrevemos a hacer.

—¿Por qué un ocho? He estado tratando de averiguarlo desde que abordamos.

Isadora sonríe.

—No es un ocho. Es un símbolo de infinito. Me lo tatué cuando tenía trece años. Fue una promesa que me hice a mí misma, porque el mundo no me prometió nada, no me dio opciones ni me ofreció ninguna manera de salir adelante. El tatuaje era un recordatorio de que me esperaban infinitas posibilidades, incluso si la mayoría de los días no sentía que fuera verdad. Pero para la pequeña Ida, será verdad. No será algo que ella tenga que imaginar.

Las palabras suenan como profecía. Sé que es por eso que vine en primer lugar. No sólo para cambiar mi vida, sino para cambiar a las generaciones futuras. Quería un mundo donde el apellido Atwater pudiera significar lo que queríamos que significara. Papá me dijo que rompiera las cadenas.

Lo hice, y mucho más.

Se siente bien repasar en la cabeza todas esas posibilidades. Todo este tiempo, los imago y Babel se han referido a nosotros con el nombre de Génesis. Y por primera vez, siento que el zapato realmente se ajusta.

Llega el último día.

Comienza como la mayoría de los días. Mis brazos alrededor de Morning. La extraña sensación de haber dormido sin miedo. Salir de la habitación sin hacer ruido y traer un café para ella. La forma en que se sienta en la cama y sonríe sobre el borde de su taza, una sonrisa que es tan mía como de ella. Le devuelvo la sonrisa y trato de descubrir qué hacer para que todo esto dure para siempre. Me doy una ducha caliente. Ella se sienta en la cama y hojea algunos de sus libros de poesía favoritos.

Y luego, el día se aparta de todos los demás.

Morning se mira al espejo brevemente antes de asentir.

—¿Listo?

Marchamos juntos. De vuelta en nuestros trajes originales. Sin embargo, nos hemos tomado tiempo en el camino a casa para alterarlos: las insignias de Babel en la parte superior de los brazos y el pecho fueron eliminadas. Babel no compartirá la gloria de este día con nosotros.

En la planta baja, están reunidas las tripulaciones del Génesis y los Remanentes. Greenlaw tiene a los imago vestidos con sus mejores galas, parados en una formación adecuada.

Advierto sus collares a juego. A la misma artista imago que creó el mural se le ocurrió esto: es una placa delgada de nyxia que cuelga de una cadena aún más delgada. Cada pocos segundos, el emblema grabado en el material cambia. Explicó que recorrerán ciclos durante meses, mostrando el nombre de cada imago que fue dejado atrás, en Magnia. Es un asombroso tributo.

Nuestro enorme comedor tiene dos ventanas panorámicas. Una muestra el mural. Ya existe un acuerdo para la preservación de esa pintura. Será un buen punto de partida para cualquier lección de historia que enseñemos sobre su gente. Sin embargo, la otra ventana panorámica está vacía. Morning y yo marchamos a través de las filas reunidas y tomamos nuestros lugares. Los paneles desechos todavía están abajo, cubriéndola, así que nos quedamos mirando una pared en blanco. Morning da un paso al frente del grupo y se vuelve con una sonrisa hacia nosotros.

—Pensé que esto era algo que debíamos presenciar juntos —comienza—. Para los imago, éste es un nuevo comienzo, uno que ha implicado un gran costo. Sabemos que ustedes son la razón por la que podemos regresar con seguridad. Nosotros dimos nuestra batalla, pero fueron sus soldados los que derrotaron a Babel. No olvidaremos eso. Tienen nuestra lealtad. Tienen la lealtad de los astronautas y civiles que se han unido a nosotros. Los defenderemos, lucharemos por ustedes. Honraremos el acuerdo.

Greenlaw hace un gesto. Toda su escuadra la imita. Una señal de respeto.

—El Nuevo Anillo te saluda —dice ella.

—Y a nuestra tripulación —dice Morning, girándose hacia nosotros. Sus ojos recorren nuestras filas. Sé que siente el peso de cada pérdida bajo su mando, pero en este momento, se permite el orgullo. Se libera de la culpa y las cargas porque puede ver que marcó una diferencia—. Ustedes se merecen este momento también. No estaba segura de que alguna vez volveríamos a ver la Tierra. Puedo decir sin lugar a *dudas* que estamos aquí debido a la parte que desempeñó cada uno de ustedes. Bienvenidos a casa.

Ella se acerca y presiona un botón en el panel de datos más cercano antes de dar un paso hacia atrás y tomar su lugar a mi lado. Los paneles se enrollan lentamente…

… y la Tierra espera a lo lejos.

Hay un suspiro audible de los imago. No estoy seguro de lo que estaban esperando, pero los suspiros se transforman en risas satisfechas. Morning alcanza mi mano; me aferro con fuerza a ella y trato de sonreír cuando llegan las lágrimas. Bilal está a mi izquierda. Pone una mano en mi hombro para mantenerse firme. Su rostro está lleno de una alegría indescriptible. Alex tiene un brazo cariñoso envuelto alrededor del cuello de Anton; besa la frente del ruso y limpia sus lágrimas. Jazzy se ha derrumbado sobre sus rodillas. Azima tiene ambas manos sobre los hombros de su amiga mientras se reintroducen en el mundo que habíamos dejado atrás.

Isadora mira la Tierra como una reina. Roathy está parada a su lado, sosteniendo a su princesa, a su hija, entre ellos. Parvin parece solemne y seria, incluso cuando Noor la sacude por los hombros y grita de emoción. Holly es la única que se tambalea hacia el frente y pone una mano en el vidrio. Puedo verla trazando ríos y océanos con un dedo, tratando de averiguar dónde está su hogar.

Katsu llama mi atención y se encoge de hombros.

—Parece más pequeño de lo que recuerdo.

Todos reímos. Morning aprovecha la distracción: me tira del cuello y me roba un beso. Nos quedamos ahí por lo que se siente como una hora, tratando de procesar la idea del hogar y lo que vendrá después. Morning me besa de nuevo, esta vez en el dorso de la mano, antes de dar un paso al frente.

Se para ahí sin miedo, incólume, inquebrantable. Observamos cómo levanta un puño.

—¡Hombro con hombro!

Nuestro rugido de respuesta es lo suficientemente fuerte para despertar a los muertos. Veo brevemente a todos los fantasmas que están en la habitación con nosotros. Kaya se aprieta a mi lado como si hubiera estado allí todo el tiempo. Longwei se arrodilla junto a la ventana con una rara sonrisa en el rostro. Jaime se queda atrás de manera relajada, como si ver nuestra casa de nuevo no fuera la mayor cosa del mundo. Y luego la realidad resuena.

Morning y los demás están conmigo.

La Tierra espera.

Descendemos como conquistadores.

AGRADECIMIENTOS

Todavía estoy procesando la idea de haber *terminado*. Esta trilogía me ha llevado a lo largo de cada ascenso y valle imaginable. El primer libro ofreció toda la emoción trémula que uno podría esperar de una primera novela. Fui honrado y aterrorizado en igual medida cuando comencé mi viaje en el mundo de las publicaciones. El segundo libro fue una experiencia igualmente predecible; me uní a muchos de mis colegas en la lucha por escribir una secuela apropiada. El tercero, sin embargo, fue sencillo. Todo se convirtió en un golpe de luz.

Sinceramente, creo que tengo que agradecértelo a *ti*, querido lector. Hay algo mágico en la experiencia de la alegría comunitaria. Una cosa es ver una película divertida nosotros solos, pero ¿verla con cinco amigos que comparten un sentido del humor similar? La película de repente se vuelve hilarante cuando comienzan a intercambiar miradas y reír y empujarse el uno al otro. Sentí la misma experiencia mientras trabajaba en esta trilogía. Desde el primer momento en que puse a *Nyxia* en manos de los lectores, tuve la sensación de que otros se unían a mí en un camino largo y significativo. Cada semana, nuevos viajeros se sumaban a nuestra fiesta, hasta que todos estuvimos caminando, acumulando el ímpetu, prometiendo a cada paso que llegaríamos hasta el final. No puedo agradecerles lo suficiente por acompañarme en este viaje.

Mi más sincero agradecimiento a Emily Easton de Crown BFYR. También creo que las ediciones del tercer libro fueron mucho más suaves porque aprendí a escuchar tu voz a lo largo del camino. Si las ediciones resultaron más fáciles, fue porque ya te tenía trabajando cosas mucho antes de que hubieras leído siquiera el primer borrador. Muchas gracias a Josh Redlich y a Samantha Gentry por sus brillantes esfuerzos detrás de escena. Si disfrutaste alguna de mis portadas (¿cómo podrías no hacerlo?), únete a mí para agradecer a Regina Flath por atraer lectores con esos diseños magnéticos.

Nunca habría estado en esta posición sin el arduo trabajo de Kristin Nelson y todo el equipo de la Nelson Literary Agency. Como uno sospecharía de una sociedad secreta de hechiceros, tomaron mi proyecto de principiante, invocaron algunos conjuros y lanzaron mi carrera como si no fuera la gran cosa.

Hay varios autores que, de una u otra manera, me han empujado a ser un mucho mejor escritor. Muchas gracias a Marie Lu, V. E. Schwab, Nic Stone, Vic James, K. D. Edwards, Jason Hough, Kwame Mbalia, Brendan Reichs y Jay Coles. Me gustaría agradecer especialmente a Tomi Adeyemi por su increíble entusiasmo al leer esta serie. Las descaradas reacciones de nuestros compañeros siempre actúan como boyas cuando más las necesitamos.

Una vez más, estoy en deuda con mi esposa, Katie. No podría haber pedido a una persona más paciente y amorosa para que estuviera a mi lado en la vida. Gracias por escuchar siempre, incluso si todos mis personajes de todas mis historias se han fusionado lentamente en una pieza de *fan-fiction* gigante para ti.

Por último, escribí este libro para mi bebé, Henry. He tenido la bendición única de un bebé que sonríe y ríe cuando yo estoy intentando comenzar mi carrera como autor. Un día leerás esto, amigo, y espero poder expresar de alguna manera el gran regalo que eres para nosotros. En los días en que este trabajo podría haber sido el más difícil, sabía que tenía tu sonrisa esperándome en casa. Fue mucho más fácil encontrar el propósito y el impulso, y tú eres una gran parte de eso.

Qué cosa. Gracias de nuevo por seguir conmigo hasta el final.

Dios los bendiga,

Scott Reintgen

Esta obra se imprimió y encuadernó
en el mes de abril de 2019, en los talleres
de Impregráfica Digital, S.A. de C.V.
Av. Coyoacán 100-D, Col. Del Valle Norte,
C.P. 03103, Benito Juárez, Ciudad de México.